陽光回憶

迅清 著

《陽光回憶》序

張偉男

　　我是遲至二〇一五年透過彼此有共同友人的臉書才認識迅清，後來知道他曾經是《大拇指》同仁，共同朋友圈又忽然從臉書的虛擬世界直通真實人生。我是看《中國學生周報》長大的最後一代，不少參與《大拇指》創刊的朋友我是早已認識的，就像一九七四年成立的《火鳥電影會》，《大拇指》一九七五年創刊，此期間我不在香港，兩者均無緣參與。許多早就應該認識的朋友，年輕時忙於稻粱謀而錯失，至退休後得賴臉書而結識，舊雨新知，藉現代科技之便，天南地北，無遠弗屆。

　　《中國學生周報》和《大拇指》不少作者似乎都是集寫作、攝影於一身的詩人，而且都熱愛電影。也斯、小克（張景熊）、羅維明如是，迅清也不例外，他是詩人，喜愛電影，直至今天仍然長期在網誌上發表文章和攝影作品；更在 YouTube 開設行車記錄儀頻道，記錄日常生活所經之真實面貌，另又設有廣東話頻道介紹澳洲生活及資訊，通過文字及影像（包括靜態的攝影和動態的紀錄影片）全方位呈現他對周遭事物的觸感，可以說他是個完全投入生活享受人生的創作人。

　　認識迅清初期常閱讀他轉貼在臉書上的《852郵報》每週網誌，他寫他移民澳洲所居住城市悉尼的一切，從日常衣食住行，到澳洲的社會、政治、文化面貌，都在他的觀察範圍。這

些文章已經選輯收錄在他的散文集《悉尼隨想》。迅清喜愛旅遊，他的第二本散文集《非常風景》收輯了他到外地旅遊的遊記。本書《陽光回憶》是迅清同系列的第三本散文集，所寫所感回到澳洲，寫他在澳洲國內旅遊的見聞、感受，寫他熟悉的城市悉尼。

遊記不易為，寫得不好，很容易淪為走馬看花的文章。迅清的遊記每每在不經意之間流露真性情，令記載的遊蹤躍升至更高的層次。且看他如何記述悉尼近郊藍山（Blue Mountains）附近小鎮布萊克希思（Blackheath）：

找不到什麼有趣的舊書，走到轉角，看到有個只有十個商舖的小商場，進口有間獨立書店叫 Gleebooks。連鎖大書店只選擇遊人眾多的商場開業，獨立書店在小鎮當然是個寶庫，有與別不同的書種。在擺放在走廊的架上，看到 Michael Wood 寫希治閣的小書叫《希治閣》，副題為「那個知道得太多的人」（The man who knew too much），二〇一五年出版，薄薄的一百二十八頁，硬皮精裝，原價四十澳元，減價至十七澳元。Michael Wood 是普林斯頓大學的比較文學榮休教授，退休前教授美國文學、二十世紀文學和電影及文學評論。Wood 以隨筆的方式寫希治閣的人生和電影，充滿趣味。而希治閣正是我心愛的導演，因此毫不猶豫把它購下，為布萊克希思這個小鎮留個好回憶。

當然布萊克希思的迷人之處，也和其他澳洲小鎮一樣，是那種平淡的生活節奏。如果你是一個匆匆的遊客，不需要

到此一遊。這裡沒有什麼驚奇，要慢慢悠悠享受的是在路旁喝一杯咖啡，或是逛逛幾間畫廊和古董店，還有看看那無限好的夕陽。

短短兩段文字，作者藉着買到一本喜愛的書，讓讀者同時了解布萊克希思這個地方和作者本人的真性情。

寫到這裡，想起梁實秋曾經指出：「散文沒有一定的格式，是最自由的，同時也最難做到好處，因為一個人的人格思想，在散文裡絕無隱飾的可能，提起筆來便能把作者的整個的性格纖微畢現的表現出來。」讀迅清的散文，我看到嚮往自由而不失穩重的性格。

二〇二二年五月二十九日於墨爾本

黑白

上一次到英國旅行，回來整理一下心愛的數碼照片，自費出版了兩本以這次旅遊為主題的攝影集。其中一本完全是黑白照片，除了英國旅遊的風景人物外，還加上一些在悉尼和周邊的一些觀察和生活的紀錄。朋友問：黑白照片還有人看嗎？我倒不是關心這個問題。這種自費出版按需求印製的書，在澳洲或其他地方通過網上的設計和整理都大行其道，純粹是自娛。因為成本並不便宜，不捨得花錢贈送至親好友，把它當做自己一個拍攝的階段的總結並無不妥。況且現在許多用數碼拍攝的人，恐怕從來不把影像印製照片。大多數只是用手機拍攝後，用程式上傳到社交媒體。

二〇一三年臉書（Facebook）網站每分鐘有超過二十萬照片上載。另外一個著名的手機攝影程式 Instagram 每日有六千萬照片上載，數量驚人。坦白說我是其中一個用家，平均每日上載兩張照片。我覺得 Instagram 是最成功的智能電話拍攝和分享照片程式，內置許多簡單易用的濾光鏡效果。把數碼影像適當調校一下，每個人瞬間變成攝影大師，平凡的照片變得色彩獨特，誰人不想？

其實使用濾光鏡效果全是個人偏好，其他人來看有時候卻

適得其反，過度的把原來的自然美麗推向另一極端。要知道照片像是拍攝者的內心獨白，雖然上載到社交媒體分享，有時候不一定要等待迴響的。更有趣的地方是現今的照片的內容五花八門，有些自拍、有些拍攝食物。我有個朋友只是上載她的大狗為主題照片，加上一句半句文字，追隨者大不乏人。

黑白照片不一定是許多人的至愛，但每一個愛好攝影的人必須要嘗試把照片變成黑白照片，看看它的效果和味道。黑白照片的魅力來自黑色、白色和中間的灰調。你大概沒想到雖然沒有那麼多色彩，照片的訊息依然清晰，感染並不減弱。不過許多的黑白照片是不及格的，因為它們都沒有黑和白，只有灰調。

說起黑白照片，許多人立刻想起著名的美國攝影家安塞爾‧亞當斯（Ansel Adams）和他的區域系統（Zone System）理論，將黑白照片灰調分為十級，由零區域的極黑到十區域的極白。一般相機的測光讀數是第五級的灰調。這個理想的十級灰調分佈在現實中其實並不易求，所以安塞爾‧亞當斯在黑房中將底片的顯影時間進行調校，印製出許多黑白傑作。在現今的數碼年代，我們可以學習掌握 Adobe Lightroom 或 Photoshop，輕鬆的把灰度或用數碼濾光鏡調校出得意的照片。難怪有些網上的圖片庫，把黑白照片當做修飾過的作品，不完全是原創。

安塞爾‧亞當斯提倡的是「純粹」的黑白攝影，講求完美的光暗效果，是科學多於藝術。他當時使用的是又大又笨重的大底片相機（現在也有許多愛好者），重量跟現在流行

的數碼「無反」（Mirrorless）相機或單鏡反光相機（Single Lens Reflex）的 35mm 片幅相距甚遠。數碼相機的核心是它感光元件（sensor），等於以前的菲林。菲林片幅或數碼相機的感光元件的大小和照片好壞並無直接關係。其實許多攝影傑作的尺寸並非巨大。感覺上裁放得大大的照片都像宣傳品，不像藝術。

我們都會說好的、感染力強的照片都是因為攝影者的功夫，不是相機。但不能否認工欲善其事，必先利其器。我的日常相機袋裡只有一部徠卡（Leica）的 M 系相機配上一支 Summicron-M 50mm 的鏡頭。徠卡相機今年適逢一百週年，其中傳奇的 M 系相機六十週年。說它傳奇，因為無數的攝影愛好者在這個所有相機自動對焦化的時代，仍然用這個手動的對焦相機系統，拍攝出震撼人心的照片。M 系的其中一個型號 Monochrom，正是全球唯一只是拍攝黑白照片的相機。

我喜愛的黑白攝影家，是巴西的塞巴斯帝昂·薩爾加多（Sebastiao Salgado）。他其中一本攝影集叫做《土地》，副題為「失去土地農民的抗爭」（Struggle of the Landless）。薩爾加多一九九六年剛好身處一處巴西農莊，目睹十九名示威的農民遭到士兵射殺。可是三個月後的報告卻指出士兵是自衛殺人，反而指控其餘的群眾生事、傷人和非法藏有軍火。薩爾加多的黑白照片記錄這些農民的悲慘生活遭遇，處處顯示他對不幸的人的同情和尊重。序言由一九八八年諾貝爾文學獎得主何塞·薩拉馬戈（Jose Saramago）撰寫，擲地有聲，一如老子在《道德經》中說：「天地不仁，以萬物為芻狗；聖人不仁，以百姓為芻狗。」看罷悲憤莫名。

色彩有什麼重要呢？現在你應該明白為何我愛黑白照片。我只想分清楚人世間的對錯、是非和黑白。

（二〇一四年九月二十一日）

不可能的和平

趁下班之便，走到新南威爾士州州立圖書館看唐·麥庫林（Don McCullin）的攝影展。主題為「不可能的和平」（The Impossible Peace）。這個為期一個月的展覽，首度在澳洲展出近一百五十張拍攝於一九五八年到二〇一一年的黑白照片，關於戰亂的題材包括柏林圍牆倒下、剛果戰爭、越戰、比夫拉（Biafra）內戰、北愛爾蘭五八示威和黎巴嫩戰火。看麥庫林的攝影作品，就看到人類怎樣用戰爭摧毀自己和別人的世界，也看到發動戰亂的人的瘋狂和愚蠢。

麥庫林是愛爾蘭的姓氏，但唐麥庫林一九三五年生於倫敦。翻查維基百科中文只有寥寥數語：「……於英國倫敦Finsbury Park 出生，是個國際知名的攝影記者，他的記者生涯始於一九五九年，作品多為失業者，貧窮的低下基層，以拍攝都市中的衝突及戰爭聞名。」英文版本除了簡略的生平外，還羅列他的出版書籍作品和得過的獎項，遠較中文詳盡。感謝新南威爾士州州立圖書館，令我們直接接觸這位出色的攝影家。

我手頭上只有麥庫林的書《給戰爭塑造》（Shaped by War），兩年前於大學書店以十七澳元（原價二十五英鎊）購得。一直沒有時間詳細翻閱這本厚達二百零八頁的巨著，當然

有愧於作者。這本書的照片不及攝影展那麼多，但麥庫林是寫文章的高手。全書五章，分別敘述他的童年（1935-1957）、成為攝影記者（1958-1966）、出任《星期日時報雜誌》（*The Sunday Times Magazine*）駐外記者（1967-1978）、變動的年代（1976-1983）和新方向（1983-2009），照片為主，文字穿插其中，差不多回顧了他不平凡的大半生，是了解他個人思想和作品最佳途徑。

《給戰爭塑造》其實就是對戰亂不折不扣的控訴。這本硬皮精裝本的封面是一九六八年麥庫林報導越戰時佩戴的頭盔，封底是一九七〇年在柬埔寨為他擋了一顆 AK-47 步槍子彈的尼康（Nikon）F 型號相機。沒有這兩件東西，麥庫林早已經見了上帝。醜陋的不是槍和子彈，而是挑起爭端的好戰分子和專橫的、專制的政客躲在後面，把社會變成他們的戰場，簡單分成敵我黑白，建造仇恨。仇恨令人喪失本性，埋沒理智，製造恐慌，扭曲真相。盲目的追隨者為私利拉開了戰亂的序幕。

麥庫林現居於英國索美塞特郡（Somerset），但戰爭帶來了生活的陰影和夢魘揮之不去。他書中提及的攝影新方向其實是向大自然尋找鏡頭下的另一面。展覽中展出他拍攝冬季的風景。說是風景，不如說是對拍攝風景的冥想，治療他的痛苦和罪咎。麥庫林說過他只喜歡拍攝冬天，拍攝光禿的枝椏。夏天林木長滿樹葉，像巧克力盒子上繽紛的圓案。請不要誤會麥庫林的攝影作品只有黑白照片。一九六六年他為《星期日時報雜誌》首次拍攝的是彩色照片，對象是美國密西西比河及南方的人物。一九六七年拍攝中東六日戰爭和一九六八年的越戰，

刊登於《星期日時報雜誌》封面的也都是彩色照片。《星期日時報雜誌》是彩色印製的，所以編輯要求麥庫林多拍攝彩色照片。但是麥庫林認為在彩色的世界中，黑白的戰亂照片相比彩色照片更富有感染力。

在戰場上麥庫林經常帶備三部相機，一部作為後備；兩個測光錶，一個作為後備；另外帶備三十膠卷。他說過如果拍光三十膠卷也沒有好照片，就根本沒有什麼好故事。在展覽中有幾張戰死士兵的屍體，我奇怪麥庫林為什麼要拍攝他們恐怖的樣子。在《給戰爭塑造》一書最後一章中解釋其中一張的由來。這張題為「一個北越士兵的屍體」是唯一麥庫林設計的照片。這個年輕的士兵死後，兩個美國士兵走上前在屍體身上搜劫，他身上的東西都散滿一地，包括母親、姊姊和幾個小孩的照片。諷刺的是，這是一個救傷兵，他的身上還繫着急救包，一顆子彈打斷他的牙齒，穿過後腦而出。麥庫林覺得有責任為真相發聲，所以他把年輕士兵的遺物放在一起，拍下這張「虛擬」的照片。

麥庫林拍攝的黑白風景照片一如戰場，你感覺不到半點歡樂。麥庫林直言他在黑房中故意把風景照的灰雲變得更加灰黑，一如被戰火摧殘的大地。這也難怪，大半生看遍人間的慘況，心中無法理解發動戰爭的理由，也無法再相信人類。只能通過黑白的照片，無語問蒼天。

（二〇一四年十月五日）

村上春樹筆下的悉尼

在悉尼的某中文書店看到村上春樹的《悉尼！》中譯簡體字本，施小煒譯，中國大陸的南海出版公司二〇一二年八月第一版。原價三十六元人民幣的書，飄洋過海後就變成十三點七澳元，現時兌換價折合是九十二港元。真不明白書價是怎樣訂定的，有什麼理由任何東西來到澳洲就莫名其妙漲價。

也不喜歡的是書本給薄薄的保鮮膠紙緊緊包封，雖說還能看到封面和封底。書為什麼要保鮮呢？悉尼英文書店裡這樣做是比較少見的，除非是一些作者的簽名本或者是精裝本。但起碼有一本是供人隨便翻看的。我懷疑這樣做的理由只有一個：為的是不讓讀者把書翻得破爛，售不出去。為什麼看中文書和看英文書的讀者受到如此的對待？值得我們反思。村上是我喜愛的日本作家，他的雞蛋高牆論已經成為了弱小抗爭霸權的名句，只希望他的敢言不會令他的作品在國內成為禁書。為了支持他的道德勇氣，我放下堅持，破例買了這本不曾翻過內容的書。

喜歡村上春樹的小說的人，不一定喜歡他的隨筆，當然有人也不喜歡村上小說的故事性不強。我看的全都是譯本，中譯和英譯都有。所以純粹從《悉尼！》的封面的裝飾介紹說：「溫

和的村上，第一次犀利批判！」你大概不明白為什麼形容村上是「溫和」，是說他的小說或者是他的性格嗎？翻閱內容，你又會開始懷疑到底什麼是「第一次犀利批判」？村上以前有沒有批判過其他事物嗎？「批判」是一個很強的字眼。一說到「批判」，一定有什麼不對勁。這些廣告的字眼，都是籠統地和帶點誇張，完全沒有意思想直接告訴你裡面是什麼內容。反而書底更好，是一段內容的節錄。我認為什麼都不需要。村上春樹就是一個保證。

除了村上春樹之外，令我最感興趣的是因為村上寫的是悉尼。不過是那是二〇〇〇年的悉尼。那一年悉尼主辦了奧運會，村上獲日本 *Number* 雜誌邀請到悉尼採訪。《悉尼！》就是村上的悉尼奧運會筆記。我的腦海裡還記得悉尼和北京互相競逐二〇〇〇年奧運會主辦城市的情景。那一刻宣佈時結果時北京觀看直播的觀眾歡呼狂叫，以為得到主辦權，後來才知道聽錯了，空歡喜一場。其實一個奧運會宣揚的多不是體育精神，而是主辦城市背後的國家要通過這個活動展示自己的經濟實力。開幕式更是窮全國之力把它搞得精彩萬分。歌舞昇平，那管窮鄉僻壤的人的死活。

村上春樹說得好：「之前我零星看過幾次奧運會開幕式，不管哪次，我的意見都是相同的。極其無聊。」尤其他說親自到場看到的和電視轉播的有如此不同，最後在丹麥運動員進場時就離開了會場。

許多人總是對旅遊過的地方瞭如指掌，但對身邊的事物一無所知。香港那麼小，假期時大家都不斷往境外跑。悉尼的人

不知道是否如此；但聽說因為經濟理由，大多數是到郊外的海邊例如新南威爾士州北部，或再北上昆士蘭州的黃金海岸、滑浪者天堂享受一番，出境並非常見的。村上春樹在《悉尼！》就寫到和友人一天駕車一千多公里從悉尼到昆士蘭州首府布里斯班看日本對巴西的足球比賽，然後又在翌日返回悉尼的經歷。每人輪流兩小時交換駕駛，從早上到深夜，雖然不是蠻荒探險，但寫得非常風趣，證明不單止澳洲人愛駕車，村上也有瘋狂的時刻。

其實我很想了解多一點我居住的地方，希望從其他人的印象中重新構建我對這個城市的看法。我不知道悉尼是否曾經獲得過最佳城市的稱號，但記憶中十名之內應該是有的。但似乎村上筆下的公元二○○○年的悉尼，今天看來仍然覺得充滿趣味，尤其他在奧運會前寫在澳洲或者悉尼常見的動物和小鎮，跟其他大陸的大有不同，彷彿進入了另外一個世界，這種獵奇的心態我是理解的。若是有英譯本的話，澳洲人也應該讀一讀，作為反省是應該的。尤其是在奧運會後，悉尼不像其他主辦城市一樣邁步向前，而是許多地方停滯不前，只有物價和房子價格例外。

村上是長跑愛好者，對運動的了解當然令我們認識更多奧運會的情況。我覺得他在書中穿插對澳洲社會人文的剖析不是一種帶結論的批評，而是帶點佻皮的提出問題，不是純然的「批判」。我覺得反而不對勁的是譯者。第四十七頁出現：「人們彷彿親臨十月革命現場似的」令我一頭霧水，第八十四頁這句：「正在使用的康柏筆記本電腦立刻水漫金山」更令我懷疑

村上是否這麼愛好中國典故。到了一四四頁竟然形容一個芬蘭人為大叔。雖然說形容一個成熟男人為大叔可以追溯至明清典籍，但總是令人不知所云。

　　翻譯村上的譯者，最好的是台灣的賴明珠，我的日文水平不能把中文譯文和日文原文比較，但印象中她的譯文好像沒有騎劫原來的意思，或者只用譯後記來交代某些看法。這次難得的經驗告訴我，譯者若果超越本份，把譯文當做創作，是一件可悲的事情。

（二〇一七年四月七日）

天空任飛翔

　　網站「旅行者」(Traveller)的文章提到,到了二〇二〇年,澳洲人到歐盟的國家旅行,必須要申請一個電子簽證,意味着現存的免簽證快要消失了,旅客沒有通行無阻的方便。這個名為「歐洲旅遊信息和授權系統」(European Travel Information and Authorisation System),簡稱 ETIAS,是加諸在神根公約(Schengen Agreement)上的一個新規定。換言之,大家再沒有那種手執護照,就會享受到看似自由的、無拘無束的出入境感覺。我懷疑究竟有沒有所謂通行無阻的護照?老實說,二〇〇一年紐約世貿恐襲之後,不單止是旅客,對所有人來說,世界已經不一樣了。

　　ETIAS 是個反恐的措施,要求你提供個人的資料,資料輸入系統後以便不停核對。這個電子簽證所費大概五歐羅,所有十八歲以上的旅客必須持有。沒有它,不能登上往歐洲的飛機、坐郵輪和坐火車,歐洲的多元文化和多姿彩的風景都沒有你的份兒,浪漫的氣氛和你絕緣。想起以前到過的北歐諸國,入境那一刻面對櫃枱的入境職員還是戰戰兢兢。但只要他蓋上印章,對你說一句好好享受假期,你的心境自然豁然開朗。北歐人外表冷漠,冷漠得很有性格,但還是歡迎你以旅客的身份

到來，欣賞他們豐富的文化，體驗一下不同的生活方式。我覺得到歐洲有一種膜拜的心情，像一個來上課的學生，攜着厚厚的資料帶回家。美國民權運動領袖馬丁·路得·金獨愛印度，他說過：到其他地方，我會是個旅客；到印度，我來朝拜。一個簡單的旅程，有了超過只是觀光的目的，自然變得不簡單。

　　全球最長的飛機航程十七小時二十五分鐘，是從新西蘭的 Auckland 飛到阿聯酋的杜拜。從澳洲到倫敦，並不短，也是一個長途的非一般的旅行。澳航剛開始的由西澳州首府珀斯直飛倫敦，使用波音 787 夢想號飛機，飛行十七小時。是否要比途中停留在杜拜或曼谷轉機好？不敢說。因為有朋友說飛機升降時的意外發生率比高空飛行時候多，所以他永遠只乘坐直航飛機，當然他也絕對不會坐廉航。但即使到現在，從悉尼到倫敦，也沒有直航的選擇。如果計算這從悉尼先坐機出發到珀斯的額外一程，那麼整個到倫敦的新開辦的航線相信大概要二十小時了。這二十小時枯坐在機上，本來是一個與別不同的對身心的考驗。醫生和心理學家向乘客和讀者提供了寶貴的意見，但原來波音 787 夢想號航班並不是一般的航班：一半以上的都是頭等和商務客位，普通經濟艙的座位空間也比一般的寬敞。至於票價嘛，相信不會是一般的水平。這些旅客自然會想盡辦法享受一個健康舒適的旅程，大家對他們個人健康的憂慮，是否有點多餘？

　　天空海闊，到底要飛多遠才能到心中的最美麗的地方？以前許多人相信旅遊是花錢的玩意，但是現在大家都覺得旅遊是工作壓力的避難所，花一點錢在觀光絕對值得。但澳洲這個大

陸位於南半球，坐飛機到北半球都絕對不是短途的航程。像我這樣的一般旅客，精挑細選要坐廉價的經濟艙從悉尼起飛。不幸得很，現今的經濟艙的座位與前座的距離愈來愈狹窄（平均由二十八吋到三十四吋），若果不是正襟危坐，你的膝蓋老是和前座的椅背強力接吻。結果由最初的愛侶逐漸發展到讎敵的關係，令對坐飛機絲毫的好感也沒有了。當然途中的飛機餐也行貨得很，只有依靠屏幕上的娛樂節目來消磨時間。所以後來有些朋友覺得，與其在經濟艙受苦，不如付出多一點，乘坐優質經濟艙（Premium Economy）或商務客位算了。

優質經濟艙是由維珍航空於一九九二年發明，其他公司相繼仿效。這個取巧的設計，其實偷天換日，提供一個選擇，轉移你對經濟艙座位的長度和闊度減少的不滿。作為一個消費者，對於航空公司的另類選擇無可奈何，氣憤又如何？說穿了，除非額外乖乖付錢，其實即是並無選擇。

由悉尼飛往香港，大都是日間的航程，欣賞三兩齣電影，就已經快到南中國海上了。由香港飛返悉尼，絕大部分航機都是晚上飛行。接近午夜上機，吃完所謂晚餐，折騰過後，才讓你從容入睡。且慢，若果你坐近通道，你身旁的乘客總會不時要上洗手間。走過通道的服務員會捲起陣陣寒風，結果你還是睡不着覺。在漆黑中看着屏幕，追不上電影的情節，有時又不禁茫茫然入睡。到了清晨，機艙的燈光亮起，即是告訴你即將吃一頓早餐。早餐過後，飛機將要降落悉尼，回到老家。

記得生平第一次坐飛機，在啟德機場等了六小時才能登上航機。剛坐下來，舉頭一看，機艙的天花板穿了一個大洞。服

務員忙說不用擔心，只是數小時前飛機降落時一名婆婆不聽勸告，不扣上安全帶，飛機遇上氣流，把婆婆拋起撞上天花板，不幸身亡，所以飛機才會延遲起飛。這麼多年後，我還記得天花板上的大洞。當時年少無知，即場被嚇至目瞪口呆。

（二〇一八年三月二十五日）

捷星航空

　　最近一項最差航空公司服務的調查報告中，澳洲的捷星航空（Jetstar）榜上有名。媒體大做文章，說它位於榜末，令人驚訝，叫澳洲人很不服氣。但把報導從頭到尾看了一遍，都看不到捷星的名字，可能是傳媒趁機大造文章，煞有介事一番。有時候所謂訪問調查，受訪者的數量，受訪者的國籍，受訪的時間都和結果有莫大關係。更遑論許多結果都是「意料之中」的結果，的確令人不安。因為被操縱的結果，都顯示不公平的現象，真相和虛擬之間究竟有沒有差距？

　　這個叫做全球消費者的調查只不過訪問了八個國家的乘客，包括澳洲、比利時、巴西、丹麥、法國、意大利、葡萄牙和西班牙，沒有英國、美國、香港，或是近年出外旅遊漸多的中國人，以偏概全，自然毫不奇怪。就連澳洲的《選擇》月刊也不認為捷星是調查結果中最差的航空公司，只不過是位於榜尾的一族。報導這個結果的記者也質疑。他認為沒有把近日新聞多多的美國聯合航空（United Airlines）也計算在內，有欠公允。有些煽情的新聞報導有時候會莫名其妙把焦點放在同一事情中發酵，再把小事化為大事，發揮得淋漓盡致。難怪美國聯合航空連續多天登上頭條新聞。

捷星是澳洲有名的廉航，母公司是澳洲航空公司（Qantas），它本來是澳航對抗維珍航空的廉航 Virgin Blue 而出現的。但時至今天，捷星是頗為成功的航空公司，服務超過七十五地方，國內如墨爾本、悉尼、珀斯等大城市，國外如新西蘭、新加坡、越南、菲律賓和日本等國家的大小城市。澳航根本沒有提供航空服務的位於僻遠的城市，就由捷星一手包辦，所以你沒有其他選擇。以前澳洲航空公司和捷星提供機位的交換服務，令乘客有多一點的靈活安排和彈性，不知道還有沒有。

捷星啟航，曾經推出廉宜機票，票價平宜得令人難以置信。我們於是跟大伙兒一樣，在網上搶先購買。從悉尼飛墨爾本，特平單程機票只不過十澳仙，等於現時港幣六毫，信用卡付款的手續費反而要數澳元，結果使用銀行過戶，乾脆以低價購得。歡歡喜喜乘坐捷星從悉尼國內機場出發，到抵埗時才知道降落在墨爾本的另一個機場，叫阿瓦隆（Avalon）。阿瓦隆距離墨爾本市中心五十五公里，距離另外一個城市吉朗（Geelong）十五公里。如果前往吉朗，阿瓦隆無疑是好選擇。前往墨爾本市，就要乘搭巴士，單程二十二澳元，需時一小時多。一般國際航班使用 Tullamarine 機場，假使你乘坐澳航，也是使用 Tullamarine 機場。這個機場距離墨爾本市二十三公里，半小時左右車程。如果時間是金錢，不用考慮，乘坐澳航，班次多。

另外一次乘坐捷星，也是新開航線，直航日本大阪，的確是新體驗。只是回程確認機位時才知道中午要停留布理斯班一

小時接載乘客。下機後，百無聊賴在機場逛店舖。候機處地方太小，卻在影音店發現 Eagles 新灌製的雙 CD，叫 *Long Road Out of Eden*，本來無意購買。跟女售貨員聊天，她說還不俗，但沒有高峰期的 *Hotel California* 好。經她一說，倒不如試試看。買了回來，從頭到尾聽了多次，也許有點失望，但很喜歡其中的一首 "Waiting in the Weeds"。人長大了，但對過去美好的旋律的緬懷，念念不忘，確是有點過分固執。

那次在布理斯班等了一會兒，忽然聽到宣佈，說引擎故障，再發動不起來，要安排大家轉乘其他班機離開。心想不知道是好事或壞事，但起碼有安排。如果剛才在半空突然有故障，可能早已見了上帝。這次捷星派發了餐券，安排了傍晚的澳航，折騰了半天才回到悉尼。可能沒有澳航的協助，就不可能同一天回家。許多廉航的條款說明並不擔保準時提供航班，捷星有澳洲的支援，大家並無太大的不滿。

像捷星這樣的廉航，後來有幾家也在澳洲受到歡迎。廉航的票價廉宜，並無祕密。廉宜的原因是省卻許多無謂支出，例如餐飲由乘客支付。在兩小時或以上的航程，額外花數澳元買一杯茶，大家並不覺有問題。沒有電視屏幕看娛樂節目，就且看看書或倒頭大睡。不過廉航有時候節省的反而是清潔。原因是乘坐國內航機有如乘坐巴士。那邊廂乘客下機，沒多久另外一批乘客又接着上機。除洗手間外，其中有多少時間清潔機艙座位，就很有疑問。捷星的空中服務員在降落前請大家合作，把雜誌放回椅背的口袋，把垃圾拿出來丟掉，大家不問理由，也沒有什麼反對。

近年沒有乘坐捷星，因為外出工作出席討論會或旅遊，乘坐的多是澳航。澳航的國內線，比捷星貴得多，機上供應餐飲，但不一定提供娛樂節目。印象深刻的是機艙服務員。澳航和捷星，同樣以具有資深的服務員為榮，一看就對服務有信心。別以為服務員要貌美如花，你的眼睛盡吃冰淇淋。有一次乘澳航回港，幾個年輕人喝了些酒，在通道上胡亂說話，阻着其他乘客往洗手間。別人無可奈何之際，只見一個經驗豐富的女機艙服務員大喝一聲，小伙子紛紛返回座位，不敢造次。看來服務的等級，的確和機艙服務員的年紀大有關係。

（二〇一七年五月十六日）

住宿的地方

　　以前出外旅遊，絕對不是件易事。如果是自訂行程，先從申請假期，編行程，購買機票，到訂酒店，搞得一頭煙。一切安排好之後，又要到圖書館或書店看看，可否借閱或購買旅遊景點相關的資料。這些旅遊指南都不是最新印製的，從寫作到成書差不多要一年的時間，把它們作參考尚可以，因為世事沒有變化得那麼厲害。我當時的一位同事逢週末假日到廣東省附近旅遊，踏足每一個角落，後來真的寫成了一本省內旅遊指南，果然有成績，而且也是首本深入介紹省內景點的書籍。以個人的親身經驗化為文字，再加上彩色或黑白的照片，他偶爾也出現在照片中。換了今時今日的網站或 YouTube，他可能已經變了網路紅人，追隨者也許大不乏人。

　　我的書架上還有一些英文的旅遊書。它們靜靜躺在那裡，時間停留在那一年出遊，尤如歷史。那年頭，Lonely Planet 還未當紅的時候，只有一本 Let's Go 的叢書，提供旅遊地點和各式各樣的住宿。Lonely Planet 後來當然比 Let's Go 更普及，尤其它製作的旅遊節目，在電視上或航機上都看過不少。其中由英國人伊恩・懷特（Ian Wright）主持的 Globe Trekker 特輯更是叫好叫座。懷特生於一九六五年，是英國電視節目主持人及諧

星，也是出色的畫家。節目中他扮鬼扮馬，遍遊全世界，包括大家認為極地的加拿大北極圈、吉爾吉斯斯坦、蘇聯、亞美尼亞、尼泊爾和澳洲內陸。他自己原來是素食主義者，但為了演出迫真，有時不免在節目中破戒品嚐美食。好的旅遊節目真的令人很興奮，它們比書籍更直接，也更立體。看到那些美麗的景色，也希望自己能夠有一天踏足那些地方。

現在翻看 Let's Go 的內容編排，以資料為主，中間附有數頁的彩照，彷彿就是全書的精華所在。住宿地方的評分，更讓讀者根據需要作出判斷。如果是背包客，選擇旅舍，相信是以房租的平貴作為選擇。那時候有些旅舍還是要通過書信的往來，才能夠訂到房間。我的一位舊同事，旅遊從來都是和太太自由行。他們永遠都是事前編訂行程，選擇酒店後，很早便寄出書信，等待回覆。這樣的安排，的確費盡心思，差不多要半年前或一年前就要開始了。今天有些澳洲的旅行團，還如此向顧客宣傳，叫人現在籌備二〇一九年的旅行。這些顧客都是那些不愛自己安排、上了年紀的兩老伴，推銷行程都以歐洲萊茵河上遊或加拿大的洛磯山脈火車之旅為主。看來大家的眼中，這兩處都是在 bucket list 上不能不到的地方。

說到預訂酒店，現在確是方便得多了。網站或是許多的智能手機的酒店訂房程式，主要都是比較價格。它們的資料編排都做得很便捷，文字、圖片當然詳盡，酒店所在地都清楚在地圖上顯示出來，讓你計算從機場或火車站出發，要花多少時間才到達，也讓你知道有哪些景點在附近。如果要預訂房間，只要按一下確定，訂房就完成了。還有許多不同的付款方法，例

如現金或信用卡，甚至也可以在入住前一星期取消。如果房租降價，你原來訂房的價錢也可以相應調整。酒店的競爭那麼激烈，除了價錢以外，大家還不會忽略住客的評分。這些累積的評分內容也給你一個參考，也給你多一個入住信心。不過聽過有些網站的評分給人操控，找人寫上有利的評語。所以我一向只有相信那些大型和較流行的網站，希望他們不會因利益而出賣自己的聲譽。

最近到袋鼠島的旅遊，在訂房網站的協助下預訂了住宿地方，結果都跟顧客的評價相近，沒有失望，也沒有驚喜，世間事可能就是如此。當然大家有必要相信價格和品質是有非常密切的關係。網上流傳有關一些酒店整潔程度的故事也許有真有假，但一個清潔的房間比什麼設備更重要。有人需要一個大浴缸，但我覺得有多少人會喜歡浸浴其中，所以是一個浪費。反而我會欣賞日本的 business hotel，那些酒店只有基本設備，小小的一個房間加上淋浴洗手間，也提供簡單早餐。當然每個人的旅遊方式都很不同。以前以觀賞風景為主，其他為副。現在也會想吃一些地道好東西，但絕對不會吃一些昂貴的美食。那是我的固執，覺得花錢在吃不太值得。

投宿過多少酒店，我記不清楚。我問你，你也許茫茫然。如果你愛旅遊，一定會經常出門，一定曾經住在大大小小的住宿地方。有人說香港人住的地方那樣狹窄，所以有假期，大家才往外跑。至於澳洲人，戶外的地方太多，也許都多往國內跑，因為出國太昂貴。大家都覺得平日工作太辛苦，不能不在假期充充電，把身心放鬆。至於在戶外野營，可能還是不少澳

洲一家人喜歡的渡假方式。老實說，我其實沒有真正在野外露營過。曾經和幾個同學在中秋夜在石灘談天說地渡過一夜，翌日清晨太疲累，回家睡了一整天。那次中秋夜是否特別月圓，毫無印象。像我這樣的年紀，記憶已經不再可靠了。

（二〇一八年五月十三日）

悉尼歌劇院

　　悉尼市中心的地標，數一數，要算環繞悉尼海港一帶的海港大橋（Sydney Harbour Bridge）和歌劇院（Sydney Opera House）。這兩個著名的建築物，是每一個初訪和再訪者必到之處。從環形碼頭向北望悉尼港，左邊的海港大橋和右邊的歌劇院相對。歌劇院從一九五九年開始興建，到一九七三年落成，三十四年後迅即被聯合國教科文組織評為世界文化遺產。它設計獨特，不是浮誇的讚美，列為文化遺產，當之無愧。那天乘船從環形碼頭到曼利（Manly）海灘，渡輪在雨中駛離港灣，雖然天昏地暗，大地一遍愁雲慘霧，渡輪在海中搖晃不停，我頓然覺得有點暈眩，只好坐下來。雨水不停打在玻璃窗上，在此刻看歌劇院，從海上的另外一個角度看它的正面，竟然還是那麼耐看，不比晴天遜色。

　　你問我有否到過歌劇院？當然有，卻並沒有出席過什麼音樂會和歌劇，我純粹入內參觀這幢美麗的建築物而已，也沒有走遍每個角落，無法不說是遺憾。不過這個永遠的藉口不是意外，每個人都有類似的經驗：對外面的世界那麼清楚，對身旁的東西視之理所當然，毫不在意。我每天下班回家大多經過海港大橋。駕車從橋上走，短短的一分鐘左右，要集中注意行車

安全，無法欣賞一般大家都看到像衣架模樣的全景。你要走到歌劇院那端，或北岸的米爾森斯角（Milsons Point）火車站，或巖石區（The Rocks），才看見海港大橋的不同面貌。所以說這些地標，起初無刻意的成分，直到偶然的一個機會認識到，才會知道它在我們的城市中擔當了什麼的角色，為什麼別人那麼重視它。二十世紀二次大戰後，悉尼沒有一個專門場所用於音樂和戲劇表演，當時的悉尼音樂學院院長有見及此，才提出在現址的便利朗角（Bennelong Point）興建，結果這個由丹麥設計師約恩・烏松（Jørn Utzon）的歌劇院，為悉尼增添了色彩。

　　歌劇院有良好的位置，晚間投映在外牆的訊息，很遠的地方都看得到。但以往投映的，都是節日或一些和公眾有關的訊息，例如慶祝中國農曆新年，在歌劇院外牆投射紅色的燈籠。繽紛悉尼（Vivid Sydney）戶外燈光節中，更有變化多端的燈光晚上投影在外牆上。這個每年的藝術盛會，於每年五月底到六月中舉行，其中歌劇院的外牆是主要的場地，與海港大橋相對，與環形碼頭的四周大廈配合作出燈光投射，變成一個大型的表演區。這個晚上的燈光表演全部免費。三年去過一次，活動由一個相機公司贊助，現場有相機試用，有攝影講座，有免費打印照片，更有專人帶領我們到一個特殊區域，教授如何拍攝晚間燈光照片。參加者可以拍到一些特別的角度，看海港大橋和歌劇院，果然吸引了很多像我一樣的攝影發燒友參加。不過今年再去，相機公司不再贊助了。入黑之後，人潮蜂擁而至，拍照尚可以，但大家都不斷在人群的空隙中找尋一個空間舉起相機，自然令人興致索然。後來一想，燈光不停轉變，拍

錄像把過程記錄下來，不是個更好的選擇嗎？但說到燈光節成功之處，自然是為環形碼頭附近的商戶帶來更多來光顧的訪客。看到四周的餐廳和紀念品店，都擠滿了購物和等候進餐的人，你明白這個每年重複的燈光節，雖然可說了無新意，但背後仍有如此多的支持，原因何在？

最近歌劇院上了媒體的頭條，原因是因為一個賽馬日的廣告被容許晚間在歌劇院的外牆上投放，引起公眾嘩然。歌劇院的行政總裁路易絲‧赫倫（Louise Herron）拒絕了新州賽馬會的申請。但 2GB 電台名嘴阿倫鍾斯（Alan Jones）不斷對此發表言論，表示不妥。鍾斯在電台節目中直接質問赫倫，他說：「路易絲，你以為你是誰？」當赫倫回應時，鍾斯更威脅她說：「我告訴你，三分鐘後我會直接致電州長貝莉珍妮安。如果你不作出回應，你該被辭退。」結果州長直接介入，推翻赫倫的決定，容許投射賽馬日的廣告在歌劇院外牆。數天後，澳洲總理回應，表示並無什麼問題，不明白為什麼會有人感到不安，而且廣告只是投射，並非永遠刻在外牆上。

當然公眾不作如是想。網上在 change.org 聯署要求停止把歌劇院作為大型廣告牌已達二十三萬人。十月九日星期二晚上，三千人來到歌劇院外，用不同的燈光干擾投射在外牆的廣告，當然只是一個弱小的姿勢。這個號稱獎金最大叫 The Everest 的賽事於十月十三日星期六成功舉行，反對的聲音似乎加強了宣傳，幾乎令人忘卻推動這場賽事背後的醜陋。

鍾斯是名嘴。名嘴以理服人，當然名得有道理。但如果只是威嚇，只會令人覺得只是運用權威和社會關係，從而得到個

人利益。州長不理會歌劇院外牆的用途，運用行政手段干預，是不是橫蠻無理？至於總理的言論不能自圓其說，顯得他沒有考慮開了先例後，有何影響。如果屈服於利益和威脅，沒有立場，那麼不消說，只要能夠增加州政府的庫房收入都可行，歌劇院的外牆可以投射更多的商業性質的廣告。更失望的是歌劇院基金會和其他有關的人士都噤若寒蟬，沒有什麼人站出來肯發聲支持行政總裁赫倫。

　　真正的威權管治的時代終於來臨了。環顧四周，只見大聲疾呼而沒有道理的人掌權當政。當世界走向黑暗，你問這二十三萬人的聯署反對有什麼意義？幸好這還是個民主的社會，下次選舉時，請記得這頁歷史，認真投下神聖的一票，帶來一個真正的改變。

（二〇一八年十月十四日）

藍山之一：尋找夢中的庭園

　　春天百花盛放，當然是賞花的好季節。想起那年到北海道賞櫻，其實天氣暖和得過早，到我們到達的時候，櫻花已經開透凋謝了，只得看芝櫻。芝櫻漫山遍野，紫色紅色，反而意外地奪目耀眼。賞花當然看時機，雖然天色陰暗，依然掩蓋不住那種迫人的美艷。芝櫻長得矮小，只比草長高一點。大家走在芝櫻滿佈的山道，忙個不了拍照。賞芝櫻需要低着頭，不過大家都不介意蹲低一點，只顧興奮的左穿右插，恍似蝴蝶。後來才知道，漫山的芝櫻不是自然栽種，這不過是一門生意。為了吸引遊客，公園慢慢一小片一小片的一把整個山頭種得如此多彩繽紛。逐漸大家都知道在每年某個時間，芝櫻盛開；只要順勢加強宣傳一下，本地和海外遊客自然紛紛前來欣賞。

　　除了芝櫻，那年還參觀過鬱金香公園。距離公園關閉前一小時匆匆走一回，才知道原來鬱金香也有如此多的品種和顏色。時間雖短，但耳目一新。還有一座風車在鬱金香的花海當中，日本人的確辦得很認真，真的非常有荷蘭色彩。入場費便宜得很，更不會擔心貨不對辦。想起每年澳洲首都坎培拉九月春天的花展展出的都是鬱金香，也都是以鬱金香為主題，收費入場。去了三趟，規模愈來愈小，場內的食物也不便宜，一家

大小花費不少。以前朋友間還問問有沒有興趣一起去，但現在提起的人也少了，不知道是花展辦得太差，還是大家年紀大了，不願意駕車四小時往返？但朋友們願意駕車往墨爾本或黃金海岸，證明不是地理的距離，而是心理上距離得太遙遠了。即是說明坎培拉的花展失色了，吸引不到大家穿州過省前往。

其實住在新南威爾士州，市郊的許多地方，春天時可以欣賞種在路旁盛開的桃花和許多人屋前的水仙。如果嫌區內花開的品種太小，還可以走到藍山國家公園參觀一些有規模的花園，一樣可以看到應節的花朵。十月的時候，位於藍山區內的小鎮 Leura，你會找到連續數星期開放的私人花園，一張門票可以連續參觀所有參加花節的大小花園。前年十月到訪過一次，其中最大的花園 Everglades 果然有吸引之處。園子不算大，基本的花卉園藝和園林裝飾。有人賞花，有人喜愛野餐。所謂野餐，就是 picnic，把一張大幅布放在地上，大家拿出預備好的食物，圍繞在一起，邊吃邊說笑。吃完了就把東西收拾拿走回家。這些公園沒有澳洲式的燒烤爐，試想想大家在美麗的花樹之中燒出一縷縷肉香，是否一種罪過？

賞花是種學問，但別問我花的名稱，因為知道得太少。如果能像朋友一樣，先在自家的後院栽種一些盆栽，也許能夠開始多些了解。悉尼的近郊其實花香四季，其中西區的 Auburn 區的動植公園內有一個日本庭園，每年八月底九月初更賞櫻季節。不過澳洲境內最大的私人庭園叫 Mayfield Garden，位於藍山國家公園區內奧伯倫（Oberon）鎮附近，佔地一百六十英畝。Mayfield Garden 本來是鶴健士（Hawkins）家族的私人農場，二

〇〇八年起開放予公眾參觀，花園的水庭園部分全年免費開放，其餘部分春秋各開放兩星期，收費每人三十澳元。農場內也有出售盆栽、植物和園藝用品。

可以說 Mayfield Garden 是個年輕的私人庭園。由悉尼市中心前往，最快要兩小時多。因為年輕，所以你還看到許多發展的空間，園內位於山頂的小教堂是為女兒的婚禮興建，之後變成一個小樂團的表演場地，山下的水花園的環形劇場其實也是為了兒子的婚禮而籌建。迷宮未完成，園中湖邊的中國亭也僅略具規模。

如果你在園的入口等候園中觀光巴士，你可以在園內的不同地點下車，在附近逛逛然後再上車到下一站。不過你可以輕鬆一些，選擇乘巴士到山頂教堂，然後隨便沿着山坡走下來。如果你手持地圖，可以知道標示的地點。不過地圖設計得不算好，看得很辛苦。例如說園中有個地方有用餐的地方，遊人來到這裡才知道原來只是售賣小食：三文治七澳元、瓶裝水四澳元。如果這兩種東西都不吃，麻煩你花二十分鐘走回庭園的入口處，那裡的唯一餐廳，食物和悉尼市面一般稍為高級的食肆同價。你還可以選擇購買意大利薄餅，或者鬆餅和一杯咖啡。除餐廳外，其餘進食的地方是戶外露天。試想想太陽曝曬或是狂風暴雨下，頭上沒有片瓦，滋味可不好受呢。

Mayfield Garden 可能想吸引更多中國遊客進來參觀。看來一個中國湖邊亭不足夠，未來可能要加插舞獅和少林武功助興。不過這樣做，可能反映了澳洲式的駁雜文化。本來庭園模倣英式，但為了吸引遊客，可能要更改風格：中西合璧，兼收

並蓄。所謂年輕，就是一切在發展中。一切都未定型，一切都在塑造。你不妨想想，說不定下次再來時，Mayfield Garden 又有另一個全然不同的面貌了。

（二〇一六年十月十六日）

藍山之二：奧伯倫

　　漫遊了 Mayfield Gardens 數小時，一日之將盡，應該是歸家的時候了。下午再返莊園，其實遊人已經不多，可能許多人都是乘坐觀光巴士到來，不能隨意逗留到傍晚，要趕及行程返回悉尼市。從悉尼市中心到來，車程不少於三小時，其實中途稍為停歇一下，倒是不錯的。若是硬要闖三小時，是體能上的挑戰。州政府建議每兩小時休息一下，說是善意提醒也無妨，對自己和其他道路使用者都有益處。不然打起瞌睡，再加上陽光耀眼，一不留神，隨時導致車毀人亡。不知何故，今年全國因交通事故死亡的人數，直至六月底，已經達到一千二百六十九人，創了五年新高。新南威爾士州更連續數年上升，主要公路上的巨型告示板更特別打出警告字樣。可是暫時還未看到有什麼具體對策，死亡人數將會打破新紀錄。

　　莊園位於藍山國家公園西南。通往藍山的公路就簡單叫「大西部高速公路」（Great Western Highway），由悉尼市西的帕拉馬塔市（Parramatta）開始直至藍山國家公園以西的巴瑟斯特市（Bathurst），全長二百一十公里，最高時速為一百一十公里。到了上藍山路段，駕駛速度最高八十公里，經過小鎮，限速為六十公里，所以要全程維持在高速根本不可能，中段也有交通

燈號。山上雖然來回四線行車，但經常有大型重型運送木材的車輛駛過，要超越也不容易。倒不如走在慢線，趁春色明媚，綠草如茵，悠然欣賞一下沿途美麗的風光。老實說，可能近月雨水充足，滋潤大地，很久沒有看過如此翠綠的草原，偶然也看見漫山的羊群。原來就是大自然的顏色，令人賞心悅目。

到訪莊園之前，早已盤算，不用即日往返，以免疲勞過度。年輕時有許多豪情壯語，自信有能力克服任何挑戰。所以曾經在新西蘭某日駕車超過七小時，從庫克山返回基督城；在北海道也曾經連續超過三小時駛回札幌。現在回想起來，不禁為自己曾經的魯莽吃驚。到了這把年紀，早已明白一山還有一山高的道理，就算駕駛着的是法拉利或保時捷，也緩慢如蝸牛。遵守安全至上的原則，維持車速限制，寫意的欣賞人生道上的兩旁風景，似乎還是一個不錯的想法。其實超速之下，提防速度偵查相機，恐怕受到處罰，心驚膽顫之餘，令行程沒有什麼樂趣。

離開莊園，還不過是下午三時多。新州施行夏令時間，撥快一小時，日落西山要近七時，好處是有較多活動的時間。莊園的停車場上車子逐漸開走，餘下的車子也不多了。我們晚上留宿的地方叫奧伯倫（Oberon），是個農業和林木業的小鎮，人口不過二千多人，從莊園駛過去，不過十多分鐘，但市中心旁邊的大型工廠，噴出白煙，好像是奧伯倫的地標，十分礙眼。究竟附近有什麼值得一遊的地方，恐怕沒有。不過要在回家的途中找一個住宿的旅館，奧伯倫和巴瑟斯特都可以。距離莊園奧伯倫較近，巴瑟斯特要再往西北走四十五分鐘，所以是

個次選。

　　入住的是間 B&B，即是住宿加早餐，在距離大街不足一分鐘的山坡上，旁邊是奧伯倫的高爾夫球場。原來它是球會舊會所，空間很大，卻只有三間客房：又因為屋主改建和陸續翻新，所以一點舊的感覺也沒有。在門前看見豎起了出售的廣告牌，以為是隔鄰空地的，再一問原來屋主打算將這間 B&B 出售，準備迎接人生下一個計劃。既然是退休，就希望不用每天忙碌，給自己一點空間和自由，呼吸一下隨便的空氣。別以為忙了一生，會安定下來。因為人的壽命延長了，勞碌一生，卻未必儲備足夠的金錢讓自己安穩的從工作上退下。有些澳洲人的退休夢想，就是賣掉城市的房子，遷到鄉間的小屋，用餘錢過一些簡單的生活。如果沒有病痛，便是美滿的晚年生活。

　　靠在 B&B 客廳的沙發上，喝一口茶，遠望出去，原來是奧伯倫湖，灰色的天空在湖上。這天雲多，完全看不見落下的太陽。可以想像如果這黃昏天朗氣清，晚霞一定變化多端。坐在戶外的露台上，從左到右有個全景的視野，左邊是西方日落，右邊是日昇東方，一年四季，每天都不一樣。會否看厭？未必。暫時我仍然有個不能停下腳步的心情，總希望趁還健康走出去，用攝影的眼睛看世界，靠近真實的人間。

（二〇一六年十月二十四日）

藍山之三：水仙花節之行

　　悉尼冬季將盡，百花競開，顏色鮮艷。落葉的樹木，枝椏也長出一片新綠，叫人眼前一亮。花木本無情，但既然適逢其會，日間氣溫開始回升了，倒不如放開懷抱接納春天。能夠驅走肅殺的寒意，總是令人興奮。冬春交替之際，有時還是冷風呼呼，高大的樹梢在風中搖曳，發出像是潮水洶湧而來的聲音。上星期三至四的疾風超過時速一百公里，一幢建築中的小型工地圍牆倒塌，壓死一個年輕工人。在海岸邊的風太強勁了，悉尼國際機場的跑道因而關閉數小時才能重開，大量旅客滯留機場大堂，反而成為了新聞的頭條。當然，一遍藍天的冬天，白雲半朵也沒有，如此好的天氣，真的沒有理由要投訴。

　　趁着連續數星期的美好陽光，驅車直奔藍山國家公園，倒是不錯的選擇。藍山去得多了，通常取道西部 M4 高速公路直撲至山腳，然後取道 A32 公路駛向大鎮卡通巴（Katoomba）。但今次從網上得知，藍山國家公園位於托馬山（Mount Tomah）的植物公園，由八月十九日到二十七日一連九天舉行水仙花節。托馬山植物公園在卡通巴的北面，一般到藍山的路程，先要沿着 A32 公路抵達小鎮利思戈（Lithgow），再取道 B59 公路向東。這麼一來，車程起碼要兩小時多，雖然你可能很享受最

初限速一百一十公里的車速的一段 M4 高速公路，但沿途只見荒野，要顧及許多不太小心的駕駛者左穿右插，也提防路旁間或聯群出現單車隊伍，駕駛者全程注意路面情況，基本上沒有什麼好享受。

今次先查看 Google Map。它建議由家北上取道 A28 公路，然後接駁 B59 向西走，全程不過一小時三十三分鐘。我是限速以下駕駛者，所以預算大概要一小時四十五分左右。Google Map 是相當成熟的產品，對預算行程有莫大的幫助，而且有駕車、乘坐交通工具、踏單車和步行的選擇。相比蘋果 iPhone 的地圖功能，也稍佔上風。Google Map 也可以用作衛星導航定位系統，只要你在駕車前定位，設定終點位置，即使關閉 WiFi 功能，手機也一樣在行車時發出聲控和地圖指示，十分窩心。尤其悉尼的郊區每一條街道，房屋大小都差不多模樣，遠看近看都很相似。有了智能手機，真的不需要一本傳統印刷版的地圖。

早上十時多起行，A28 公路經過的郊野早已經不是荒蕪一片。西北鐵路的架空天橋幾乎與公路並行。這個西北的大開發，是一個美麗的藍圖，包括了人口的遷移和工商業的發展，所以即使這是個星期六的早上，車輛也一樣多。沿途的大遍農地，豎起廣告牌，上面寫着這裡即將出售地皮，可以興建二層高的低密度房子。山坡上的幾隻馬，也要移民到別處了。這一帶早已是新蓋房子的天下，附近也有一個聚合不同發展商的房屋示範區。好幾年前驅車參觀了幾回，對那些大大小小不同設計的房子都很有興趣。如果你想購買房子，這些簇新的房子真

的令人着迷，幾乎想把美夢變真。後來細心一想，這些用外表磚頭內裡木板的房子，夏天會熱得要命。房子的地區距離悉尼市中心四十公里。雖然房子價錢較廉宜，但花在交通的時間太多了。

十一時多便順利抵達托馬山植物公園，行程真的個多小時。雖然是第一天，但看來大家早已等候這一天的到來，停車場早已擠滿，我們按指示停泊在一條車道的旁邊。公園不收入場費，我們以為到到處都是水仙花，不問個究竟就四處闖，可是只見了幾株盛開在地上，大感意外。後來不甘心，走入遊客中心一問，原來水仙花區在遊客中心後面的山坡上。遊客中心有很多小孩子，看看展品，等候一會兒出現的恐龍。我們心想，真的有恐龍嗎？還是披着恐龍模樣布料的工作人員？走下山坡，沿途有幾個區域都有繩圍起來，告示牌上也寫着恐龍將會出現。我們沒有跟小朋友一起等待。不過在沿中看見有些攤位，展示手臂般長的蜥蜴，看來就是小恐龍了。

不到水仙花區，沿途都已在路邊見到一叢又一叢的水仙花，有白色的，也有黃色的。無論怎樣拍照，總是拍不出一株像樣的水仙花。水仙花長得不很高，從高處拍攝，只是白色黃色一點點襯在狹長旳的葉子中間。看來要從低向高拍攝，才顯出水仙的美。到了水仙花區，原來只是一處聚合了多種不同水仙花的種植區，沒有什麼刻意和鋪張，隨意的那邊幾束，這邊幾叢。於是趁機多拍攝了幾張，就已經很不舒服，太陽太猛烈，光射在屏幕上令對焦也掌握不好。想起它是一個不收費的展覽，不刻意，保持自然，就是澳洲的特色。

難怪事前問朋友是否值得一訪？朋友回覆說，如果未到過，不妨一看。果然有箇中的微妙道理。

（二〇一七年八月二十日）

藍山之四：花季

　　取假數天，再訪了藍山一次。春天剛開始，山中乍暖還寒，沿途樹木多新綠，漫山遍野的花容卻未有新姿。到底你要看的是自然的還是人工的花姿？

　　如果要看大規模的花展，應該往首都坎培拉一行，那個每年一度的大型花展 Floriade 今年適逢三十週年，剛於九月十六日開幕。Floriade 的意思是坎培拉慶祝春天到來。一九八八年坎培拉慶祝歐洲移民抵達澳洲二百年，又適逢該市七十五週年紀念，舉辦一次大型花展，誰料反應熱烈，停不了變成現在每年的盛事。花展的開放時間為早上十時至晚上七時，會場附近設有免費停車場，方便得很。以前要收入場費，後來經過討論，認為可能會影響入場人數，近年都是免費進場。

　　Floriade 把聯邦公園近八千平方公尺的地方變成展區，總面積四公頃，由步行小道貫穿其中，仔細到處看看，恐怕要花上數小時。我對過分人工化消費式的花展沒有什麼興趣，加上自己對花的認識有限，只不過喜歡拍攝近攝花朵，才想起可以一遊。過去的 Floriade 都以鬱金香為主，配以其他花卉。會場一角，還有些購物的小店、快餐店和咖啡館，遠道而來，坐在空曠的地方，吃雪糕、喝一口咖啡或茶，看看你看看我，還有

一點意思。Floriade 也是一家數口的好去處，碰上週木，你看見前所未有的數量的澳洲人都擠進這裡來，據說每年平均入場人數有三十萬人。但從悉尼往返坎培拉要一整天，實在太疲累，也因為以前要收取入場費，覺得不值得跑這麼遠，只好打消這個念頭。

冬天大家都有藉口荒棄花園，讓雜草叢生算了。春天到來，都忙着要建造自己的花園，不能讓野草蔓延，也可以去花展購買小花或種子，小心栽種。後來上網找資料看看，原來花展處處都有，豈止是坎培拉。有一年本來想驅車直奔坎培拉 Floriade，途中經過南部高原大鎮鮑勒爾（Bowral），在市中心歇腳，逛街到一個小公園中一個小型花展，付費進場。鮑勒爾市不讓坎培拉專美，這個叫科貝特花園（Corbett Gardens）的花展名稱，就簡單的叫做鬱金香花節（Tulip Time Festival），因為園中放了約十萬株不同顏色的鬱金香，黃色的、紅色的、白色的和紫色的都開得非常燦爛。你看到還是跟坎培拉一般美麗的鬱金香，唯一的是花園面積小，花也只有鬱金香。不過好處是從悉尼到鮑勒爾，車程不過九十分鐘，比往坎培拉的兩小時短。花園只有遍種鬱金香，也沒有什麼不好，雖然只是一種花，但各有姿態，各有色彩。就算是 Floriade，鬱金香也永遠是主角，其地的配角也給鬱金香比下去了。

鮑勒爾附近尚有一個美麗小古鎮 Berrima，車程十分鐘。Berrima 地方小，所謂小鎮的中心，只是一條大街，一旁有十多間小店舖，以砂岩建成的房子隨處可見。這個小鎮最著名的是 Berrima 法院和列為古蹟只於週末和公眾假期開放的

Harper's Mansion。春天到來，大家到南部高原看花，只會想起鮑勃爾，沒有留意 Berrima。從鮑勒爾駕車到 Berrima，途中經過幾個大酒莊，想品嚐美酒的人一定不會錯過。Berrima 不以花朵來吸引訪客，但別以為訪客少，其實週末到來的人到店舖購物，或到小酒館進餐也多。有一回在國慶日經過，看到四處是人，大家都在熱鬧慶祝一番，看來鎮上二千多居民差不多全都跑出來了。

其實春天賞花，不必到老遠。悉尼附近市郊道路兩旁都看到桃花。往藍山取道經 Richmond 鎮，也看到不少開得燦爛的桃花。數星期前桃花盛開，現在三數星期後再經過，花朵凋謝得快，連顏色也轉得啡啡黑黑的。原來不單止人情多變幻，桃花也不能依舊笑春風。

今次留宿藍山的小鎮布萊克希思（Blackheath），有意外驚喜。布萊克希思在藍山著名景點所在的大鎮卡通巴（Katoomba）以西。卡通巴有兩個大型超市，但布萊克希思只有小店和小型商場，地產代理倒有兩所，證明物業永遠有市場。如果你相信悉尼西部藍山山腳新機場效應的話，應該考慮一下在藍山的小鎮置業。新機場距離卡通巴四十八公里，車程不需要一小時，可能有潛質成為首置良機。布萊克希思位處西部大公路，有小鎮的風光，又沒有卡通巴那麼世故。我們住的酒店其實是一所 guesthouse。中譯為招待所的意思，會不會引起誤會？不過這間 guesthouse 有家居的風味，店主人非常適切，沒有酒店那麼刻板。整個 guesthouse 從外面看，只不過是路邊一間稍大的房子，有些回到家園的感覺。門前沒有種上鬱

金香，即使有，還未盛開。倒是幾株水仙笑着迎人面。我想在山中的深夜碰上霜凍，嘗一下初春的寒冷。不過歷盡風雨，世事常常未如人意。這個晚上夜涼只低至攝氏四度，看來寒冷將盡，要在藍山賞霜雪，還待明年。

（二〇一七年九月十七日）

藍山之五：布萊克希思

　　旅遊藍山，不想匆匆趕回近海的悉尼市中心，投宿在布萊克希思（Blackheath）住一晚，實在有意思。

　　藍山國家公園一帶實在是個近在咫尺的景點，交通方便，可以即日往返。悉尼市中心出發的藍山旅行團，包括參觀稍遠位於 Jenolan 的鐘乳石洞，也是早出晚歸。相隔一段日子前去藍山，總有些新發現，公路擴闊了，也多了新的路標。卡通巴（Katoomba）依舊是遊客的朝聖之地，附近的景點非常集中，足夠一天的玩樂。但我稍嫌遊客過多，大家蜂湧而來，爭相一睹為快的時候，是我考慮是否要另外找一些不那麼充滿旅遊色彩的地方，享受一下山中的清靜。要避開人潮，首先不要選擇週末往藍山。如果不是駕車前去，想要有好的行程安排，不妨選擇價錢稍貴、導遊或司機只說英語的旅行團。這些旅行團人數較少，導遊對人文地理有充足的素養，在適當的時間提及沿途風光，加深你對藍山的了解。如果只求價廉，標準式的吃喝玩樂，由一些華人旅行社舉辦的旅行團更加適合你，但千萬不要貨比貨。前些時看到網上有人遊行名山大川回來，怪責導遊不懂當地的歷史文化，沒有好好的詳細介紹一番。不過從另一角度看，也要問一問究竟你參加的是什麼性質的旅遊？一個提

供吃喝玩樂的旅行團，稱識的導遊不需要深入講解什麼地理、歷史和文化。我會在出發前好好閱讀一下資料，補充導遊講解的不足就夠了。

布萊克希思位於卡通巴的西北，海拔一千零二十五公尺，這一帶差不多是藍山的最高點，其實只比香港的大帽山高了三十多公尺。從悉尼市前往，距離約百多公里。沿 A32 西部大公路公路登山，經過卡通巴，不停留看遊客眾多的三姊妹石和坐中空遊覽吊車，再往西行駕車十三分鐘就到了。布萊克希思和卡通巴兩地都有火車站，坐火車比駕車也不過多花十多分鐘。坐火車到達卡通巴之後，還要轉乘旅遊巴士到各景點，步行前往需時，但在微暖的春日未嘗不可。不過悉尼本土的居民，私家車是日常出入所需，駕車當然較恰當，而且景點附近都有免費和收費停車場，一家大小自然方便不過。至於布萊克希思，位於 A32 公路旁，相比卡通巴，確是沒有突出的熱鬧的景點。

藍山是叢林步行者（bushwalker）的至愛，布萊克希思是其中的一個出發點。鎮中心從 A32 西部大公路向東轉入 Govetts Leap 路直到盡頭，就會到達 Govetts Leap 瞭望台。未到達前還有一個遊客中心，可以進內索取步行資料，尤其不應錯過前往看到高達六百零八公尺的 Govetts Leap 瀑布。從瞭望台下望，就是 Govetts 谷。遠望是位於東方的峽谷。黃昏時夕陽西下，金黃的餘暉就照滿在峽谷的山頂，餘暉既盡，天空泛起粉紅帶紫的顏色，直至入黑。那短短的時光只有十數分鐘。那是個星期日的傍晚，一般的遊客早已趕路回家。在瞭望台上只有數

人，耳邊風蕭蕭，低溫降至十度以下，傍晚冷得真快，幸好早有準備，不需要瑟縮一角。的確人生難得有幾回優悠看夕陽。

第二天醒來，隨意在鎮上蹓躂。古董玩具店關上門，上面有張便條寫得有趣：我們未準備好營業。布萊克希思有個舊劇院叫 Victoria Theatre。今天當然人去樓空，劇場的前端已經變成咖啡館，劇院裡面變成古董店：珠寶首飾、衣服、傢俬、擺設、書本、唱片、玩具、音樂光碟和電影光碟什麼都有。咖啡館熱鬧得很，門前行人路上也坐滿了人。古董店有兩層，內裡冷冷清清，只有三兩個人。我看到些舊電影光碟，也有些新印製的唱片。這一間古董店，其實是把新的東西混合在舊的東西裡面。每一個角落是一個小小的經銷商，上了鎖的玻璃櫃有個參考號碼，你可以到櫃枱要求把玻璃櫃打開端詳一下。古董店主人負責管理，把東西打理得井井有條，所以沒有什麼霉舊的氣味。

找不到什麼有趣的舊書，走到轉角，看到有個只有十個商舖的小商場，進口有間獨立書店叫 Gleebooks。連鎖大書店只選擇遊人眾多的商場開業，獨立書店在小鎮當然是個寶庫，有與別不同的書種。在擺放在走廊的架上，看到 Michael Wood 寫希治閣的小書叫《希治閣》，副題為「那個知道得太多的人」（The man who knew too much），二〇一五年出版，薄薄的一百二十八頁，硬皮精裝，原價四十澳元，減價至十七澳元。Michael Wood 是普林斯頓大學的比較文學榮休教授，退休前教授美國文學、二十世紀文學和電影及文學評論。Wood 以隨筆的方式寫希治閣的人生和電影，充滿趣味。而希治閣正是我心

愛的導演，因此毫不猶豫把它購下，為布萊克希思這個小鎮留個好回憶。

當然布萊克希思的迷人之處，也和其他澳洲小鎮一樣，是那種平淡的生活節奏。如果你是一個匆匆的遊客，不需要到此一遊。這裡沒有什麼驚奇，要慢慢悠悠享受的是在路旁喝一杯咖啡，或是逛逛幾間畫廊和古董店，還有看看那無限好的夕陽。

（二〇一七年九月二十四日）

藍山之六：雷拉一天遊

　　九月底這幾天，正好是新南威爾士州長週末假期。所謂長週末，只不過比一般的週末多了一個星期一的假日而已。這個假日在新州和大部分州都叫「勞工日」，但昆士蘭州卻是英女王誕辰。英女王伊莉沙白二世的真正生日原來在四月二十一日，但記憶中新州不會在那天慶祝英聯邦元首的生日，今年安排在六月十日。一如既往，一年十二天的公眾假期，上半佔了八天。下半年除了聖誕節兩天外，還有八月一日的「銀行假日」，正如網上資料所言，可能適用於銀行和某些財務機構。但我們那天上班去也，印象中和一般人一點關係也沒有。澳洲人喜愛製造額外的假期，今次既是「勞工日」，又是新州學校假期的開始，為了歡渡週末，一家大小早已計劃外出享受大自然一番了。今次再次選擇藍山的小鎮雷拉（Leura），為的是想趁春天雷拉舉行花園節（Leura Gardens Festival）的時候進去看看。兩三年前來過雷拉，印象還很鮮明。

　　雷拉距離悉尼市中心一百公里左右，最方便是駕車，約九十分鐘左右。但近日油價高漲，來回近二百公里的路程，耗油可能要接近五十澳元了。如果乘坐火車，週日的優惠票價，在新州內長途短途全日只收取最多二點七澳元。兩者交通費

相差太遠，沒有理由不讓私家車休息一下，火車上又可以把握休息的機會，不需要費神注意路面的交通。不過新州的火車最常見是誤點，今天在中途一個火車交匯處轉車，等候了四十分鐘。月台上的宣佈不斷說是班次遲到，但那時間該開出的原來班次就消失了。宣佈中也沒有交代詳情，唯一想到就是老爺列車發生故障。行走遠郊的都是有一把年紀，需要乘客使勁推開車門的那一款列車。車齡老其實一點也不是問題。上一次到訪日本本州日光，車廂也飽歷風霜，但座椅和地面一塵不染，看得出日本人對舊東西的保養和維修，還是那麼細心。新州的列車到了總站，亦有清潔人員進入車廂撿走看得見的垃圾，但仔細看看，許多地方還是滿佈塵埃。澳洲人的工作態度還是比較隨意，要整體清潔的程度追上日本，看來是過分要求了。

　　列車行走了約一百一十分鐘左右，正午十二時前就到達雷拉。雷拉的火車站位於山坡上，出了車站，自然看到下坡的雷拉購物中心大街。雷拉其中著名的景點，就是大街兩旁的商店和種滿大街中央的櫻桃樹。商店中，當然少不了服裝、傢俬和咖啡館。今次看到一間中菜館，就叫「唐餐館」。這個名稱叫人想起鬼佬唐餐，例如酸辣湯、錦鹵雲吞和甜酸排骨。如此迎合外國人的中菜，當然不是我們的口味。今日行人道上還有不少賣藝人士，只覺得比平常更加熱鬧。不過大街中央的櫻桃樹的花還未盛放，是否山中氣溫尚未暖和所致？事實上今天日間溫度徘徊在攝氏十五度，在樹蔭下漫步，尚感到一絲絲寒意。晚上新聞總結九月份的氣溫，原來比正常低，難怪花朵都不願意綻開笑容了。

春天雷拉鎮盛放的花，普遍有杜鵑花、山茱萸和山茶花。雷拉花園節得此名稱，因為原來開放的花園不只一個。不記得過往參加的花園有多少個了，但今年開放的，主要有五個。參觀一個花園成人要付費八澳元，十六歲以下小童免費。如果要遍遊所有花園，需付費二十五澳元，未嘗不是個優惠。但我們心中想到的，就是最大的、建於上世紀三十年代的 Everglades 花園，其他規模太小，不看也罷。按谷歌地圖指示，從雷拉購物中心往南走，約二十五分鐘就到了。途中還經過一個小型的花園，花園入口的樹牆高高掛了一隻眼睛，下面用白木板造出白牙齒，於是變成一條巨鯨的側面。

　　Everglades 花園其實不大，但小而有特色，恰好悠遊自在走一回。今次正門入口的鬱金香數量過少，只有深紅色和一株半株白色品種，有一個園圃的鬱金香只有孤獨的幾朵花。山坡上的水仙花只見葉，沒有花。以前印象那麼鮮明的花海，好像都不復見了。不過大家的興致還很好，園內有食物供應，也歡迎你帶食物來野餐。有一家人帶備了椅子和枱，也有人讓小朋友在園內的草坡上奔跑。以前園內的水池有許多動物，今天只見到兩隻鴨子。牠們在水中游了一會，走上草坪，消失在小樹叢中了。

　　在 Everglades 花園走了一遍後，就覺得今年花開得少，鏡頭下顏色的配搭自然也失色了許多。到底是我們早來了，還是有不為人知的因素，導致沒有那麼多花的品種。後來我們走到另一個花園，又不見往日栽種的鬱金香，只有幾株矮矮的小花。花的品種少，看的人也疏疏落落。

走回雷拉購物中心大街，原來最多人聚集在這兒。除了英文外，大街上的商店有中文告示，也有韓文告示。藝術展的告示牌底下貼有中文標示，火車站的旗桿上掛了澳洲國旗，還有五星旗飄揚，是不是很窩心？下午三時多，遊客和早上一樣的多。記得在 Everglades 花園入口處購買門票時我問那個漢子今天可好？他竟然說很累。今天只不過是花園節的第二天早上，聽到如此回答，當然奇怪。你問我雷拉是否變了許多？我不敢說。倒不要怪售票漢子如此態度，換了是你，看到排山倒海的旅客，定會覺得與平日相比，今天確實是個瘋狂的世界。

（二〇一八年十月一日）

藍山之七：莊園

　　住在北半球的親友，每年復活節外遊，都不會忘記分享他們看過明媚的陽光和四處盛開的花朵。正當悉尼靜悄悄的步入秋季的時候，那方原來又來了一個春天。甚至我們住在這裡的朋友，也趁機會遠走到南韓和日本，看看櫻花盛開的季節。記得那一年到北海道的時候，櫻花早開過了，剩下的也遍尋不獲，只有庭園裡的芝櫻還滿佈漫山遍野，遠看竟然還可以那麼鮮艷，那麼燦爛。走近一看，才知道它們是那麼細小的花朵，大約一點五公分左右，恐怕我的微距攝影技術還沒有可能把它放大得清清楚楚。結果就喜歡站在遠處，看看盛開着的紅、桃紅、白和紫色的花，像一大片地毯。另外的一些園子裡，芝櫻沒有那麼多和密，就可憐的零零散散，疏疏落落。也有園子裡種滿鬱金香，讓我們看個夠，也拍攝了許多不同姿態的花朵。

　　至於櫻花的記憶，我還沒有。記憶中好像沒有在賞櫻季節來到日本，看不到最好的時光。我當然羨慕我的一位同事，告訴我某年如何從日本的南方到北方追看櫻花的經驗，有如此悠長的假期，追看千嬌百美的櫻花，的確可以自豪不已。當然櫻花不單止在日本盛開，原來南韓也有許多景點，大家自然紛紛追看。甚至我們新州藍山的小鎮雷拉（Leura）大街那中央

分隔車輛的草地上，也有一樹接連一樹的櫻花，在南半球的春天盛開。距離悉尼市以西十八公里的 Auburn 區有一個建於一九七七年的日本庭園，屬於 Auburn 佔地九點二畝的植物公園的一部分，每年八月冬末到九月初就舉行櫻花節。許多人在網上分享櫻花和日本的庭園的照片，只是週末園裡就像其他地方一樣，到處是人，看來經過大家的熱情推薦，一家大小，捨遠求近，走到這裡享受一天半天。正如一位母親在她的網誌上說，you can hardly move，即是說寸步難行，那麼有什麼樂趣可言。只好怪大自然裡，美麗的地方太少。

南半球的四月裡，也過不一樣的復活節，因為這裡秋意日濃，看的景色自然不相同。要看的話，自然是那逐漸枯去的楓葉。我們後院的那一株只會轉為褐色，間中有數片轉黃。到了枯葉紛紛落滿一地，只見棕色，沒有想到有什麼特別，只有把它掃進 garden waste 的收集箱。印象中火紅的楓葉，好像只在首都坎培拉國會大廈的園子裡。近日電視新聞報導訪問某些議員的時候，我特別留意他們背後的樹葉究竟有多少轉變了顏色，竟然毫不關心他們的議題。不過五月聯邦國會大選將近，沒理由不理會一下新一屆的政府和議員。執政自由國民兩黨聯盟的現任總理莫里森（Scott Morrison）爭取連任，四出拉票，反對黨的黨魁索頓（Bill Shorten）也不例外。因此新聞的焦點都不在坎培拉，重要人物的背景不再是紅葉，而是與選民握握手，表示親善的畫面。在鏡頭前大家都如此親切，承諾滿天飛。

政客的宣傳如何動聽，畢竟是幻想。這個世界真實和謊言之間，並無界線，不過相信的大有人在。正如大家都在電視上

的黃金時段大賣廣告，數臭對方，就煩厭得使人吃不下嚥。兩大黨之外，還有東山復出、意圖取一席位的克萊夫・帕爾默（Clive Palmer）。帕爾默是商人，二〇一三年創立帕爾默聯合黨（Palmer United Party），在該年的聯邦大選中取得一席，做了一屆議員，然後他於二〇一七年解散自己的政黨。今屆還未宣佈大選日期之時，帕爾默早洞識先機，半年前已經開始他的選舉工程，建立了聯合澳洲黨（United Australia Party），在各種媒體例如電視台和YouTube上大賣數十秒的廣告，先表示他是獨立議員，處事公正，任內大有建樹，接着指出執政和反對兩個大黨的不是，不值一哂。帕爾默的聰明地方是先聲奪人，利用廣告的疲勞轟炸強迫觀眾植入他的正面形象。帕爾默的如意算盤是希望稍處劣勢的執政黨能夠與他結成聯盟，鞏固席位。

　　但頭腦清晰的選民不會忘記他原來的真面目。到目前為止，帕爾默已經花掉三千萬澳元廣告費。但二〇一六年，他關閉他名下的Queensland Nickel公司，欠債三億，遭遣散的工人正在等候法院裁決，分文未取，欲哭無淚。二〇一三年選舉前，帕爾默在Queensland Nickel捐款一千五萬給他的帕爾默聯合黨作為競選經費，即是左手交右手，自把自為。Queensland Nickel陷入困境，能否與他無關嗎？幸好最近的一份民調，顯示他的廣告攻勢並未奏效，支持率只上升了百分之零點一。換言之，帕爾默的經費盡付東流，平白益了廣告商，說他無賴絕不為過。但是現今世界這類人當道，只靠口沒遮攔，胸無點墨，蒙混過關，把謊言充作真相，反而得到盲目的群眾支持，實在使人歎息。

世事無道，只有前往山林田野之間，才心境平和，有片刻的寧靜，現在有些明白為什麼大家都選擇逃避。當然悉尼的遠郊有藍山國家公園，驅車從家中前去，距離約一百公里，只不過一小時三十分左右。這次不到南端的雷拉和卡通巴（Katoomba）兩鎮，因為去年九月時到過了，今次改往北部的威爾遜山（Mount Wilson）附近，參觀此處的幾個私人莊園，其中一個最大的叫 Breenhold Gardens。我們約十時左右到達，原來好此道者大不乏人，莊園附近馬路旁的合法停車處早已泊滿了車。入場券十二點五澳元，不算貴。不過園內所見盡是亞裔和印巴面孔，澳洲面孔竟然寥寥可數。原來大家心態都一樣，趁假日之便逃往山林。園內部分楓葉變黃變紅，簡單的一個角落，在下午的陽光斜照下，竟然毫不平凡，有若仙境。

（二〇一七年）

塔斯馬尼亞之一：澳洲的南端

　　近年來澳洲旅遊的朋友，都紛紛放棄熱門的大城市，跑到最南端的塔斯馬尼亞州（Tasmania），但總是和我緣慳一面。澳洲的確地大物博，參加旅行團，預早安排飛機從一個城市到另外一個城市，例如從昆士蘭州的布理斯班市到新州的悉尼，或者從悉尼南下到維多利亞州的墨爾本，從時間上、行程上的方便來說都錯不了。不然的話，陸地上每一個景點之間是沒有什麼特別的東西好看的。像現在踏入初夏，氣溫高，濕度低，草地都乾燥得枯黃遍野，望盡只覺傷心。

　　記得我有兩個退休了的朋友，從香港過來探望親友，就從昆士蘭州一直駕車南下，隨意投宿，經過悉尼、坎培拉，抵達維州的南端，距離墨爾本市九十分鐘車程的菲利普島（Philip Island），傍晚時在沙灘上看小企鵝回巢。不知道他們有沒有打算向西闖，經過吉朗（Geelong）到訪大洋路（The Great Ocean Road），看看著名的「十二門徒岩石」（The Twelve Apostles），儘管目前只剩下七塊。

　　許多人從墨爾本出發探訪「十二門徒岩石」，想一天之內回程，其實非常匆忙。走完所有景點，相信要深夜才輾轉回到墨爾本市。又如從悉尼到訪首都坎培拉，來回六小時，想中途

停下來欣賞一下藍天白雲的機會也如此短暫。這樣匆忙的行程有什麼意思呢？是為了在景點拍幾張照片，表示到此一遊，為人生的所到之處留下雪泥鴻爪？

這樣匆匆忙忙，究竟對如斯良辰美景有多大認識，實在是個有趣的問題。不過許多人假期不長，要在短時期內遊玩所有景點，參加旅行團是唯一的辦法。記得有個攝影師在專欄上也推薦喜愛攝影愛好者參加旅行團，例如歐洲十三國十天旅行。他認為旅行團如此安排，你就會遊覽得最多地方，拍攝得最多的照片。不過我有點懷疑他到底是不是一個「專業」的攝影師，因為好的照片，不是來自數量多少。近年流行的自由行，其實就是旅行團的另一個選擇。

自由地選擇要到的地方，走進繁華的背後，看得透徹、了解得深入才是最重要的旅遊體驗。攝影愛好者何嘗不可以因此拍攝得隨心隨意？何必時刻要記掛着要走遍名山大川，向人炫耀到過什麼世界之最？糾纏於數字，實在恬不知恥。我也可以籠統的說一個十天旅行，每日基本三餐之外，我拍攝了最少四至五千張照片。旅行完結，要看成績吧。道理簡單不過：多不表示好。

為什麼要到塔斯馬尼亞州旅行？它是一個大島，面積約少於七萬平方公里，人口五十一萬，是澳洲最小的一個州，但澳洲的最美麗的風景區都在裡面，參加旅行團並無必要。駕車旅遊，單向從南到北或從東到西，都有公路連接，都不需要特別的安排，方向指示也很清晰。只是塔斯馬尼亞的公路，除一般的 A 級柏油路面外，還有不少只是鋪上沙石的 B 和 C 級道

路，要很小心駕駛才能安全前進；下雨天道路更滿佈泥濘，倍覺危險。有些旅遊網站提議租四驅車，如果你想翻山越嶺，未嘗不可；一般路面駕駛，並非必要。

二○○三年第一次到塔斯馬尼亞。朋友和我乘飛機由悉尼到墨爾本，轉機往首府霍巴特（Hobart）。飛機降落後，我們在跑道上走向一間兩層高的小樓，入境區和離境區都在一起，樓上的人在揮手，地上的人在回應，行李由拖車帶到大家前面，一湧而上領取自己的行李。去年再到霍巴特，機場小樓擴闊了。雖然不至於很美侖美奐，但很符合作為內陸機場的身份，毫不誇張，也沒有什麼令人驚訝。自然，沒有多大修飾，本來就是澳洲的特色。

近年旅遊業的興旺，也帶來塔斯馬尼亞不少的改變。譬如位於東北部薰衣草農場，每年十一月開始到翌年一月花朵盛放，經過社交媒體和旅遊網站的介紹下，變成了不可錯過的景點。有人在微博上貼出一幅薰衣草小熊玩偶的照片，表情可愛，大家就瘋狂跟着湧至，薰衣草小熊玩偶也因此升價十倍。但是聽說薰衣草農場的主人限制每人每日只可購買一隻，所以更加珍貴了。既然小熊玩偶的需求那麼高，難怪剽竊也是正常的行為吧。網上也出現了許多冒名頂替的薰衣草小熊。買了後若要驗名正身，不妨到薰衣草農場的網站上輸入產品號碼，碰一碰運氣吧。

塔斯馬尼亞的最著名景點，不能不提位於中部的搖籃山（Cradle Mountain）。搖籃山海拔一千五百四十五公尺，是島上第五高的山。山中有三個美麗的湖：Dove Lake、 Lake Wilks

和 Crater Lake。搖籃山山上陰晴不定，看到山峰純然是運氣好。我三次到達 Dove Lake，站在湖邊，只有其中一次有十五分鐘得以清晰遙望山峰。去年的一次更下着綿綿細雨，不忿氣沿着湖邊走了一趟，也是徒然，山峰只在雨霧中若隱若現。

也許要再來一趟吧。人生有悲有喜，或晴或雨。明白了什麼叫做遺憾，處之泰然就好。

（二〇一五年十二月六日）

塔斯馬尼亞之二：霍巴特印象

　　飛機即將降落塔斯馬尼亞首府霍巴特（Hobart），從窗子往外看，只見田野一遍枯黃，還以為塔島多雨，雖然不至於期望綠草如茵，但如此荒涼實在罕見。怪不得新聞報導說現時五十多個山林大火仍然無法受到控制，要其他州的消防員前來協助，看來絕對不是誇張的。只不過大火還未波及大城市，觸目所及霍巴特市四周不見煙火，算是不幸中的大幸。

　　塔島面積約九萬平方公里，人口約五十一萬。霍巴特位於東南，從悉尼直過飛來，不需要兩小時，比駕車到悉尼北部的紐卡素市還要方便。乘坐內陸飛機，方便如乘坐巴士火車，只需要攜帶身份證明文件（例如駕駛執照），通過安全檢查，三十分鐘前到達登機閘門就可以了。

　　霍巴特的機場雖然是國際機場，但從國外直航而來的飛機好像還沒有。目前主要有四間航空公司從悉尼有班次到來，包括澳航、維珍、捷星和老虎航空。有趣的是，我們乘坐的捷星（Jetstar）降落停機坪的時候，澳航和維珍都差不多同一個時間抵達，只是看不見老虎。至於從墨爾本或其他大城市來的飛機，也可能在另外一個時間差不多同時抵埗。

　　霍巴特市在機場西部，相距十九公里，車程二十分鐘。你

可以選擇租車或乘坐的士和機場穿梭巴士。但機場巴士是私營的，接載旅客往來酒店和機場，並沒有公共巴士行走，也沒有火車。其實當你步進入境大堂就知道了。那麼小的地方，進入大樓就立刻看到領取行李的輸送帶。大家就安靜地等候行李慢慢的送出來，只不過是五分鐘左右吧。

記得我二〇〇三年到來的時候，機場連輸送帶也沒有，大家下機後站在一旁，然後一會兒看見一輛小型車子慢慢把行李拖來，於是一窩蜂走前去在拖架上找回自己的行李。我在網上的討論區得知，很多旅客都投訴捷星這類廉航的服務，但這次算是例外。飛機準時起飛抵達，降落跑道時又沒有左搖右晃，取回行李也很快捷。只是座位跟火車的一樣，總覺得有點骯髒。

相比悉尼，霍巴特的確是一個非常寧靜的城市。悉尼人口約四百多萬，霍巴特人口約二十二萬，可知差距有多遠。如果說悉尼是大城市，霍巴特僅僅稱得上是城市，細小得來別樹一格。大城市是否比較好，見仁見智。而且許多的所謂「大」，水份多，只是有些政客的自大狂表現，為了樹立豐功偉績，不斷搞新建設，例如在悉尼只見州政府不斷開拓新社區、道路和鐵路，口中說是為了居民的需要，但又有沒有理睬反對的道理？嘩眾取寵之餘，是否還在其中上下其手，趁機取利？痛苦的是大眾，繳交稅款，以為有個美麗的明天。如果能夠善用這些巨額的款項，平衡貧富的差距，大家生活得可能更輕鬆愉快。

所以不要奇怪霍巴特沒有火車穿梭城市中心和小鎮之間。一個小地方的交通模式，不必和所謂大城市看齊。霍巴特的居民可以簡單駕車，或者按照班次乘坐巴士往來。市中心的大型

停車場有九十分鐘免費停泊，路旁也有收費的泊車處。泊遠一點，然後走入市中心就是了。所謂市中心，不過是圍繞伊莉沙白大街（Elizabeth Street）的幾條街道和購物廣場，只有接近用膳的時候才見人來人往，其餘的時間，只有遊人三三兩兩。你有充足的時間喝杯不便宜的咖啡。

行走霍巴特市內和近郊的巴士叫做 Metro Bus。巴士快來了，就從家裡面走到巴士站。霍巴特的儲值巴士搭載卡叫做「綠卡」（Greencard），可以在市中心的 Metro Shop 或部分便利店購買，按金五澳元。你可以預先充值，或者跟巴士司機充值或購票都可以。霍巴特的巴士司機是我見過最友善的司機，難得既有禮貌，又耐心向你解答疑難，所以很多人下車時都不忘向他們道謝。

今次逗留在霍巴特，就故意選擇不駕車，看看交通如何。如果你還走得動的話，市內和近郊的景點都可以步行。例如塔斯馬尼亞主校園區所座落的沙灣（Sandy Bay），可以乘坐巴士，或者徒步兩公里前往。我們嘗過兩種滋味，各有好處。其實海運才是霍巴特的主要交通。霍巴特位於德溫特河（Derwent River）出口，全球最艱難的悉尼霍巴特帆船賽，聖誕翌日從悉尼港出發，終點就是霍巴特的憲法碼頭（Constitution Dock）。

霍巴特是澳洲第二最古老的城市，塔斯馬尼亞大學也是澳洲第四古老的大學。如果要我選擇澳洲的大學，我會推薦塔斯馬尼亞大學。當我踏上它的校園，就知道這是個讀書的好地方。霍巴特有一千二百九十公尺高的威靈頓山，又有美好的海港。如此山明水秀，讀得好與否全靠你自己。讀書求真理，地

靈不一定人傑。你个妨看看許多位高權重的人的嘴臉，就知道他們是枉讀書的。

（二〇一六年一月三十一日）

塔斯馬尼亞之三：重訪霍巴特

　　一個值得留戀的城市，不一定是靠偉大宏偉的新型建設吸引遊客駐足。你不妨看看耗資千億建造號稱什麼全球最先進的高速鐵路，只是縮短了往返兩個城市之間十數分鐘的時間。雖說時間就是金錢，但不顧一般民眾迫切所需，簡直是本末倒置。

　　有些地方需要不斷靠新的建設去維持吸引力，希望以新穎時尚的姿態向人炫耀自己的成就，原因不外是舊的有歷史、有價值的東西都給摧毀了。據說歷史上記載最早有人類居住至今的城市叫做傑里科（Jericho），中文聖經中譯作耶利哥，位於巴勒斯坦領地約旦河西岸，耶路撒冷以北。公元前一萬一千年已經有人居住，現今人口約二萬人。大家熟悉的有人開始多人聚居的歐洲大城市中，倫敦於公元四十三年，里斯本於公元前一千年，羅馬於公元前七百五十三年。至於北京，據說開始於公元前二百二十一年。

　　澳洲這個國家畢竟年輕得很，最古老的城市是悉尼，由一七八八年開始多人居住。塔斯馬尼亞的首府霍巴特原來是澳洲第二古舊的城市，一八〇三年開始已經有人聚居。但奇怪的是，如果推算澳洲最早聚居在一起的人類，一定不是十八世紀來到新大陸探險的庫克船長（Captain James Cook）和其後的英

國移民，而是長居在此的土著。悉尼的最早的人類活動可能要推算到四萬至五萬年前。至於霍巴特也不算久遠，不過是三萬五千年前左右。

細想一下，所謂久遠，對一個人的短暫生命來說，簡直長久得不可想像，可以說毫無意義。我不是記憶強的人，更加忘記了許多讀過的歷史細節，現在對古和今只有模糊的認知，所以要靠讀書重新認識遺忘了的事情，提醒記憶中的許多缺憾。讀書從來不會令人變得聰明，多讀書只會令人變得更渺小。

來訪一個城市，記錄所見所感，除了寫筆記、博客和拍些街頭獵影之外，還可以買一本特別的書，和這個城市扯上一些聯繫。在愛爾蘭的都柏林（Dublin），到過詹姆士・喬哀斯（James Joyce）博物館後，看到書店裡擺放的書籍中，擺放了不少喬哀斯的著作，就覺得不將其中一本帶回家，好像有點點對喬哀斯的不敬，於是就再一次買下了厚厚的《優力西斯》（Ulysses）。要將《優力西斯》讀完，就是你一生讀書計劃的一大挑戰。難怪在許多的評選中，《優力西斯》往往最譽為二十世紀最偉大小說的首位。老實說，我還未有信心，接受這麼艱巨的挑戰。

霍巴特的市中心一個商場內有悉尼的大書店 Dymocks 的分店，是我後來偶然尋獲的，我不奇怪它有多少受到居民的歡迎，因為它是悉尼的複製。我們也不喜歡悉尼的大型連鎖超級市場在霍巴特市中心的分店，因為它們都千篇一律，貨品一式一樣，唯一好處是連價錢也相差無幾，沒有意外，也沒有驚喜。

所以要購書，我寧願走到幾間獨立的書店逛逛。它們有特別擺放書籍的方式，有些設有售賣塔斯馬尼亞作家的專區，更

有作家的簽名本出售。我也找到了不少舊書店，甚至週末的跳蚤市場也有幾個舊書攤檔。其中一間在伊莉沙白街的舊書店，店內都有不少值得閱讀的二手書，一般標價十澳元。店主說出售的書都會半價回購。於是我買下了大提琴家巴勃羅·卡薩爾斯（Pablo Casals）的傳記《喜樂與傷悲》（*Joys and Sorrows*）作為我對霍巴特的回憶之一。雖然卡薩爾斯可能和霍巴特半點關係也扯不上。

別奇怪我們只逗留了七天，這七天不足夠令我充分了解霍巴特。有人覺得到來匆匆看看，拍攝幾張照片上載社交媒體，就完成了認識一個城市。我在香港出生，生活工作了四十多年，離開了將近十三年，我愈來愈覺得我不了解香港這個地方，不知道人為什麼變成這樣。而今寧靜的霍巴特其實有興旺的過去，以前海運昌盛的時候，港口的碼頭曾經熙來攘往，載貨和載人的遠洋輪船曾經以此為家。直到飛機成為主要的運輸工具，霍巴特就逐漸失去它的光芒。

霍巴特的歷史就銘記在那些古老的房子上。那些在砂岩的石塊刻上的年份和名字都記載以前一段又一段的故事。你有興趣逐一看下去，你就會重新塑造霍巴特的歷史。沒有人願意看到一個沒有古舊建築物的城市，以為這個城市出了什麼毛病。就等於跟沒有什麼內涵的人溝通一樣，你會覺得一點趣味和品味也沒有。

（二〇一六年二月七日）

袋鼠島之一：初到袋鼠島

　　飛機降落袋鼠島的時候，正是正午十二時三十分，陽光非常猛烈。這個比新加坡大七倍的島，海岸線長五百四十公里，是澳洲的第三大島嶼。最大的島，不消說，是塔斯馬尼亞，比袋鼠島大十六倍。袋鼠島位於南澳州南端一百一十二公里外的海洋，最接近的大城市是南澳州的首府阿德萊德（Adelaide）。乘坐飛機，由阿德萊德出發，只需半小時。今次趁有飛行里數換取機票，所以才乘澳航由悉尼出發。先飛行一小時三十分鐘到墨爾本，再轉乘雙引擎的航機，飛行一小時三十分鐘到袋鼠島位於金斯科特（Kingscote）的機場。因為國內航班沒有像國際航班的飛機飛得那麼高，可以清楚看見下面的陸地和海洋。沿途所見，墨爾本到金斯科特近海的土地都是一遍泥黃，乾旱得非常嚴重，沒有什麼草綠的顏色，遠處深黑一片的可能是森林。望着天空，就知道澳洲從來不缺少藍天，只嫌太少白雲。沒有白雲，天空藍得像窺見了無窮的宇宙，不見邊際。見到藍天和藍海，就自然感覺到那種曬在皮膚上的炙熱。一般澳洲人，好像習慣了這般熱，從來沒有什麼怨言，也沒有覺得有什麼特別。

　　跟附近的澳洲大陸一樣，袋鼠島只是一個地勢平坦的島，

總面積有四千四百一十六平方米。最高的山名叫 McDonnell，位於島的北岸，高二百九十九米，其實以高度而言，只不過像是稍大的土丘。袋鼠島人口不足五千人。金斯科特鎮位於東部，已經是島上最大的鎮，住了島上近一半的人口，其餘主要住在 Penneshaw、American River 和 Emu Bay。金斯科特鎮中心有超市一間，幾條有商鋪的街，和有些三四星級的酒店。鎮外有加油站兩個，如果要在機場附近添加汽油，是必到之處。從機場往西南走，沿途只有一間位於 Vivonne Bay 的咖啡店和加油站一體的懷舊雜貨店。說實話，循着主要公路環繞島上一週，不過數百公里，一缸汽油足夠有餘，所以不需要為途中添加汽油傷神。不過要離開公路，走入碎石的泥濘路作冒險，就要另作計算。只要你細心查詢，島上的居民會坦白回答你是否值得駕駛三十公里泥路去看一個天涯海角的燈塔。不過迷戀燈塔，並非不可思議。那獨處海邊一角的白色建築物，有若人生的導航，或是有段刻骨銘心的故事，帶有非常浪漫的色彩。

駕自己的驕車前來，駛上碎石路，聽到碎石敲打車底的聲音，的確會心痛不已。但租車車租貴，每日差不多要二百多元，因為沒有什麼競爭減低價錢。聽說有些在南澳的租車公司都不准把車駛入袋鼠島，除了你為駕進泥路的准許添加額外費用。島上的機場只有兩間租車公司：Budget 和 Hertz。Budget 更提供在位於 Penneshaw 渡輪碼頭的取車服務。如果你在距離阿德萊德車程一小時半的傑維斯角（Cape Jervis）乘船過來，當然最方便。經營渡輪是 Sealink 公司。這每日兩班來回袋鼠島和傑維斯角的渡輪也運載汽車，包括大型貨櫃車。渡輪航行數

小時，有時遇上風高浪急，絕對非常辛苦，所以乘坐飛機有理。

　　稱袋鼠島渺無人煙，絕對不過分。飛機着陸，大家就在停機坪下機。出口只不過是旁邊的一道鐵絲網門。行李由卡車載來，大家各自取回就出外和迎接的親友見面。這樣簡單的機場，使我想起二〇〇三年初到訪塔斯馬尼亞首府荷伯特的模樣。當然今天荷伯特機場已經不一樣了，而袋鼠島的機場也正在擴建施工。大家的焦點都在來訪的遊客身上，寄望大批遊客到來消費購物，島上的經濟就有改善了。不過到了遊客增加，住宿交通等設施也要配合。袋鼠島的原來生態可否持續，就是另一個問題了。

　　踏上袋鼠島，心想是否類似奈良市的馴鹿般，隨處可見袋鼠。烈日當頭，袋鼠和其他聰明的動物一樣，都躲在樹叢裡，只有人類這般愚蠢，曝曬數小時，不患上皮膚癌才奇怪。況且袋鼠也不馴服。在野外活動的袋鼠怕人，但牠們彼此間打鬥並非不常見。兩隻袋鼠格鬥，拳腳交加，你可以隨時在網上看到。前年夏天到大雪山國家安公園，入住金達拜恩（Jindabyne）的野外營地旅舍，就看到了兩隻袋鼠格鬥，拼得你死我活，但又不見血流披面。從此以後，看到袋鼠，要提醒自己牠們是野生動物，不要招惹牠們，也不應該餵飼食物。他們習慣餵飼，就會逐漸喪失了自己覓食的能力。

　　結果在第二天的傍晚，駕車回到住宿的營地，依靠微弱的日光餘暉，才看到幾隻小袋鼠在遠處的草地上覓食。一隻小袋鼠在車旁細細咀嚼，寧靜得什麼聲音也聽不見。在袋鼠島上，一切那麼簡單，街燈和路燈都沒有，晚上靜悄悄，只聽到

蟲鳴，世界原來如斯黑暗。一會兒出門再看，袋鼠們都紛紛不
見，消失在黑漆漆的天地裡。

（二〇一八年一月二十一日）

袋鼠島之二：炸魚薯條

依據租車公司櫃台職員的介紹，從機場出來，沿着南岸公路向東北角駛去，很快就會到達袋鼠島的大鎮金科斯特（Kingscote），加油站在那裡，還有旁邊的全島最佳的炸魚薯條店，一定不能錯過。這個職員像一個豐有經驗的導遊，打開袋鼠島的觀光冊子，翻到中開兩頁相連的全島地圖，熟練的在上面打着一個又一個圓圈，告訴我們全島的重要旅遊熱點：機場附近的蜂蜜廠和桉樹油製造廠、南部的海豹灣（Seal Bay）、西南部的 Flinders Chase 國家公園、北部海邊的斯托克斯灣（Stokes Bay）和鴯灣（Emu Bay），還有晚上入住酒店所在的美國河（American River），位於東邊半島的賓尼沙（Penneshaw）。除此之外，還有他的個人推介──位於海豹灣旁邊的包萊斯灣（Bales Bay）。看來這四天的行程，應該不會太壞。不參加旅行團就是想有一個不同的選擇，看得較為隨意，也較為寫意。經過他如此落力推薦，旅程好像更加充實。

袋鼠島是南澳人的週末好去處，駕車乘渡輪，一天十二班，航程四十五分鐘，在賓尼沙登岸就可以開始旅途了。袋鼠島就像澳洲的縮影，可看的東西不少，不過並不是氣勢磅礡、歎為觀止的勝境。而且一個景點和另一個景點，相距那麼遠。

但在一天之內走遍全島，不晚上留宿，絕對可以。譬如說，從東北角金斯科特駕車西行到西南角 Flinders Chase 國家公園，地圖上說是約一百公里，一小時到達不是沒有可能的。南部海岸公路的最高時速是一百一十公里，只有接近小鎮的時候減慢為限速六十公里。一輛載滿乘客的巴士，當然不會不停下來讓遊客鬆鬆手腳，解決生理需要，然後再上路，所以一小時三十分鐘就夠了。一天走遍袋鼠島，行程緊湊，早上去，晚上返回阿德萊德，途中還可以在巴士上短暫休息，絕對是精打細算，行得通。

所以說到要在袋鼠島過幾個晚上，別人覺得你是有點笨。不過想到要花那麼多交通費到來島上，不多逗留數天，又覺得不值得。正常從悉尼到袋鼠島的飛機票要七百澳元。這個價錢，比某些航空公司從悉尼到北京或東京還要貴得多。我們乘坐往返墨爾本和袋鼠島的航班中，只坐滿了三分之一乘客。老實說，澳航提供這條從悉尼飛袋鼠島、半途停墨爾本的新航線，可能是做善事，推廣旅遊。當然悉尼到墨爾本之間，等於乘坐巴士一樣，在繁忙時間，一個空座位也沒有。澳航可能計算過，袋鼠島的航班，是個試金石，看看有多少人願意嘗試。

全島最著名的炸魚薯條店，在公路旁，經過了加德士（Caltex）油站，竟然錯過了，結果直駛到海邊的倉庫停車場，才想起看不到炸魚薯條店。停車場是沙泥空地，碼頭就在岸邊伸出海中。這天陽光普照得有些過分，只覺得陣陣的灼熱。下車後再翻閱地圖，駛回原路，看到油站，見到相連的商鋪，原來就是大家口中的名店。進入店內，抬頭看掛在牆上的餐牌，

才知道炸魚的魚有多種，薯條也有不同的大小，不能隨便的叫個炸魚薯條就算了。我們叫了個鱈魚（Whitingbeer batter）炸魚，加一小碗炸薯條裹腹，等待一會兒進入鎮內再吃個小食或下午茶糕點。不到一會兒炸魚薯條已弄好，拿到自己的桌子，輕輕咬一口。魚果然新鮮，沒有油膩的油味。薯條也是鮮炸，粗條狀，是真正的馬鈴薯，不是麥當勞的幼條狀薯條。這個炸魚薯條餐，一句話：名副其實，果然沒有令人失望。

維基百科說炸魚薯條來自英國，但有些說法指英國人把炸魚和薯條放在一起，成為他們的主要食物。炸魚的方法是十七或十八世紀時的猶太移民從西班牙和葡萄牙傳入，做法是將魚塊裹上麵糊油炸。傳統上用水和麵粉製作麵糊，加上一點碳酸氫鈉、少許醋，麵糊會起泡，產生蓬鬆口感。Beer batter 的做法是用啤酒取代麵糊中的水。啤酒中的二氧化碳可以使麵糊的質地更酥脆，並使炸魚顯得偏棕橘色。葡萄牙人也把炸魚的方式傳到日本，成為今天日本人的天婦羅 tempura 的油炸煮食方法。

當然炸魚薯條最重要的是問用什麼魚。英國大多用 Haddock 或 Cod。有一陣子據說澳洲用的是鯊魚肉。這間炸魚薯條店，餐單上的魚有 Whiting、Garfish、Snapper 和 Flathead。如果不吃魚，可以吃炸蝦和新鮮生蠔。美國河附近，就有一處地方專門賣新鮮生蠔，但這間店的生蠔一點也不貴，看來還很新鮮。但是許多悉尼的餐廳出售的炸魚薯條餐，可能是來自越南的巴沙魚（Basa）。巴沙魚也常用作魚柳。你吃的醋溜魚柳，也可能是巴沙魚。巴沙魚的養殖區集中於湄公河三

角洲。人工飼養的魚類，為了減少因病害死亡，所以加入大量抗生素。吃下這些魚類，對身體的健康有害。難得這小小一間炸魚薯條店，清楚標明用的是什麼魚，是否本土或外地輸入，讓顧客有所選擇。這樣誠實的做生意，給顧客信心，也是經營的良心，難怪原來的店名 Kingscote Takeaway，就不需要刻意記得了。

(二〇一八年一月二十八日)

袋鼠島之三：袋鼠島的日出日落

　　來到悉尼，沒有人不想到海邊。著名的邦迪（Bondi）或曼利（Manly）海灘都是人山人海。海中當然不乏弄潮兒，岸上也是擠滿人，大家到來為了看看幼白的沙和滾滾在綠波上的白浪。只要不是陰天，天空和海一片灰，這些海灘都是必到之處。悉尼東岸的小小海灘，也都有如此美景，是自成一國的天地。一個同事學潛水，訓練的地點就在雪莉灣（Shelly Beach），和曼利海灘只是一箭之遙，沒有那麼多遊人。步行遊覽曼利海灘，不到雪莉灣，不算是完整的行程。而且雪莉灣以南的小山崗上，就是著名的 North Head，與南方的 South Head 相對。每年聖誕節翌日從新州悉尼到塔州荷伯特的勞力士帆船大賽，起點就在附近的海中。可以想像，一聲令下，參加賽事的百多艘船立刻展開角逐，駛離悉尼灣，經過 North Head 和 South Head，向南方航行。二〇一七年的冠軍船 Comanche 號，只用了一天九小時十五分二十四秒就完成了六百三十海浬（一千一百七十公里）的航程，到達終點，並且刷新了紀錄。

　　所以說澳洲人愛海是環境使然。住在海邊，一望無際，心情自然容易開朗。一位風水大師說過，房子望海的方向不宜無窮無盡，如果海中有一島阻隔一下視野，財氣積聚，就更加會

盤滿砵滿。可惜世事無絕對，術數是否適用於海外，風水大師能否解答，也頗成疑問，只是說靠近海邊加上向海的房子，價值比其他地點都特別高。管他有沒有小島，近水樓台，景觀及身價自然不同。移民和本地人，口味都相當一致。

不過悉尼的海邊房子太貴，要避世，又要好景觀，也要便宜，不妨考慮袋鼠島。事實上我們就碰上在 Flinders Chase 國家公園遊客中心工作的一個女士，原本住在我們家的社區附近，數十年前搬到袋鼠島生活，為的是逃避城市的繁華。她倒覺得現在生活得很自在，沒有什麼問題。經她一說，才慢慢想起，這個不足五千人的小島，的確跟澳洲大陸有點不同。譬如說，公路上沒有交通燈，也看不到有路燈。對，就算是假日，大家從澳洲大陸過來，多了車子，小心忍讓一下就順利上路了。晚間不知道有多少商業活動，就算有，大概只有在金斯科特（Kingscote）和賓尼沙（Penneshaw）。夜晚從來都只是屬於動物世界的。

袋鼠島最美的海邊，有人說是位於南部的維沃灣（Vivonne Bay）。通向維沃灣是一條塵土滾滾的路，的確先要有膽量挑戰這分多鐘的行程。不過努力必有回報，盡頭的海邊，在陽光下，果然是一番景象。遠處的海水那麼湛藍，靠岸的水如斯清澈，打着巖石激起浪花。走到碼頭看，盡處有三兩個人在釣魚。沙灘不大，但沙粒雪白得耀眼。如果陽光不是太猛烈，不適宜長時間曝曬的話，走在沙灘上也是不錯的。我們來到的這幾天，不幸日間氣溫高至攝氏三十五度以上，紫外線強度為十四。這種天氣，不但把遊客都嚇怕了，動物都躲了起來。離

開維沃灣在公路上向西駕駛，數數看，除了我們的車子外，只不過遇上不超過十部車子。

袋鼠島的必到之處，南部有海豹灣（Seal Bay）和西端的 Flinders Chase 國家公園。在海豹灣可以看到澳洲的海豹。澳洲海豹有較大的耳朵，現存約一萬二千頭，百分之八十五生活在南澳，其餘百分之十五生活在西澳，海豹灣棲息的海豹約有八百頭。由於牠們屬於瀕危絕種的動物，進入保護區要收費：由導遊帶領和自由步道的收費為三十五澳元，只走步道十六澳元。步道可以遠觀沙灘上的海豹。跟隨導遊，就可以較近距離看到牠們，還聽到有些基本的介紹。如果想拍攝海豹的大特寫，大概起碼要焦距三百至四百毫米的鏡頭。今次輕鬆上路，只帶了輕便相機，沒有這個重型裝備，留待下一回吧。

至於西端的 Flinders Chase 國家公園，入場費為一天十一澳元，連續兩天十六澳元。我們選擇兩天，為的是看兩個景點：Admiral Arch 和 Remarkable Rocks。 翻查資料，都不知道為什麼給它們起這樣的名稱。 Admiral Arch 是一個天然的石拱門，由海浪和風化形成。由燈塔附近的停車場沿木步道走，就會看到這個奇景，還有不少新西蘭種的海豹在石上休息。要保護這個天然景觀，走進拱門中央就不可能了。至於 Remarkable Rocks 是幾十塊堆在岸邊的大石，形狀奇特，這個島沒有其他如此這般的岩石。遠看和近看都不同。雖然叫它為 remarkable 有點普通，但有獨特、與別不同的意思，看來也並非沒有道理。

我們選擇先在 Remarkable Rocks 看日出。驅車前往，黑夜中慢駛，終於看到路中央一些小動物如袋鼠。接近海邊的石

群，看見遠海一絲的紅光慢慢變黃再變泛白。太陽從地平線升起不過短短兩三分鐘，剎那間天地都明亮了，然後看到有幾個人趕來拍照。傍晚時在 Admiral Arch 附近賞日落，最後還是覺得燈塔作背景好，結果跑回山崗上。四野無人，日落於海中，天地黯然有餘暉。畢竟璀燦過後，黑暗是唯一的歸宿。電影《忘形水》（*The Shape of Water*）中，片首女主角伊莉莎撕下日曆，翻到背面寫着：「時間不過是條源自過去的河」（Time is but a river flowing from our past）。到底是誰寫的，反而不重要。難得一天之內看到日出和日落，好像一個人生縮時（time lapse）的電影。回頭看過去這條河，才明白了什麼叫做不堪回首。

（二〇一八年二月四日）

袋鼠島之四：旅行終站

　　袋鼠島之旅的最終站，就是返回機場。這輛三菱 ASX 型號的城市四驅車最後走回老家。正如租車合約上列明，只包括六百公里的行程，多出了就要按額外每一公里計算。把車駛到機場停車處，熄匙收拾行李下車，看看車上儀表板上顯示，還差數公里才到六百，所以不必再繳付其他費用。合約包括行車六百公里，別處的租車合約上未見過，通常都只說是多少天多少小時。因此可以知道租車公司早已心中有數，或是從以往駕駛者的行車紀錄做個估算，訂定這個條款。除非你二十四小時在路上，否則一天平均走二百公里是差不多了。你看這小島，憑你一天到晚，任意飛翔，你都走不了多遠，的的確確是個小小的地方。如果你問我到底是否值得到來，我還是先要問你有沒有其他更加想要去的地方。走向人生的終點，有個短短的 bucket list 打算做一些特別的事，一點也不過分，也不奢侈。如果到袋鼠島旅行在你的 bucket list 上面，我相信你已經走遍名山大川，看盡雄奇宏觀的風景。

　　把車匙交還到租車公司的櫃面，卻不見三天前取車時那個熱心推介美景的小胖子。我想感謝他的簡短介紹，豐富了我們原來的計劃。我們到過卑詩海灘（Bales Beach），他說經過海豹

灣就不妨順道看一看。卑詩海灘距離海豹灣不足一公里，不過是沙石路，走得很慢，停車場只是空地一個。走下沙灘，豎了警告牌，原來快要進入一個自然保護區。相信沿着小徑，一定可以看到另一端的海灘。不過在陽光下，走得很吃力。沿途植物長得只有我一半身高，不能作遮掩，只好半途折返趕路。至於小胖子介紹的斯托克斯灣（Stokes Bay），位於小島北岸，從公路駛進沙石路，到海邊有二十多公里的距離。考慮到車子走得慢，就放棄不去了。其實是我們駕駛得太過小心。換了別人，可能不需要什麼顧慮了。所以每次交還租賃車子，從來沒有收到什麼事後投訴。也許可能過分小心，少了些冒險的樂趣。

有人迷戀燈塔，袋鼠島有三個位於海邊的燈塔，可能別有魅力。西南角的位於 Flinders Chase 國家公園內的燈塔，可能並非運作中，門關上，不能走上塔頂。所以只是 Ardmiral Arch 區一個景點之一。沒有咖啡店，也沒有什麼洗手間。應該說除了停車場外，什麼店鋪也沒有。這樣如此簡單的景點，可能真的沒有什麼旅遊的味道。如果你參加旅行團前來，除了四處拍拍照，坐在步道上的長椅看海之外，三十分鐘後你還有什麼可做？你大概要投訴了。別忘記，國家公園的遊客中心有咖啡店餐廳，據說有美食如三文治和漢堡。離開了遊客中心，駛向景點，才是旅遊的開始。這樣的景點，是真正的景點，留給你欣賞的空間，不給你花時間去做些無聊的事情。我從來不喜歡景點前那些喧鬧的店鋪。想想如果你要參觀一個廟宇，一定要走過兩旁的小食店和出售紀念品的店鋪，然後才走到景點前。不斷堆着笑臉拒絕誘惑，是否感到有些疲倦？

其餘兩個燈塔，分別位於東端和西端，同樣位於沙石路的盡頭。我們問過到底到西端的博爾達海角燈塔（Cape Borda Lighthouse）值得嗎？他們說：博爾達海角燈塔是個小燈塔啊！再看看我們像是不懂得駕駛的樣子，便說路不好走。這條通往燈塔的沙石路約三十公里，慢行車可能要一小時。本地的人說不好走，即是說不必冒險了。其實燈塔附近有個小房子出租，每晚二百二十五澳元，絕對不便宜，比島上其他的住宿地方都昂貴。網上旅遊網站的留言其實都很有澳洲人的特色，讚多於彈：景靚、無得頂（spectacular）和有特色之外，不忘幽它一默，說住在這裡，頗像住在 Cape Borda。Borda 和 Bordedom（沉悶）發音相近，環境如何，大家會心微笑好了。

坐在機場內回想，這三天我們到過不少地方，島上值得去的大景點都到訪過，可能錯過了一些小景點。事實上，本地人和遊客的角度也許並不一樣，所以問袋鼠島的本地人有什麼好介紹，就自然跟官方的推介或遊客的感受很不同。如果你首次來到悉尼，不去看歌劇院、海港大橋、藍山國家公園和邦迪海灘，就好像沒有認識過悉尼一樣。但如果你再來，就不必到那些地方去了。正如我的同事，探訪香港的朋友，就住在朋友在屯門的家。她說每天跟朋友到本地的商場購物，逛超市，好不快活，切切實實認識香港，原來也感受到外國人士在香港逐漸迫近的無形壓力。說是感覺，實在無法宣之於口。我聽後茫然。

旅行結束了回家，又開始忙碌的生活。有時候想，不斷旅行有多開心。不過沒有旅行，工作就會太壓迫。沒有工作，旅行又會變得刻板。如果要取得平衡，實在費煞思量。生命太短

暫，你的 bucket list 太長，便有煩惱。選擇活在任何一種方式太久，結果都會身心俱疲，真的是人最大的矛盾。

（二〇一八年二月十一日）

雪山之一：登科修斯科山

　　澳洲境內的第一高峰叫科修斯科山（Mount Kosciuszko），海拔二千二百二十八公尺，位於新南威爾士州西南的大雪山（Snowy Mountains）山脈中。以高度而論，沒有什麼了不起。中國和尼泊爾邊境的額菲爾士峰，是世界第一高峰，高八千八百四十四公尺。香港的大帽山，僅高九百五十八公尺，相距甚遠。但記得中學讀書的地圖集裡面說是九百九十八公尺，可能記錯了吧。山不在高，大帽山拔地而起，有它的氣勢。以前駕車到過氣象站前的停車處，望見山下的荃灣青衣一帶繁華。這幾十分鐘從山下到山上的短短旅程，十分值得。咫尺天涯，有種脫離塵世的感覺。

　　最近看到一段網路文章，提到行山，也比較香港附近地方的高山，寫得很有趣。其中比較附近的高山，才知道台灣的玉山竟然高達三千九百五十二公尺，比富士山的三千七百七十六公尺還要高。當年第一次聽過玉山這個名字，是羅大佑的歌〈明天會更好〉中寫道：「玉山白雪飄零，燃燒少年的心」。那時候只聽過阿里山，根本沒有聽過玉山，不了解為什麼羅大佑等作詞人為什麼這樣寫。後來斷斷續續多看了文章和照片，才知道玉山上冬季積雪白如玉，據說是台灣八景之一，自然不必

奇怪它叫玉山。

澳洲的最高峰科修斯科山，位於科修斯科國家公園內，是馳名的冬季滑雪勝地。一八四〇年波蘭籍探險家 Paul Edmund Strzelecki 發現這座山峰，以波蘭民族英雄科修斯科將軍的名字為山冠名。澳洲土著也曾經為這座山峰命名，但不及科修斯科這個名稱普遍。科修斯科山與悉尼相距三百九十三公里，這純粹是計算兩者間直接距離。若要在這個距離驅車一天往返，絕對不是妄想，但別奢望可以登山停留片刻，因為單程前往，一般需要六小時多。清晨六時驅車，幸運的話，中午過後才勉強抵達科修斯科國家公園小鎮 Thredbo。根據新州的道路安全指引，每逢兩小時需要停下來稍歇十多分鐘的話，午後抵達不是沒有可能。

Thredbo 一帶冬季厚積雪，驅車前往，車輛必須有防滑裝置，例如是四輪驅動或是配備車輪鐵鏈。在前往 Thredbo 途中，不時有停車處，提醒駕車者停車為車輪安裝鐵鏈，以便安全行車。如果裝置不足，車輛會被禁止前進。冬季科斯修科滿山遍野積雪，夏季山坡長出野花，景觀大不同，各有千秋。冬季前往，目的多為滑雪賞雪，尤其以滑雪者居多。Thredbo 附近有多個滑雪場，如果你嗜好滑雪，一定不會失望。每年冬季，滑雪旅行團紛紛開辦，夜半出發，早上抵達滑雪場，給你一整天活動，到了傍晚才載你午夜前返回悉尼。

我不愛滑雪，趁夏天氣溫回升，嘗試徒步登上科斯修科山。有些朋友奇怪為什麼夏天到訪雪山，問有什麼好看？也有些朋友到訪後，喜愛得不得了。春夏天氣暖和，冰雪融化，不

妨碰碰運氣看野花。除了野花，還有山上的嫩綠。可以說，到訪之前，看到網上的照片，總會抱有一番期望。不過旅遊中匆匆拍照，恐怕需要有點運氣。天氣可能忽熱忽冷，陰晴不定。短短三數天中，如果碰上天朗氣清，就已經是福星高照了。

這一次選擇在距離 Thredbo 鎮三十分鐘車程的 Jindabyne 鎮投宿，其中一個原因是 Thredbo 的住宿較貴，選擇也較少。Thredbo 位於國家公園內，必須持有有效的公園使用證，夏季非繁忙時段收費每日每輛私家車收取十七澳元。如果天氣不佳，這天就沒有好去處了。Jindabyne 在國家公園外，不需要付使用證。只要留意氣象預測，等到天氣不俗，才驅車進入國家公園。這十七澳元的使用證，是由進入的一刻計算，給你二十四小時使用。冬季（六至十月）是旺季，盛惠二十九澳元。夏季是旅遊淡季，容易找到泊車處。

到科斯修科山之嶺，只有徒步前往。如果你是單車愛好者，可以由 Charlotte Pass 踏着單車到達距離山頂約九百公尺處，然後下車徒步，不過 Charlotte Pass 位於山的北面，經過 Perisher 山谷，路程較遠。由 Thredbo 登山必須乘坐登山吊椅。吊椅全年開放，全長兩公里，上升五百六十公尺，全程花約十五分鐘，每位來回三十五澳元。老實說，這三十五澳元物有所值。每張吊椅最多坐四人，只有簡單的安全措施，在十五分鐘內你親身感受大自然，山風送爽，沒有阻隔。到達山上，展開七公里半的向上徒步。

那天第一次走上去，風太大，天色灰暗，恐怕將要下雨，只好走了約二公里半折返。兩天後捲土重來，天色明朗，冒

着強風一口氣登上二千二百二十八公尺的山頂，果然一望無際。不過沒有一覽眾山小的感覺。科修斯科山附近的 Mount Townsend，海拔也有二千二百零九公尺。有人計算過，它才是最高。不過俗語說，一山還比一山高，要不斷比較下去的話，我沒有什麼興趣。

科修斯科山的山徑，大部分是由鐵架鋪設而成，走得很輕鬆，只是風刮得大，翻開了帽子，陽光灼傷了我的臉，如果事先塗上防曬油可能更好。中途也有清潔的洗手間，給這個數小時的行程帶來方便，值得一讚。沿途沒有發現什麼垃圾，可能大家都很珍惜這個難得的地方，不會摧毀它。你問我值不值得再來，我說萬分值得。登上高峰，遠離塵囂俗世，當然是人生一大快事。

（二〇一七年一月二十九日）

雪山之二：小鎮庫瑪

　　我手上的雪山旅遊指南，簡單叫 Snowy Mountains Magazine，是二〇一八至一九年的夏季版，就放在入住的汽車酒店的接待處和房間裡。封面是一個小男孩和小女孩在山中的湖泊或河上嬉水，果然有暑氣迫人的感覺。仲夏的雪山，畢竟是非常澳洲的天氣，你不會對低溫有什麼期望吧。雪山位於新州的西南端，澳洲境內最高的山峰科修斯科山（Mount Kosciuszko），海拔二千二百二十八公尺，就在連綿山脈之中。二〇一七的仲夏我登上過一次，在山脊的步道上來回走了十三公里。說是走，其實並不正確。因為步道大部分由鐵網鋪蓋而成，在晴朗的日子，尚可加緊腳步，下點雨或沾滿了水，步道變得稍為濕滑。你看到相距不遠之處的警告牌，提醒不要在步道上奔跑。山上一棵樹也沒有，只有巨石、矮小的植物和不知名的野花。

　　到雪山投宿的第一站叫庫瑪（Cooma），位於首都坎培拉以南一百一十六公里，駕車時間為一小時二十二分鐘左右。從悉尼到坎培拉相距二百八十六公里，車行三小時九分鐘。換句話說，從悉尼直奔雪山中，不要五小時是不行的。況且長途駕駛容易疲勞，每兩小時作一個短暫的休息更是應該。州政府一直很努力宣傳「STOP, REVIVE, SURVIVE」這道理，我銘記於心。

旅途中開始打呵欠，即表示自己的注意力開始受到疲累影響了。早上從家出發，慢慢駕駛來到庫瑪已是接近下午四時了。再駕一小時多才到登山的斯雷德博（Thredbo）鎮。這是個疲於奔命之旅。登山纜車五時停駛，除非你打算在山中紮營過夜，不然只好等待明天。

為什麼要停庫瑪？庫瑪是大鎮，有市中心、數間連鎖超市和油站，生活所需和加添燃料都有，價錢較靠近雪山的另一個小鎮金達拜恩（Jindabyne）便宜。例如每公升汽油同一連鎖油站在庫瑪要一百三十五澳仙，在金達拜恩要一百五十五澳仙，相差十分明顯。入山之前的最後補給，全部都要在金達拜恩，所以便宜不是必然的。離開金達拜恩入山投宿，中途只有數處野外露天營地和一個渡假村。到達斯雷德博前，更要繳交二十九澳元二十四小時有效的科修斯科國家公園入場費。如果天氣不佳，強風大作，登山纜車會因危險停駛。那時山上陰霾籠罩，沒有什麼可看。

來過庫瑪多次，投宿倒是第一次，因為從庫瑪到斯雷德博要個多小時，一般都是選擇金達拜恩，貪其節省近一小時約六十三公里的車程。金達拜恩還有水壩和金達拜恩湖可看。庫瑪雖是古鎮，建於一八四九年，但想看的東西可能不比金達拜恩多。權衡輕重，還是試一試庫瑪。入住的酒店真的是汽車酒店，設備齊全，但房間面積小，所有東西都放在一起，身形稍為肥胖，恐怕轉身有困難。一如網上留言，主人 Brian 確是非常有禮，親自介紹冷氣機和電視如何操作，甚至一一介紹晚餐的好去處。

多年前來過庫瑪，對其中一間中菜餐廳印象非常深刻。那時候中餐館只有一間，不及現在多了三兩間。這間餐廳門前張貼大大的、以中國古代的一種神獸作為名稱的招牌，當然令人有他鄉遇故的聯想。為了一嚐是否道地，是否帶點「鬼佬唐餐」的風格，於是走進去。坐下來，侍應端上餐牌，正在考慮之際，可能以為我們看不懂英文，跟着又端上中文餐牌。一看果然有端倪。中英文餐牌上，同一道菜，英文餐單上的比中文菜單貴，是何道理？既然中文餐單較為便宜，於是就指着上面的名稱點菜。餸菜的味道尚算可以。到了結帳，我們也是給收取中文餐單上的價錢。澳洲的餐廳沒有收小費的習慣，假若你的菜是二十五澳元，就付二十五澳元便是了。不過如此奇怪的兩份餐單，生平只有遇過這一趟。現在許多中餐廳，索性中英文並行了。

這次汽車酒店主人 Brian 介紹中餐，我們說不用了，但不想詳細複述這樣奇怪的事情，因為往往加上了許多自己的主觀感受在裡面，不一定是它原來的意思。他說印度餐廳也是普普通通而已，卻推薦小鎮中心大街上一間叫 Alpine Hotel 的酒吧餐廳，從汽車酒店駛去不過一分鐘。這間酒吧餐廳翻新過，一點也不覺得陳舊。裡頭坐滿人，相信很多庫瑪鎮的人都紛紛到來聚集在一起，喝點酒，甚至吃一個晚餐。

我點了 Flathead Fish 的炸魚薯條餐，吃得放心，因為如果不經解釋列明，炸魚薯條的炸魚用的多是 Basa 魚。Basa 是一種入口的養魚，飼料中可能放進了抗生素以保證魚長得健康肥大，但你也不想吃下抗生素吧。這個 Alpine Hotel 的招牌炸魚

不俗。薯條也不是麥當勞那種瘦瘦的,咬下去是真的馬鈴薯,貨真價實。除了價錢要稍為要抗議一下之外,沒有其他投訴。但在這個內陸的小鎮酒吧,大家都走進來,證明價錢不是吸引人的唯一因素。

環顧四周,正在吃的,或是喝着酒的人,大家都有一份閒情。這天是十二月二十七日聖誕過後,鎮上大部分可能還在享受假期,也有些人趁着假期經過小鎮到訪雪山。大家都好像沒有興趣看看大電視屏上的新聞。老實說,這年頭,根本沒有什麼好消息。與其不斷令自己傷心,倒不如在小鎮享受片刻寧靜的生活,忘記這個混帳的世界。

(二○一九年一月四日)

雪山之三：再登科修斯科山

二〇一七年一月底，登過澳洲的最高峰科修斯科山（Mount Kosciuszko）。今次聖誕過後來，除了是想再登山，還是想看看許多人說過那漫山遍野的野花。早上別了庫瑪（Cooma），來到金達拜恩（Jindabyne），進了遊客中心看看，見到一些攝影作品出售，盛惠五百澳元，上面就是拍攝了雪地上的野花。數朵野花作前景，背面朦朦朧朧是大遍雪地。看來看去都不見野花滿山，是不是如此而已？遠道而來，只是看幾點零落的野花，似乎有點誇張吧。不過好像旅遊書上說春天到西澳州，看的也是野花；如果不看花，就沒有什麼可看了。二〇一八年是澳洲歷史上最暖的一年，今次雖然比上一次早一個月登山，也不能保證可以野花盛開。是的，氣候變幻莫測，誰也不敢作保證。

離開金達拜恩，取道科修斯科山道（Kosciuszko Alpine Way）直奔斯雷德博（Thredbo）。路上的指示很清晰，大路隨一個分岔路口左拐。不過稍一不慎往前直行，就會駛向瑞雪（Perisher）谷的方向。瑞雪谷是大雪山的著名滑雪場，冬季車路積滿雪，需要四驅車或帶上四輪掛上鐵鍊的車才准駛進。如果不取此道，可從科斯科山道停車場改乘登山纜車直達。夏季

經過瑞雪谷，山脊滿是碎石，無甚可觀。大家只是取道瑞雪谷往夏洛特通道（Charlotte Pass）。夏洛特通道是車路的盡頭，再往前駛，需要特別通行證。往前走，就會走到修斯科山上的廁所，連接步道再步行一公里到山峰。不要笑這個廁所是景點之一。這是高山上唯一的廁所，是山中挖空一個大洞建成，有工程車定時抽出排泄物，裡頭牆上小小的溫馨提示不要把垃圾拋進馬桶內，又有極速揮發的洗手液給你使用。大家都珍惜它的存在，所以沒有什麼異味。

科修斯科山道駕駛最高時速可以達到一百公里，冬季速度降至八十公里。路面平坦，但山路崎嶇，穿梭在山野間，有時候就會不自覺地超速。超速和超車都是非常危險，暗藏殺機，所以我是乖乖跟車速提示慢駛前行。在進入科修斯科國家公路前，左右路旁劃上黃線，表示已進入積雪地帶，冬季時路上佈滿積雪的話，司機必須下車為車輪掛上鐵鍊才可前進。有一年冬季駛車前來此區，毫無準備，是日風和日麗，不知不覺已經過了積雪警戒線。到了一個國家公園入口，查詢之下才知不是四驅車的話必須帶備車輪鐵鍊，以備警方抽查。於是只得在路旁把玩冰雪，聊勝於無，然後趁早把車駛回海拔一千五百公尺以下。

新州的暑假約有四十二天，聖誕是假期中，當然一家大小出外到雪山並非不常見，不到海邊就到山區。斯雷德博鎮內的停車場早已泊滿了了車，遲到了就要停車在鎮外大型停車場，只是多花十分鐘步行。走到纜車售票處，就看到排隊的人龍。人龍不長，相信還是因為時間早。登山纜車票的種類有登山和

玩滑坡單車，又有個人票和家庭票，一天、三天兩次和一週的套票。澳洲人也總是愛多寒暄數句，人龍後心急如焚的人不氣死才怪。上次來在售票處電視屏上看到報導山頂的溫度，今次奇怪播了又播，卻不見這個消息。不過沒有什麼奇怪，大家手上的智能手機，什麼地方的即時溫度都可以一清二楚了。上次到來，山下溫度可人，電視屏上卻說山頂大風寒冷。很多人就看了這個提示，急忙在店裡添衣。結果走在山上，風是強勁了點兒，氣溫卻不見得低。我卻覺得曝曬在陽光下，一定要穿保護衣物，把臉、頸、手和腳塗上抗曬太陽油才可以。

登山纜車是全開放式，叫 chairlift，名副其實是最多坐四人的座椅，由纜索帶上山，又帶下山，沒有獨立安全帶，只有一個鐵通罩蓋上來，也是乘客的腳踏，用腳來固定。看來兒戲，其實頗為安全。在山脊玩滑坡單車的人也可以把單車扣在座椅後，然後坐在前面。登山時向上攀升，看到終點在遠方，也看到腳下許多人踏着單車從山上沿山徑往山下衝，果然有勇闖的精神。老實說，即使我再年輕數十年，也未必有如此的膽量嘗試。有時候就要問問自己，是否因此錯過了許多的機會。老套的說，沒有嘗試就沒有成功也沒有用。小時候父母就千叮萬囑我們要萬事小心點啊！不要做這樣，也不要做那樣。結果有許多小孩在父母的過度呵護下成長，變成一個怕事沒有個性的人。

這次登山，購的兩日登山票，為的是如果這天天氣不佳，尚有一天補救。第一天登山風不疾，溫度為攝氏十多度，果然山上的春天早過了，山脊上只要少量積雪。至於野花，還有一

些尚未凋謝，於是倣效日間看過的攝影作品，依樣葫蘆拍攝了數張，效果還算不錯。如果能用上三腳架作穩定可能更好。一如所料，陽光燦爛，紫外線非常高，幸好已經有所準備，只嫌帶備的食水不足夠。來回十三公里，如果中途休息太多，天氣太暖，就必須多帶食水。

第二天登山，天氣也是絕佳，藍天但有灰雨雲。到了山頂，看到大家都稍作休息，坐下來吃點東西，補充體力再下山。不少人都在一旁等候為自己登上澳洲第一峰的石碑旁拍照。這個海拔二千二百二十八公尺的科修斯科山，絕對平易近人。回想起來，原來時間飛快，我已登上這個山三次，卻不一定一次比一次輕鬆、輕易。人生的節奏由健康的狀態決定，每天也有一定的起伏。不過今天我能夠登山，體力能夠應付，絕對是人生快事，不需理會那不可知的未來了。

（二〇一九年一月十三日）

雪山之四：看山還是山

多年前駕車環繞雪山一周，到過西北角的小鎮蒂默特（Tumut），然後往南走，就會到達登科修斯科山的斯雷德博（Thredbo）。這個車道從悉尼往西南走，避開了首都坎培拉，直達雪山的北端。如果終點是斯雷德博，不走一般谷歌地圖建議的路途，其實未嘗不可。途中經過的亞斯（Yass）和 Gundagai 鎮都是 M31 車道的古鎮。亞斯鎮的名稱來自原居民的土語 Yarrh，意思是水流。Gundagai 鎮的名稱也可能和土語 gair 有關。Gair 的意思是雀鳥，所以 Gundagai 可能指雀鳥棲息的地方。根據最新的人口統計，這一帶一千九百二十人中只剩下百分之二是原居民。可是一八五〇年那時，原來有一千一百四十名 Wiradjuri 族原居民住在他們的土地上，經過百多年來，白人移民來到佔據了原居民的土地，你大概不會在這裡看到一個或者半個原居民了。所以驅車前來，看到的都是白人拓荒者的足跡，根本不知道這個大陸原來有它的主人。

這次本來想重溫多年前走過的路，想在 Gundagai 鎮投宿一宵。打個電話給鎮上的一間汽車旅館訂房，接聽的漢子把我的手提電話和信用卡號碼記下來，就完成了手續。網上的旅客對這間旅館評分很高，看來不會遇上黑店。到了出發前一星期

查看天氣預報，Gundagai 日間氣溫原來上升到攝氏四十多度，比庫瑪（Cooma）鎮高出許多，心想如此暴曬下，戶外什麼地方也不願意去了。於是只好改變計劃投宿庫瑪。接聽那一端的也是這個漢子，聽到我取消訂房，簡單的說沒問題。我不放心再問會否有罰款之類。他說沒有。澳洲人就是就這樣直接。不再考慮其他地點，於是我們轉投庫瑪，避開了第一天的熱浪。後來想起，那一年經過 Gundagai 可能不是夏季，難怪沒有遇上暑氣。不過全球暖化已經是不可逆轉的趨勢，不幸身處澳洲這個東西南北氣候都可以極端得很的地方，數字明顯不過。氣溫的上升絕對不是陰謀，用身體感受一下酷暑，自然看到情況逐漸變壞。

第三天早上從金特拜恩（Jindabyne）出發，北上駛往蒂默特的方向，到雪山山區看另一奇景：Yarrangobilly 洞穴群。這段路程經 Berridale 和 Adaminaby 兩個小鎮，行車兩小時，距離有一百五十公里。Yarrangobilly 洞穴群位於雪山高速山道（Snowy Mountains Highway）旁，進是下坡、出是上坡沙泥單程路，實際車速不多於時速四十公里，有如進入沙漠地帶。車後滾滾泥黃塵灰，好不嚇人，但單程通道的確是聰明的設計，減少了車道狹窄，需要車輛不時在路中互相忍讓的情形。想起悉尼近郊的藍山國家公園裡的 Jenolan 洞，由於接近熱門景點卡通巴（Katoomba）鎮和三姊妹石，所以遊人愈來愈多，因此必要實施某些時段道路只可單向行車，結果令車輛不能夠自由進出。其實從卡通巴到 Jenolan 洞，單程行車要三十分鐘，說接近也並不很接近。但旅客厭倦了藍山附近小鎮，搞旅遊的人不

得不再往西走參觀 Jenolan。從道路的設計看來，Jenolan 洞並沒有想過有如此多人到來。現在高興的是遊人多了，但道路要改善才可以令人來得更方便。旅遊帶來收入，但帶來的不便反而更多。

Yarrangobilly 洞穴群在雪山中，從坎培拉來此一天遊實在太遠，因此你可以考慮在此處的 cave house 投宿。入場券成人每位三十八澳元，私家車每輛四澳元，其實也不算太貴，但此處的道路和停車場一定容不下中型和大型旅遊巴，所以慶幸暫時未給文明過分污染，算是一個到此的理由。洞穴群有兩大景點：六個天然石灰石山洞和一個溫水游泳池。六個山洞之中，最容易參觀的是 South Glory 洞，洞內有照明，不需要帶任何工具就可以完成這個長四百七十公尺、包括二百零六級的步道。洞內空氣非常清涼，指示和說明都非常清晰。

其他五個洞穴中，需要由導遊帶領和另外收費。Jillabenan 和 Jersey 洞全年開放，Castle Cave、Harrie Wood、North Glory 和 Smugglers Passage 都在年中的特定時間（例如學校假期）開放。例如 Castle Cave 只在每年的十二月底到一月初開放。它的位置較遠，洞內沒有任何照明，不過你會得到頭盔和頭燈供應，跟隨導遊完成這個二小時半的歷險旅程。其他的洞穴也要一小時半才能走遍。如果你體力不足，或者在黑暗中產生恐懼，洞穴探險就不適合你了。

至於溫水游泳池，純粹是給小孩子的玩意，在停車場下車後再要向下走陡斜坡十分鐘才到達。游泳池是露天設計，父母在旁看顧，或者作燒烤餐。一家大小來此消磨時間尚可，如果

說有什麼風景可看，未免太誇張。泳後走回停車場，是上斜坡的鍛練，所以必須慢走，或者先保留一些體力。

　　說到看過的洞穴，印象中桂林的冠岩果然是眼界大開。不過已是接近二十年前的事情。現在可能更勝從前。不過我的幻想力有限，總是不能在萬千彩燈照耀下聯想到那些神仙鬼怪，景點前的攤檔又擋着最佳攝影角度，所以永遠無法拍攝一張像樣的照片。如果 Yarrangobilly 洞穴群不由州政府國家公園管理，改由創意無限的集團經營，是否會商機無限？我不敢說是好是壞。唯一想到的是這六個洞穴一定變成六個神仙世界，這邊是花果山，那邊是玉皇大帝的聖殿，近處是八仙，遠處是悟空八戒沙僧和三藏法師，混合西方的希臘神話故事，如果再能夠加入復仇者聯盟、魔戒和哈利波特，當然夠綽頭，最後一定搞得精神分裂。

　　倒不如依然故我好了。到如今，幻想通通破滅，看山還是山。

（二〇一九年一月二十日）

大地在我腳下

澳洲這個大陸，總面積為七百六十九萬平方公里，由南到北為四千零三十公里，由西到東為三千六百八十五公里。駛車從一端到另一端，如果平均每天走七百公里，直接穿越中部的大沙漠，也要六天。根據記載，第一個完成由南到北的行程的人是愛爾蘭人羅伯特‧伯克（Robert Burke）。一八六〇年八月二十日，伯克和同伴威廉‧威爾斯（William Wills）、約翰‧金（John King）和查理‧格雷（Charley Gray）帶領十九人、二十七頭駱駝和二十三匹馬離開墨爾本北上，於一八六一年二月九日到達昆士蘭州弗林德斯河（Flinders River）河口的小鎮諾曼頓（Normanton）。伯克的隊伍遇上大雨和沼澤，令他們無法看到北面的大海洋。隊伍折返途中遇上季候風帶來的豪雨，舉步維艱，糧食不繼，伯克和威爾斯於六月二十八日病死於昆士蘭州和南澳州之間的庫珀溪（Cooper Creek）。庫珀溪和其他兩條河道的水流，流向南澳州北面最大的湖泊艾爾湖（Lake Eyre）。至於約翰‧金得到澳洲土著給予食物維持生命，直到九月十五日獲救。但金無法康復，於翌年的一月十五日患肺結核離世。網上的資料沒有提及格雷究竟如何，但指出金是隊伍頭目的倖存者，有理由相信格雷也許在途中去世。

伯克之後，到了一九二〇年十一月二十四日才有倫敦出生的艾丹‧德‧布魯恩（Aidan De Brune）徒步從西澳州的弗里曼特爾港（Fremantle）出發，只用了九十天便到達悉尼，不久受聘於《悉民每日郵報》（Sydney Daily Mail）。這個瘋子於一九二一年有一天走進老闆的辦公室，跟他開玩笑的說打算環繞澳洲的海岸線步行一轉，大概十二個月左右，究竟公司肯不肯負擔旅費？老闆先是不客氣的拒絕，布魯恩跟他討價還價，結果達成協議，放他一馬成行。布魯恩於九月二十日出發，反時針的方向，從悉尼北上開始他的旅程。這個原本預算走十二個月之行，布魯恩最後用了兩年半，於一九二四年三月四日才回到悉尼。

　　布魯恩在行程中每日寫日記，記下該天走了多遠，也記錄了從開始到而今的累積里數。他也邀請途中遇上的人為他寫上數句感言之類，好比今時今日我們用照片打卡，相機食先的習慣，只欠不能即時上載至社交媒體。歸來後，他把日記送給新州的州立圖書館，自己就從此安居悉尼，為報章寫一些神祕色彩濃厚的小說。原來原名叫赫伯特‧查爾斯‧庫爾（Herbert Charles Cull）的布魯恩，到了悉尼才改了名字，換了姓氏。澳洲沒有什麼身份證系統，以前改名換姓是很容易的事情。布魯恩死後下葬於悉尼南的植物學灣（Botany Bay）的公眾墓園。碑上刻的他在澳洲改的姓名。看來這個異鄉人，早已把澳洲當作他的家。

　　到底環繞澳洲海岸一圈有多遠？答案是一萬七千二百公里。布魯恩徒步走了八百九十七日。二〇一三年十一月二日，

住在墨爾本的斯科特‧洛克斯利（Scott Loxley）為一間兒童醫院籌款，穿上電影《星球大戰》中反派銀河帝國士兵的服裝上路，走了六百零一天，籌得善款十一萬澳元。洛克斯利如何能夠克服極端的天氣，例如酷熱和風暴，實在是個迷。有些澳洲人就是有這份傻勁，放下工作，為了完成一個簡單的目標，怎能不佩服。

　　至於史上第一個完成環繞澳洲的女性叫德娜‧羅姆。羅姆從二〇一四年二月二十二日出發，先在塔斯馬尼亞州熱身，環島步行了一千二百五十公里。以前走遍澳洲的人，都沒有踏上塔州。塔州是個美麗的島，西南端是國家公園。但聽說為了賺取更多收入，州政府打算把當地建造一個高級消費的環保旅遊景點，只歡迎付出高昂消費的人入內參觀。聽到這些向錢看的計劃，不由得令人氣憤。羅姆背上背囊，走過這個人跡罕至的國家公園，一定會到那些接近無污染的美景。

　　羅姆的環澳旅程接近四年。從塔州回來後，先是用獨輪手推車載着近二百公升的行囊走過中部的大沙漠。到了東岸，又背背囊走入國家公園的山徑和觀景步道。不過羅姆的旅程中有數次意外，令她每次要休息一段時間才能再上路。首先在昆士蘭州通往北領地的巴克利高速公路（Barkley Highway）上給一輛卡車撞倒，養傷了六個月。接着腳踝脫臼，又要休息了半年。最後在二〇一八年五月二日返回新州紐卡素的家。這個旅程中，羅姆一天走路最遠六十七公里，沙漠中每天四十五公里。她在東岸走入山野間，每天只有二十公里，結果鞋子耗損了二十對，拖鞋五雙。她遇上氣暴、洪水、地震、山林大火，

還有擊退野狗和不懷好意的跟蹤者，甚至有數人想謀財害命。我想在這四年中，她應該未必遇上最好，但是必定遇過最壞的時刻。

　　我曾經想過駕車沿着海岸環繞澳洲一圈，看一看這個還未熟悉的大陸。不過這不算是妄想。曾經在一本雜誌上看過一篇文章，報導一個近七十歲的婆婆獨自駕駛她的本田 Jazz 型號小車在澳洲從一端到另一端。她打開車子的掀背行李箱讓記者拍照，裡面滿是罐頭食物。她的勇氣啟發了我。人生過了半百，應該有個 bucket list，好好享受餘下的日子。不須假設，即使醫學如何先進，白癡才妄想有一百二十歲的壽命。日子在倒數，愛恨灰飛煙滅，因為不知道上帝何時會召見你。

（二〇一九年二月九日）

邦迪海灘

　　新州的海灘數目，沿南到北的海岸線，數之不盡。悉尼市範圍，著名的有南岸的邦迪（Bondi），北岸的曼利（Manly），再稍遠的棕櫚灘（Palm Beach）。邦迪有名氣，當然不是無緣無故。悉尼每年在八月第二個星期舉行的競跑活動 City2Surf。起點是市中心的 Hyde Park，終點就在邦迪海灘。Surf 是衝浪。除了在碧波中暢泳，大家最愛的水上活動，就是衝浪。Bondi 或 Boondi 是澳洲土著起的名，意思是海浪沖激巖石或是海水拍打巖石的聲響。這個半月形的海灘得天獨厚，長約一公里，想到香港港島南的淺水灣海灘的總長度為二百九十二公尺，當然無法跟邦迪海灘相比。算一算，已經數十年沒有到過淺水灣，印象已經模糊得很。以前中學位於赤柱，可算較近淺水灣，可謂近在咫尺。可是家住筲箕灣，乘的是十四號巴士，沿大潭道來回，是港島東的路線。有時候下課後往中環大會堂，趁機乘搭六號巴士。巴士駛出赤柱，西往轉入淺水灣道，沒多久就會經過淺水灣，然後北行駛經黃泥涌峽道，再沿司徒拔道下山往灣仔方向再到中環。坐在巴士的上層的前座，擁有接近超廣角的視野，巴士司機在山道上風馳電掣，左穿左插，樹枝迎面撞上打開的玻璃窗，平民至尊級的刺激賽車享受莫過於

此。你當然慨歎旅程其實太短。很多地方早已面目全非，但巴士駛過的道路名字，竟然還是那麼清晰。

淺水灣是非富則貴的福地；遠近馳名。那時候坐巴士經過，巴士在巴士站停下來讓乘客上車下車。我坐在上層，不必下車，就看到沙灘。但邦迪海灘是終站，要看，可以坐巴士，也可駕車。坐火車到 Bondi Junction 下車，依指示走出火車站，就會看到往邦迪海灘的巴士總站。假日或週末，長長的人龍就在你面前，你跟着別人後面，慢慢前進。在悉尼市區行走的巴士都是老樣子：藍色的單層空調車廂，平治汽車公司出品。單層巴士座位那麼少，車廂所以很快就擠滿了。不過從 Bondi Junction 到邦迪海灘，車程不超過十分鐘，即使站着也不會太難受。巴士司機沒有匆匆忙忙，乘客在途中下車也毫不緊張，大家自然會讓路給你充足時間下車。所以如果你厭倦駕車，乘坐巴士到來也不太壞。我覺得與其動腦筋計算停留的時間以便購買泊車券，倒不如輕鬆的，坐巴士到來，慢慢享受一下那麼大的沙灘。喜歡海的人，就到水裡去吧。像我只喜歡看海的，在岸邊遠觀也一樣欣賞那一大片的沙灘，和藍天下那麼多的人。海水是碧綠色的，白浪一波又一波朝沙灘湧上來。如果喜歡步行，一公里的距離，輕鬆的直接從一端走到另一端，只需要十多分鐘。

當然這一公里的海岸，除了做運動之外，從來沒有人那麼快便走完的。我記得我從來沒有到過邦迪沙灘的北端。巴士來到海邊，下了車，最接近的是南端，南端有個會所和露天游泳池。你不必奇怪，這個特別的游泳池，由 Bondi Icebergs Club

管理，叫 Bondi Baths，包括成人和兒童池，原來已經有超過一百年的歷史。公眾人士可以入內享用，成人收費八澳元，小童及長者為五澳元五十澳仙，包括淋浴等設施，是不是便宜得可以？試想想既可享受游泳之樂，既靠近海邊，又不用害怕突然出沒咬人的鯊魚，實在是非常享受。這個游泳池靠近海邊，潮漲時海水湧入水池，當然有另一番享受。這個獨特的游泳池，最近用作拍攝澳洲欖球聯賽的宣傳片，果然別出心裁。

邦迪海灘朝着海的馬路旁，少不了商店出售遊客紀念品、咖啡館、小酒館和食肆，也有快餐店如麥當勞。如果碰上活動，邦迪必定更加人山人海。夏天有泳客光臨，火傘高張，沙灘自然不愁寂寞。冬天八月的 City2Surf，當然是悉尼市旳重頭戲。這個全程十四公里的跑步始於一九七一年，每年有八萬人參加。男子組的紀錄為四十分零二點四六秒，於一九九一年由澳洲長跑好手 Steve Moneghetti 創出。至於女子組的紀錄為四十五分零八秒，於二〇〇一年由澳洲短長跑好手 Susan Power 創出。City2Surf 不單是比賽，也是許多人的歡樂時光。其中的 fun run，就是不計算成績如何。不少人穿着奇裝異服，大膽出位，純粹娛己娛人一番。八月雖然寒冷，但阻止不到大家的興致。選擇在邦迪海灘作為終點，將遊客和本地人的注意力帶到這裡，真不愧是聰明的做法。

邦迪海灘的另一個大型活動，是於每年十月底到十一月連續三星期的 Sculpture by the Sea。很多人說從邦迪海灘沿着海岸往南走，到達 Coogee 海灘，是悉尼最美麗的海岸線。是否最美麗，尚有爭議，因為澳洲人說話有時不免太誇張，到頭

來令人大失所望。Sculpture by the Sea 是一個大型的戶外雕塑展覽，由邦迪海灘南端開始，百多件作品沿着海岸線的步道展出，到 Tamarama 海灘為止。很多人帶着一家大小到來，近距離接觸雕塑，甚至觸摸一番。參觀過兩次，要說展品很特別，未必。但藝術的作用是叫人反思，匆匆忙忙拍攝些照片，除了表示到此一遊外，根本看不到什麼東西。

　　住在悉尼，有如此多美麗的海灘，其實不應有投訴。有時候想是不是要住在海邊，看到一片汪洋，才是生活的最大享受？但海邊的房子太昂貴，相信不是我輩能負擔。倒不如趁晴朗的一天出發。悉尼步入秋天，只要不下雨，每天還是可以漫步到海邊的好日子。

（二〇一九年四月一日）

曼利的渡輪

　　細數悉尼北岸的著名海灘，曼利（Manly）一定在其中。曼利和它的海灘位於東岸，距離市中心以北十七公里。如果駕車經過悉尼港灣大橋，取道向東，沿清晰的路牌穿過 Neutral Bay 和 Mosman 區，便可到達。取名曼利，原來有段有趣的殖民歷史。

　　話說十八世紀英國皇家海軍司令亞瑟‧菲利普（Arthur Philip）和其數名同僚登陸海灣，碰上正在進食的土著。土著向菲利普提供食水後，更割下大片鯨魚肉相贈，大家寒暄一番。回程途中不料遇上一名年長、手執長茅的土著。菲利普解下短劍，以示友好，卻被誤會。一片混亂之中，這個土著受驚之下把長茅擲傷菲利普的肩膊。同僚馬上傳召火槍隊前來，但只有一把槍能夠射擊。菲利普表示這是意外，不會追究，和大伙兒帶傷回到傑克遜港（Port Jackson）。傑克遜港就是今天的悉尼海港一帶。菲利普是個開明的人，把獲贈食水和鯨魚肉的一事，視為土著有禮有文化的一面，所以就叫這片土地做 manly。Manly，就是像人的意思。當然也反映了當時殖民統治者的偏見，認為土著一般都是南蠻，比不上文明的英國人。菲利普其後成為新南威爾士州的總督（Governor），在他

治理下，解決了許多社會的問題。不過現在的州總督其實並無實權，不同州長（Premier）。菲利普年老回到祖家的巴斯市（Bath），於一八一四年去逝。悉尼市中心的皇家植物園樹立了他的銅像，紀念他的貢獻。

今天的曼利不僅有海灘，更是一個人口接近一萬六千人的社區。從十八世紀開始，曼利的優美環境，已經被視為渡假勝地。十九世紀中，亨利·吉爾伯特·史勿夫（Henry Gilbert Smith）更聰明的建造了碼頭，營運蒸汽渡船來往悉尼市。史勿夫目光遠大，他的如意算盤，實在是他在當地的地產項目。到了一八七三年，史勿夫出售他的碼頭生意給另一間公司。這間叫 Port Jackson & Manly Streamship Company 自然知道曼利的深厚資源就是它的位置，除了渡船生意蒸蒸日上之外，還參與了曼利的發展。直到一九七四年，州政府購入股權，把曼利的渡輪服務歸於 Sydney Ferries 旗下。

因此如果你放棄駕車，不登上巴士，可以在悉尼歌劇院附近的環形碼頭（Circular Quay）登上渡輪來到曼利。曼利沒有火車連接。如果沒有乘搭過曼利渡輪，不算真正來過曼利。Sydney Ferries 是州政府擁有的公共運輸系統，旗下八條航線，F1 線就是由環形碼頭到曼利。這短短的三十分鐘航程，令你從海上看到海港大橋、歌劇院，經過南北兩岸的豪宅區，然後到達曼利碼頭。上岸後步行往北便到達曼利海灘。渡輪駛經之處，就是悉尼港的東面出口，也就是每年聖誕節翌日悉尼到荷伯特（Sydney to Hobart）帆船大賽的起點。這個起點就在曼利半島的北端（North Head）和南岸的南端（South Head）之間

的海中。這個舉行過七十四屆的大賽，航程約六百二十八浬，是悉尼每年的盛事。由於航程長，假如遇上惡劣天氣，風高浪急，更是對參賽船隻一大考驗。帆船依靠風力和隊員的合作，日以繼夜，往往創出佳績。二〇一八年有八十五艘大大小小的船隻參加。其中冠軍的 Wild Oats XI 只用了四十三小時七分二十一秒，就悠悠駛過塔斯馬尼亞州荷伯特的港灣終點。

許多人來到悉尼，看看市中心歌劇院的一帶，就算完成了市內遊，其實不然，像曼利這般的近郊才有悉尼的生活品味。每天從曼利往市中心上班的人，渡輪才是他們至愛的選擇。當然萬里無雲，藍天一片，風不急，浪不高，登上渡輪實在優哉悠哉。如果遇上風浪，渡輪破浪前進，當然是另一番巔簸的感受。像我這樣的年紀，自恃人生經歷豐富，卻依舊無法征服短短一程的風浪起伏。有一次記得是個陰雨天，登船不久就覺得不對勁。雙腿發麻，想要躺下來。船艙內的空調令空氣有些侷促。看到窗外的浪打上來，感覺更不舒服。縱使不計較曼利的生活指數較高，要說服自己克服上下班途中這個暈眩的感覺，談何容易？

來往曼利的大型渡輪中，四艘 Freshwater 型號將於不久退役。其實它們都是取名自四個北岸的海灘：一九八二年的 Freshwater、一九八三年的 Queenscliff、一九八四年的 Narrabeen 和一九八八年的 Collaroy。它們是兩層船艙，載客達一千人。新的型號叫 Emerald，載客只有四百人，但航速快，所以來自法國的新承辦商 Transdev 想用它完全取代舊有的大渡輪。但消息一出，曼利的居民大為不滿，認為大渡輪是曼利

的標誌，地位等同舊金山的電車。Trandev 公司的計劃是推出新型號，打算和經營同航線的另一快速客運船公司的服務競爭，料不到大家的反應如此大。

　　現有四艘大型渡輪航齡並不老，現在還如常往返悉尼曼利之間。反對的人覺得棄置它們在船塢中毫無道理。說到底，許多人以為新的東西比舊的好，但好在哪裡？不好又在哪裡？這正是一個討論改變的辯論，值得大家深思。悉尼海港大橋落成於一九三二年，另一地標悉尼歌劇院開幕於一九七三年，我們都為它們自豪。把城市的面貌改得不倫不類，像個怪物，正是有許多所謂發展的理由。發展恐怕就是要推翻舊的東西。新州的新政府架構中，原來的 Office of Environment and Heritage 將會解散，納入發展的藍圖裡面。連任的州長貝莉珍妮安信誓旦旦，說保育必然是首要任務。不過政客的信譽從來不高，開空頭支票更是常態。對於保育的前景，大家的心中有數，只是趁機吶喊一番而已。

（二〇一九年四月七日）

業主的眼淚

八月是冬季最後的一個月。半個月過去了，數一數，寒冷的日子少。冬天清晨前的確有些寒冷，離家時恍似黑夜，抵達市中心時只見晨光的第一線。今年其實未曾覺得很寒冷，我家附近的最低溫度還是徘徊在攝氏七至十度左右，只有幾天低見四度。往年駕車經過附近的一條街道，最低的記錄為二度。在大悉尼地區，我不曾見過低至攝氏零度。不久之前，藍山一帶例如大鎮卡通巴（Katoomba）和布萊克希思（Blackheath）剛下了連場大雪，實在罕見。這場暴風雪起自南極的冷鋒，從南澳州刮到維多利亞州，再越過維州和新州之間的大雪山，經過南部高原，終於來到悉尼。聽說甚至北上影響到昆州，布理斯班氣溫也下降到新低點。但這個冬天已經不很像冬天了，除了數天寒冷外，氣溫比以往都高，日間走在陽光下，溫暖得令你很舒服。猛然才想起今年前院的草地上未曾見過結霜。當然在城市裡，有人依舊穿大衣，也有人穿着薄薄的衣服在路上走。這樣子下去，有一天冬天可能會遠去了。

雖說普遍氣溫不低，但那場暴風雪使大雪山變成一家大小的樂團。南部高原和藍山一帶鋪滿了白雪，大家玩雪球，堆雪人。但有一間房子的屋頂給吹走了，也有人在山林間迷了路，

幸好得到及時的救援，不至於凍斃於風雪中。大雪也沒有多少影響交通，只是孩子不用上學了，家長也可以請假在家照顧孩子。有一天的額外假期，實在很快樂。

讀中學的時候，大家總愛問一些滿有道理的問題。其中一條是問：夏天和冬天，你喜歡哪一個？我的一個同學答得很得體：冬天。因為可以穿上厚厚的衣服。至於夏天，脫光衣服還覺得熱，有什麼辦法呢？總不可能連皮膚也脫去吧。那時候冷氣機不像現在那麼普及。印象中課室中電風扇還是唯一散熱的方法。大家盡量打開所有窗子，讓空氣流通。不過炎熱的記憶還不及寒冬多。我記憶中的有年寒冬，在攝氏七度下和數個同窗回到學校搞戶外燒烤，寒風凜冽下確是有不一般的滋味。炎夏中，只記得匆匆爭先恐後走上巴士上層的最前座，打開窗子，解開上衣的領口，巴士行駛中迎風吹，果然涼快得很。

不過現在的房子，入伙前普遍已經安裝了空調。老實說，空調就是原來的意思，比叫冷氣機還要好。悉尼的房子普遍安裝的都是分體式的空調，所以真的能夠做到冬暖夏涼。此間的消費者委員的雜誌 *The Choice*，比較過不同的製暖方法，包括燒柴、電暖爐、石油氣暖爐、電毯和空調，結論還是以空調最具能源效益。燒柴當然是最原始，但不能不怪責它造成空氣污染，而且如果空氣流通不佳，也會令房子裡的人呼吸困難。研究顯示，低收入的人士可能因為吃下的食物份量不足，房子裡長期開着暖爐保持身體溫暖，反而消耗更多能源。一般來說，只顧着自己舒服而開着暖爐，其實很常見，不過只要穿多點衣服，經常活動一下四肢，也可以保持溫暖。冬天在陽光下走一

會，其實比坐在室內還要舒服。將來沒有冬天的日子，你不會在灼熱的陽光下漫步的，再也沒有那一種暖暖的感覺。

新房子設備齊全，大家都喜歡。不過許多新落成的樓宇千瘡百孔，大家才驚覺它們真是金玉其外。二〇一七年倫敦的 Glenfell Tower 大火，燒死七十二人。最近的死因研訊發表長達四百二十頁的報告中說，首先是一部雪櫃的塑膠部件引發小火，迅速燃燒着覆蓋大廈外牆用作隔熱的一種易燃的鋁質板，因此波及整幢大廈，結果只有二百五十人生還。製造這種叫 Reynobond PE 物料的美國公司 Celotex 已經停止生產及收回這些產品，但用上了的大廈不計其數。今年二月墨爾本一幢大廈可能就由這種物料引發大火。許多人已經提議全國禁止使用，但是進度非常緩慢。政府也不公開公佈這些樓宇的名單，但已經私下通知了樓宇的業主，以免引起公眾恐慌。這樣做，當然令樓宇買賣得以如常進行。樓價不會大跌，避免政府減少印花稅的收入。是否影響到大家的知情權，有待政府的澄清了。

根據消息，單以新州計算，使用了這些易燃物料的大廈有公寓，有政府物業，有商業樓宇，甚至有學校。有些正在進行拆除的工程。總數有三百多幢。最近除了位於 Mascot 區 Mascot Tower 出現結構性的問題外，再前些日子位於奧林匹克公園（Olympic Park）區有三十六層高的 Opal Tower 出現搖晃，石屎剝落，鋼筋外露。Opal Tower 有一百六十九單位，住戶於二〇一八年八月搬入。今年二月事件曝光後，發展商和政府互相卸責。政府表示不是它的責任，因為樓宇的結構及發出滿意紙由發展商自己聘用的驗證師負責。事情曝光後，住戶有一段

時間有家歸不得，等候證明結構安全後才搬回入住。政府則破例向業主提供免息貸款租住其他地方。

　　這個罪魁禍首是誰，不能不說是州政府。當年為了積極鼓勵發展商投資，不惜廢除由政府負責檢驗落成的樓宇的做法，改為由發展商自行監督。大力支持這個法案的其中一人叫Lyall Dix，最近被揭發於八九十年代屢次被人投訴不稱職，被罰款八萬八千澳元，後來更於二〇一二年起停牌五年。希臘神話中，Opal 是奧林匹克山上的眾神之首宙斯（Zeus）的眼淚。如果你花掉一生積蓄買了 Opal Tower，現在一文不值，真的是欲哭無淚了。

（二〇一九年八月二十日）

狗吠深巷中

　　晚上附近的一家傳來狗吠聲，汪汪的叫聲，叫了好一會又停下，停了沒多久又吠叫。以為是一隻吠叫，又好像是兩隻狗。好奇的想出外看，黑夜裡只知道在那一個方向，分不清楚是哪一家，但很可能來自前端街角的房子的後院。夜不深，但我只穿了薄薄的外夜，穿上拖鞋，沒有想過這個樣子要走過去，就在自家前院觀望，忽然吠聲就不見了。澳洲市郊的小路，街燈並不多，遠遠的一盞照明，有時候給茂密的樹冠覆蓋著，只照亮很小的範圍，離開了又是漆黑一片。以前有個朋友說區議會認為增建路燈需要額外經費，如果沒有人提出要求，就維持不變。但他覺得晚上他的門前漆黑一片，半點安全感也沒有，於是寫信給區議會建議在他的家門前加建一盞路燈。結果交涉了好一會，區議會終於安裝了路燈。有了路燈，心裡自然覺得舒泰。小路一般只有一邊建了行人路，晚上不想在黑黑的行人路上走，就走出了馬路。我的朋友其實不是幫忙經過的車子，而是照顧了回家的人。在路燈的映照下，起碼駕駛者知道有一個人正在趕路。如果你是正在趕路的人，你也可以看清楚前方，或者有沒有一隻負鼠（possum）突然衝出路中。

　　晚上熟悉的聲音，多是負鼠在屋頂奔跑或在懸空電線上互

相追逐發出的吱吱叫聲。狗吠聲倒是第一遭，當然很奇怪。而且不像是遇上陌生人的那種凶凶的吠叫，而是好像是叫喊，等候主人到來，或是引他別人注意的吠叫聲。我不懂狗的語言，其實可能錯誤地以為牠們遇到什麼特別的事情。動物當然有牠們的表情，狗咧嘴，是否表示這是個笑臉，或者反過來可能是一個否定的表示也說不定。你是獸醫，當然了解動物的某些表情的意思。如果你和動物相處久了，也會有種默契在內，自然較其他人明白多一點。我想過把晚上聽到的吠叫，錄音給養狗的朋友聽聽，也許可能知道牠們到底在叫什麼。

我有一個朋友本來想到海外升學。可是狗患了病，年紀又大了，生命快要走到盡頭。由最初我們認識這頭小狗，逐漸變成了大狗。朋友給狗拍攝了許多照片，又用狗的名字做 Instagram 的帳號，結果成了名，有許多的追隨者。看到狗在沙灘上跑，在草地上躺着也翻滾着，就知道朋友把牠當做家中的一份子了。這頭叫 Molly 的狗成為了他們生活的一部分。以前還見她帶着 Molly 來到校園來。一轉眼已有十年。為了陪伴 Molly，朋友就放棄了升學，等待牠走完短短的一生，才再計劃將來。像人一樣，狗走到生命旅程的終點，你也看到牠的毛變灰白，眼神呆滯，行動遲緩。有時候看到一頭年老的狗由主人拖着慢慢走。再看看主人，也在暮年，緩緩地走着。狗和人就這樣每天相伴走下去，你看着如此的一幕，沒有可能不傷感。

我的朋友中養狗的並不多。有個朋友喜歡狗，所以遷到新的排屋別墅，為的是有養狗的自由。結果他們養了兩頭小狗。狗需要每天散步，做了狗主人，不可能不跟着 walk the dog。

我們取笑他每天抽空走走，健康不好才怪呢。狗有生理需要，途中尿尿自然常見，但拉屎就更要好好處理。有公德心的主人帶着一個小小的膠袋放狗，就是用來執拾狗糞便。在悉尼市的許多公園，你會看到垃圾桶旁掛上了放置狗糞便的袋子。有了如此貼心的服務，你也不好意思不清理一下自己狗隻的糞便吧。

養一頭狗，可能不比養一個孩子輕鬆得多。但狗和你之間的相處，雖然不靠言語，也有一定的方法。以前我的中文老師說過狗的嗅覺除了很靈敏，牠們還會嗅到你因害怕而發出的氣味趁機欺負你。所以必須裝作若無其事，否則狗會死纏不休。這個中文老師還教我們相馬如何下注，看馬的毛色知其狀態，可惜我沒有學會，不然我或許可以提早退休享受人生。後來一本網上的小書教我如何和遇上的陌生的狗相處。作者建議不要走向狗，停着不動，裝着若無其事，慢慢走開。結果戰戰兢兢嘗試了幾次，好像還頗見效。馴良的狗例如導盲犬，可以乘公共交通工具，沒有人有異議。我工作的地方有守則規定，如果你有需要帶狗上班，可向上司提出。這個國家看來做狗比做人更幸福。

雖然和狗相處尚算成功，但記憶中少年時的狗吠聲有如夢魘。那時候清晨四時多狗吠聲在山上由遠而近，由近而遠，彼起此落，吵着不得安睡。大人為了使小孩不再多問，總是說遊魂歸去，因此狗吠不絕，千萬不要外出。現在想起來，才恍然大悟這不過是某些人早出工作，經過民居，狗受擾驚嚇，當然吠聲不絕於耳。不過凶惡的狗相非比尋常，給野狗咬個正着也

恐怕染上瘋犬症，打醫治瘋犬症針也絕對是惡夢。往事隨時光消逝，原來住了十多年的木屋區後來也變成了公共屋邨。

有人怕狗，有人怕雀鳥。春天將至，大家要多提防喜鵲。為了保護巢中的小喜鵲，牠們不惜襲擊走近的人。狗之中，也有些天性暴戾非常，甚至咬死主人。專家說狗逞兇，可能是因為有許多負面的情緒：痛苦、恐懼和焦慮不安，因此懲罰牠未必有效。但怒火中燒下，明白這道理有幾多人？也有些狗凶殘至極，在權衡輕重之下，最後需要人道毀滅。到了這個時候，追本溯源，始作俑者可能是出自狗主人身上。不快樂的環境，無論如何，總不能培育出一隻快樂的狗。

（二〇一九年八月二十五日）

咖啡時光

　　新學期開始，校園裡來了一輛免費提供同事熱飲的咖啡客貨車，停泊在大樓旁邊的小空地上。在早晨的寒風中，看到一輛提供熱飲的車子，果然有點意外的驚喜，一如清晨暖暖的陽光，照得渾身那麼舒服。早上的陽光那麼短暫，到了九時左右，太陽升高了，氣溫也逐漸回升，大家也不害怕走在寒風中。客貨車車身塗上一個咖啡品牌的名稱，即是說它的咖啡豆全來自這個特定的品牌。曾經在附近的咖啡館看過了這種咖啡贊助的海報和圍板，看來該是一個流行的品牌，自然有信心保證，至於大家是否真的為了捧這個品牌場而去刻意光顧，我不曉得。在大學校園裡，差不多步行相隔一分鐘就有一間咖啡館。店主也沒有張揚用的是什麼品牌的咖啡，總之大家在早上上班前後的例行公事，便是買一杯咖啡。在寒風中瑟縮輪候在咖啡客貨車前，寒喧數句，無論這天將會有多忙碌，也要先喝一杯咖啡，加上這是一杯免費的咖啡，果然別有一番激勵，不愧是寫意一日的開始。

　　為了令同事享受咖啡，這幢新蓋好的大樓，每一樓層都有一部半自動的咖啡機，放在公開的小廚房，有些放在封閉的大辦公室內。這些咖啡機操作簡單，先放置杯子，然後投入咖啡

小包，按指示在面板上的咖啡類型選擇，咖啡便徐徐流下，最後加入熱奶便完成了。也有個同事只喝黑咖啡，不加奶。那天如常在小廚房碰到她，手執兩個注滿咖啡的杯子，正在返回辦公室，好奇之下一問，才知道她早上要喝四杯咖啡，這個時刻她喝的是首兩杯。到了喝 tea break 的時段，她又會再沖第三及第四杯。四杯過去了又過了半天，下午她不需要喝任何咖啡了。我聽了很驚訝，難道已經上了咖啡癮，不能控制嗎？不過見她神態自若，又沒有什麼不妥當。其實咖啡上癮這回事似是而非。有同事每天早上控制自己只喝一杯，結果午飯後精神不振，結果多喝一杯，精神才見好轉。我翻查網上的資料，才知道美國人每天的咖啡指引中，每個女性大可以喝下三至五杯。看來四杯還是頗為合理，不必大驚小怪。人的身體很奇妙，有人可以喝很多咖啡，有人卻嫌苦澀。

維基百科這樣形容：咖啡是經過烘焙過程的咖啡豆所製造沖泡的飲料。喜歡喝咖啡，一定認為苦澀的咖啡才是正道，尤如我們短短的一生必經的滋味。多年前很多朋友已經開始喝齋啡，早上在茶餐廳進食早餐，必來一杯。到了現在還覺得喝齋咖啡的人很了不起。一杯黑漆的咖啡裡，實在太多的苦味，深深的黑色裡，你到底還可以嚐到其他什麼的味道？咖啡的香味，與喝下的滋味是兩碼事。以前我接受咖啡的香味，那種香味的確奇特，但喝下去卻未能令我的印象改觀。傳說中咖啡給人發現，就是因為一場野火燒焦了咖啡樹林，燒烤過的咖啡豆的香味令居住在附近的居民注意。後來有人把它加入麵包，作為食物。當然咖啡有提神和醒腦的功效，所以喝一杯令自己精

神振奮，應該是事實。

有些人喝了咖啡不能入睡，甚至失眠，都是跟咖啡因有關。我喝了多年的茶，一般來說茶也應該令人興奮，令人不容易入睡。可是工作讓人身心俱疲，晚上即使喝了茶，根本對精神振奮起不了什麼作用，我依然可以片刻入睡。不過我一些朋友和我的母親，在下午或晚上喝茶，喝了後很難入睡。那天我接通了在香港居住的母親，才知道昨天午餐她喝了奶茶，結果晚上睡覺不好，第二天日間覺得很疲累，整天昏昏欲睡。其實她並非不知道，但愛吃的她總是忘記種種的禁忌。但她即使記得奶茶對她有什麼影響，但對她來說，也一樣難敵誘惑。喝一杯奶茶，可能是她外出在快餐店吃飯時的最佳享受。

沖製咖啡方法之多，令人目不暇給。鍾情哪一種方法，沒有對與不對。以前不喝咖啡的我，也偶爾來一杯 Latte。在大學的咖啡館，一杯普通大小的咖啡要付三點五到四澳元，其實比街上的咖啡館貴。如果每天喝一至兩杯，一年計算下來倒是不算少的開支。所以辦公室裡的半自動咖啡機，倒可以讓你省下一點錢。至於味道，問問同事，大多都搖頭，認為無法和外出的相比。如果單純說味道，可能是牛奶的問題。如果牛奶的熱度不夠，咖啡的味道可能不夠香滑。校園其中一間咖啡館的咖啡，永遠只是暖暖的，大概是溫熱。一問之下才知道曾經有人不察覺咖啡的溫度，灼傷了嘴，從此沖咖啡的鮮奶就只燒至溫熱。大家喝便攜的咖啡杯覆上了蓋，當然無從得知裡面的咖啡有多熱。

現在許多人家中已購買咖啡機，自己製作喜歡的咖啡。超

市也有即溶咖啡出售，便宜得令人感動。但打開了瓶子，享受了三兩次的濃郁咖啡後不久，咖啡的味道隨即開始飄逝，像青春一樣，在你措手不及之際，早已煙消雲散。至於喝咖啡的時刻，叫 coffee break，帶有非一般的 taste，或者比叫 tea break 高貴了些。英國人在紅茶加糖加奶，結果調校出另一種味道來。我愛喝茶，當然也對奶茶不抗拒。至於喝咖啡，是另外一種心情。在初春來的下午喝咖啡，吃一片小甜餅，生活本來可以如此簡單和快樂。

（二〇一九年九月二日）

開放的校園

　　大學校園有數幢英國維多利亞式的建築物，成為遊客的打卡景點。朋友的辦公室就在其中一幢樓房內的一隅，當然也受到波及，不勝其擾。近日他發現某位同事想出鬼主意，在當眼之處貼上中英文告示。中文版是簡體字，上面寫着：「請游客止步！請不要喧嘩。」英文版則寫道：Please do not enter the classrooms。中文版用「游客」，不用「遊客」。「游客」一詞典故來自《管子・輕重乙》，這位同事肯定有一定的中文修養，說不定就是一位在這裡工作的中國學者。告示一出，同事之間議論紛紛，在網上的討論區分享意見。看懂中文的人自然明白訊息，看不懂的就問箇中的意思。但用中文寫，對象固然非常明顯。用簡體字，自然也應該針對看懂的中國大陸游客。到底收效如何是大家其中一個話題，反而也有人覺得針對某一國家的訪客，是一種歧視。另外一些同事又覺得如果有必要出中文告示，為什麼不寫得較客氣，較得體和較有修養一點，不需要那麼粗魯。最後有個懂得中文的華人同事就主動提議由她修改一下，用一個溫和的修辭代替原本的告示，那樣就不會令原來發告示的同事感到難受。

　　一個小小的告示，引發連串的討論，倒想起了以前不知道

誰寫過一段在外國圖書館貼出一個中文的告示，叫人不要偷去書籍。這些偷書賊，當然是指華人。我也曾經在網上看過二〇〇六年的一篇報導，說圖書館管理員清點加拿大溫哥華 Richmond 的公共圖書館給人偷走或故意捐毀的書籍，才知道數量達到六千到七千本之多。華裔的管理員覺得很羞恥。我不太清楚這樣的情況在澳洲是否發生過，因為很少到公共圖書館，而且借電子書也方便。許多華人聚居地區的圖書館，也有不少的中文書給讀者借閱。自己不想買又想翻看的金庸武俠小說，在悉尼市中心唐人街附近的公共圖書館就會找到。如果在圖書館內看到中文提示讀者的告示，我也會覺得不舒服、不對勁，好像是衝着我說的樣子。為什麼不看到其他語言的相關告示？有趣的是，許多人只關心這樣做會否構成歧視？而不會想一想這個存在已久的問題。為什麼過了這麼多年，這樣缺德的一大行為還沒有改變過來？

悉尼的人口之中，大約百分之二十四是華人血統，加上來自中國大陸、香港和東南亞的旅客，每天在市中心看到的、走在唐人街馬路上的華人，當然不止此數。唐人街的店鋪，中文招牌更是魅力所在。不過興建中行走市中心的輕便鐵路的路段，也貼上中文告示，提醒大家注意安全，避免亂闖。作為一個只懂中文的旅客，只會覺得是一種溫馨提示而不會去想其他的意思。來自中國大陸和香港來到這裡觀光探親，看到熟悉的文字，自然加添了幾分好感。如果是澳洲白人，多說一句半句普通話或廣東話，就更有趣。我家附近的購物商場內裡的一間蔬果店，一個中東人面孔的胖店主在鋪面不時輪流用英語、鹹

淡的普通話和廣東話大聲喊出蔬果的價錢，果然吸引不少人駐足，生意不俗。

大學是遊客的景點，當然大家為的是因為那些倣效英國牛津和劍橋的建築物，最早的大禮堂建於一八五五年，到了一九二六年就完成了四端，所以英文名就直接叫 Quadrangle。Quadrangle 的特色是四端都是建築物，中央是大草坪，正門之上是個鐘樓。Quadrangle 中央草坪的東南端，原來長了一株高大的藍花楹（Jacaranda）樹，每年十一月考試季節一到，藍色的花朵盛開，坐在樹下或廊下看片片的花瓣灑落，一地蓋滿紫花漸變泥黃，想到考試場中的廝殺，果然有種殘酷的美麗。可惜數年前藍花楹突然死亡。校方在原地樹立一株小的藍花楹，也在西南方也加種了一株。現在兩株藍花楹的枝葉都不茂盛，要假以時日才能看到它開枝散葉，果真是樹木有枯榮，人生有起落。

Quadrangle 之突然有名，拜旅行團和網站不斷吹捧所賜。每日一車又一車的旅遊巴士，接載中國大陸遊客到訪，為的是看他們口中 Harry Potter 電影中的外景場地。網站如此形容「⋯⋯漫步在悉尼大學的主校區內，可以看到大片乾淨的草坪和許多典雅的維多利亞式建築，洋溢着濃濃的英倫風情。尤其主教學樓格外著名，這正是電影《哈利波特》的取景地之一，因此吸引了許多影迷到此合影。」此處提及的主教學樓，就是 Quadrangle。至於真正的《哈利波特》取景地的 Durham Cathedral，和 Quadrangle 的確有幾分相似，卻相距有一萬六千公里之遙。很多中國大陸遊客在導遊的誤導下到來，不忘向人

請教哪處是《哈利波特》的取景地，大家都莫名其妙。事實上 Quadrangle 確是一幢不一般的建築物。遠道而來打了卡，上載到社交媒體哈哈哈，別人只有羨慕你在海外的份兒，管它是真是假。

　　一般的校園拍照當然管不了，但許多遊客的「遊」，確是自由和深度得可以，甚至闖入辦公室之內，所以才有所謂「止步」的提示。朋友告訴我英國某些校園早已設入場費，限制人數。不過入場費能否有效，倒成疑問，反而因為設置了許多關卡，帶來很多不便，也有一些祕密通道，讓人毋須付費進入校園。跟中學不同，大學的校園範圍那麼廣，樓宇散佈各處，根本沒有可能設置藩籬跟外界分隔。德國哲學家康德說過大學的精神是獨立追求真理和學術自由。校園開放，不是讓人胡作非為，倒是要體驗這種自由的教養，既分辨是非，也擴闊自己的胸襟。換言之，提升一個民族的質素，不能只爭朝夕。

（二〇一九年九月二十二日）

山火浩劫之一

　　印象中悉尼的最高氣溫是攝氏四十五度，那是從智能手機的天氣程式上即時顯示的溫度。記得那天我午飯後外出在大學的校園附近的街上逛逛，打開天氣程式一看，嚇了一跳，以為它瘋了。那時看見熱風刮起地上的樹葉，沙沙作響，皮膚給吹得緊繃繃，以為是電影中末世的場景。這個距今應該有七八年的回憶，仍然活現腦海，不時用來跟朋友開開玩笑：信不信悉尼氣溫四十五度？如果當時懂得立刻用 screenshot 的方法，把影像留住，不時用來重溫，也可以證明這不是我的幻覺。

　　誰料踏進二〇二〇年，來到澳洲的仲夏的一月份，四十五度的氣溫已經不再是異常，反而是常態了。意外的是晚上的氣溫竟然低至二十度左右，非常舒服。每個晚上好夢正酣，沒有什麼好投訴。澳洲人對夏天氣溫高早已習慣。夏天本來也就是屬於海灘的季節。海灘（beach）是澳洲文化的重要部分，bush 也是。兩個簡單的字，概括了澳洲人日常的生活。初來澳洲，尋覓安居之所，時常聽到別人說起 tree change 和 sea change，不知道是什麼意思。有人喜歡 tree change，意思是搬到山林（bushland）之間。喜歡海洋的人，搬到近海的一隅，就叫 sea change。當然澳洲人的理想居所，還是海邊，悉尼許多富有人

家愛居住的地方，就在東部近海的一帶。Bush 是叢林，同樣是不少人的至愛，大家在山野遠足就叫做 bushwalking。許多遠足的人，數天走在叢林之間，是等閒事。時常聽到有人在叢林失蹤，需要出動許多人拯救。發生於山林之間的火災，我們就叫它做 bushfire。Bushfire 這個字，聽起來以為是一場小山火，或者發生在後院。誰知道直到今天的山火，單以新南威爾士州和維多利亞州而言，火場總面積已經超過六百萬公頃，而且加速擴大。

塔斯馬尼亞州首府霍伯特（Hobart）不久之時才紀錄得氣溫攝氏四十度，雖然不是史上最高，但不斷又持續的高溫表示天氣有異常。塔州的冬天苦寒，喜歡陽光的澳洲人當然怨聲載道，只是移居較暖和的北方不易。但時移世易，全球氣溫上升，塔州可能成為人間最後的樂土。霍巴特的樓價大升，除了房價偏低之外，可能還有氣候的因素。霍巴特之外，第二大城市朗塞斯頓（Launceston）也是投資者的天堂。十二月初我們街上的左鄰右里，聚集在謝恩和瑪嘉烈夫婦的房子預早慶祝聖誕節。那天傍晚氣溫適中，坐在後院的露台上談天說地，閒談扯上氣候，瑪嘉烈忽然說到最近的溫度普遍上升，令她不能不相信氣候正在變遷中。她的女兒和新婚的丈夫就選擇了朗塞斯頓定居，生活得很愉快。旁邊另一個女士卻另有看法，覺得氣溫跟以往一樣，沒有什麼不同。不過在座之中的這位女士是現今的執政聯盟的支持者。執政聯盟的自由黨和國民黨的大部分議員異口同聲，都絕不認同地球的氣候正在急促改變中。其中表表者是總理莫理森（Scott Morrison）。

莫理森外號 ScoMo。這個怪怪的外號，其實是他自己起的，所以自鳴得意。大家跟着一起叫，不是表示親切，而是有點嘲笑他。起初嘲笑他學美國的特朗普，自把自為，每每語出驚人。例如否定氣候變化的語調，一如特朗普。近日山林大火之災，就顯示了政府沒有認真處理今年山林大火的計劃。山林大火在澳洲大陸並非異常，每年平均有五萬宗。不過今年新州久旱，水塘總存水量只剩下百分之四十三。在二級制水當中，居民不能用水灌溉花園。新州州曾經宣佈全州進入緊急狀態七天，其中數天在野外或露天的地方全面禁止生火。但山林大火的起因眾多，除了自然因素例如閃電擊中林木，人為的如吸煙者隨意丟棄煙頭等等，還有部分來自縱火。星星之火加上乾旱氣候，燎原的火勢無法控制。

其中原因之一也是正規郊野消防員不足，今次新州撲救山火，大部分都是志願者，其中包括前總理托尼‧阿博特（Tony Abbott）。電視台拍攝得到他與同袍前赴災場，聯手救火。但不幸今次新州山林大火的首兩名殉職者也是志願消防人員。他們駕駛的消防車在往火場途中遭烈火引發的烈風吹翻，出師未捷。更不巧的是當媒體請聯邦政府表態時，才發現我們的總理失蹤了。到底莫理森在哪兒？原來他和家人正在夏威夷渡假。本來渡假不是罪惡，問題是他並沒有公開對外宣佈他取假外遊。這樣的一個總理在群情洶湧之下，識趣馬上回國。事後他力挽狂瀾，四出奔走，包括巡視新州南部以出產乳酪聞名的貝加市（Bega）。其中一個受山火蹂躪的小鎮 Cobargo 的居民見他前來，惡言相向，叫他滾回家，更有人叫他蠢才。莫理森自

討苦吃，匆匆離去。電視台的報導中，可見他毫無準備，也沒有帶備任何幫助居民渡過災劫的物品，甚至當地的議員也不知道他走來慰問，可見民怨沸騰。

莫里森對山林大火毫無準備，大家並不意外。我和鄰居閒談幾句，獲知州政府沒有做好防護的措施，其中包括用backburning的方法，儘早消除雜草，以免火勢延燒。其次聯邦政府也沒有採納意見，購買多部大型滅火的飛機。在記者會上遭到質詢如何救災，莫里森只是頑固地回應說：最佳的滅火辦法就是一如既往。大家其實都知道政府已經沒有什麼辦法，因為這場大火確實史前無例，唯有聽天由命。土著卻認為有救火的傳統方法，但政府肯傾聽嗎？

到了一月五日下午五時，新州還有一百四十六處山火，其中六十五處不受控制，負責滅火的正規和志願消防員共有二千六百人，八人葬身火海。其實整個澳洲大陸火海處處，火光蔽日，白晝如同黑夜。遠至南澳州的袋鼠島也起火，全島的樹熊幾乎滅絕。年輕時讀到歷朝之覆亡，必然少不了天災和人禍。視乎今天的澳洲，天災來臨，當然難逃一劫。但人禍則更可怕，尤其是執政者愚蠢、強妄自大和無知，禍及百姓，更有無數的生靈塗炭，看得人悲慟不已。請記着今日的澳洲山林大火浩劫，就是明日地球的縮影。每個人都有責任，沒有人再可以獨善其身了。

（二〇二〇年一月六日）

山火浩劫之二

　　澳洲山林大火的火勢如何，相信各大小媒體都已經努力為大家作無間斷的報導。悉尼這個城市，方圓七十公里的地方，暫時仍然倖免被山火波及。所謂大悉尼地區，北到 Hawkesbury 河，西到藍山（Blue Mountains），南到皇家國家公園（Royal National Park）的範圍，西南到 Macarthur 區。向東是太平洋，一直延伸到南美洲的西岸。所以說悉尼正受山林大火肆虐，是不確的。但我們日常的生活，不受火災影響，也不盡不實。自從十二月以來，我們空氣裡的微粒，早已經超過了安全的程度，每分每秒嗅到的都是燒焦的氣味，也就是類似冬季寒夜裡不少人家火爐焚木取暖的氣味。以前是偶爾傳來，現在是整天，不分晝夜。最嚴重的數天，海邊的悉尼市中心竟然也是白茫茫一片，隨着風，燒焦的粒子從災區吹過來，不常見的口罩也在校園區出現了。有一天溫度上升到接近攝氏四十度，外面迷濛得像霧又像花，看不見二三百公尺外的樓房，空氣污染得厲害。正在工作的當兒，竟然警鐘大鳴，廣播中一把聲音呼籲大家逃生。於是不管得什麼要緊，馬上循消防樓梯跑出街外到安全的地方。正在等待的時候，竟又聽到另一座的大樓的警鐘也響個不停，消防車到來檢查，沒有發現火頭，我們便回去工

作了。後來得悉原來空氣的污染指數太高，引發警鐘大鳴以為發生了火災。雖然這天小火也沒有發生，但間接也承認，空氣質素實在非常差，是否適宜逗留在校園也是值得討論。校方出了指引，提供了各種的應對及支援。這等於說明，山林大火早已影響每個人的日常生活了。

我們大學在悉尼西南部的校區，去年十二月初因為山林大火逼近，關閉了數天後重開。我的一個同事住在新州南部高原只有人口一百六十八人的小鎮，聖誕節假期她忙於保護自己的農場，可惜大火仍然把部分林木焚毀。在 Twitter 上她不時上載短訊和圖片，可見火勢非常凶猛，火燄近在咫尺，我們都不禁替她擔心。在山林大火肆虐的災區，政府呼籲民眾趕快逃亡，棄守家園。有時火勢迅速蔓延，撤離甚至已經不可能。新州南部的大火災場，居民倉皇之中，只能抓住簡單的被褥，駕車離開。有些車子經過油站，想進內添加汽油，才發現網路中斷，信用卡無法連接發卡銀行的伺服器，只歡迎現金支付。有些人身上沒有現金，入油後就偷偷開車逃走了。油站也因為部分道路封閉，沒有燃油供應，車輛大排長龍。這些小鎮人跡罕至，居民其實沒有什麼援助，唯有靠當地的志願消防員趕赴現場，撲熄山火。消防員只能拯救居民，面對熊熊烈火，實在無能為力。有些志願消防員把別人救出火海，工作完了回到自己的家園，才驚覺家早已被另一場大火毀於一旦，不禁痛哭。

這裡的志願消防員很多是政府員工，真正是出於自願，甚至裝備也是由自己的荷包支付。今次火勢不受控制，志願消防員連續工作許多天，不能返回工作崗位，影響了正常收入，所

以聯邦政府才津貼在新州當值的每名志願消防員六千澳元。但災區何止新州，昆士蘭州、維多利亞州和南澳州也是火海處處，那些志願者又如何？可知總理莫理森和他的幕僚如何進退失據，偷偷渡假夏威夷不成，跑回來碰得焦頭爛額。可是他仍然不肯惡補一下對氣候變遷的認識，對救火毫無辦法，也許就是現今社會許多白痴領袖的表現。

許多議員面對傳媒，談到對今次火災的看法，非常一致，認為是 unprecedented，即是史無前例。你只要在谷歌搜尋一下 unprecedented bushfire，就恍然發現，這場山林大火的災場面積，令人大吃一驚。星期六凌晨，維州北部和新州南部，兩州的交界處的大雪山區，兩個火場接合起來，形成面積達到六十萬公頃的災區。至於一直燃燒中的東南部，也是兩州交界，那場超級大火的面積為一百五十萬公頃，相等於八倍紐約市的面積。那場超級大火形成之前，其中一團大火逼近海邊，正在渡假的人士要由海軍的軍艦拯救送回墨爾本。電視台播出的畫面中，濃煙密佈，大地一片血紅，有如煉獄。政客說 unprecedented，等於找個藉口，找個下台階，免受責備。但不少醫生學者說的 unprecedented，是我們的健康狀況，因為如此的氣候和空氣質素，可能帶來許多未知的深遠影響。

有人在臉書上載了一幅澳洲的山林大火簡圖，引起了大家的恐慌，因為差不多全國的地方無一倖免。不過後來澳洲廣播公司找到問題所在，原來有人從一幅 3D 圖片轉成普通圖片，才造成了誤會。但你又豈能想到山林大火發生在南澳州離岸的袋鼠島。袋鼠島最高點只有三百〇七六尺，差不多是一大片

平地。這次大火由去年十二月二十日開始燃燒，至今已經燒毀了一半的地方，島的西部，包括最美麗的 Flinders Chase 國家公園，相信已經面目全非。兩年前我們一月底到過這個小小的島，就住在這個國家公園附近。那時天氣酷熱，日間氣溫逼近攝氏四十度，袋鼠靈巧非常，只在傍晚和清晨出現，現今可能已經悉數滅絕。在 Flinders Chase 國家公園的 Remarkable Rocks 看過日出和日落，沒有什麼高山流水，只是幾塊怪石，便是一幅簡單而令人感動的圖畫。

母親星期四晚上打電話過來，說澳洲的山火肆虐得很，要不要把弟弟的兩個兒子接回香港短住。我向她解釋暫時大城市仍然安全，兩個孫兒也快樂地享受暑假，不用擔心。不過今年的暑假，住在悉尼的人什麼地方也不能去了。你看：藍山的山火在西，Hawkesbury 的山火在北，悉尼的空氣嚴重污染。新州南的海岸的道路剛剛重開，但滿目蒼夷，還有好心情嗎？這場「史無前例」的山火，如果政客的思維不懶惰、行動不苟且，會否能夠及早避免，會否改寫許多人不幸的命運嗎？

（二○二○年一月十二日）

動物的天堂

春天的確來了，大大的踏步來，那麼刻意，好像告訴你冬天漸行漸遠，頭也不回，兩不虧欠。人生那麼短暫，時光驅使你必須往前走。路旁的花朵開得如斯放肆，都是回暖的緣故。短短的黑夜還是帶着絲絲的寒意。燃燒木炭的香味在空氣中早已消失了，只有間歇的狗吠聲從不遠處傳來。早上六時多醒來，陽光已經灑滿一地，看來夏令時間快要實施了。到了那時候，悉尼和香港的時差更大，快三小時。悉尼的春天跟香港很不一樣，沒有什麼像霧又像花的天氣。而且今年異常乾燥，發生山林大火的季節早已開始了。澳洲內陸的旱災災情還是持續，沒有減退，即使氣溫回暖也不是令人開心的事情。

早上在路上看見不少人拖着狗悠悠散步。有的是小狗，大狗反而不多見。生活那麼不容易，養寵物也要計算一下需要支出多少吧。動物和人有些地方頗為相似，例如吃東西的份量而言，小孩和大人，小狗和大狗自然有很大的分別。養一條十磅左右重的小狗，一天兩餐，食量比三十磅重的狗少一半。至於六十磅以上的大狗，食量是小狗三倍或以上，隨時有吃掉你的積蓄的可能。不過朋友之中，飼養狗隻的還是少數，大家也不需要急着回家帶狗出外散步。有個朋友養了小狗，生活習慣因

此改變過來，下班後還要帶狗散散步，後來他發現如此一來，好處不少。日久變成一種運動，起碼可以消除老是坐在家裡的悶氣。他也發現，每天回家，狗便期待跟他外出。散步過後，狗像健康得多，快樂得多。有了適當運動，他的身體也好了起來。

難怪澳洲的首都領地（Australian Capital Territory）最近立法寵物由一件個人財產（property）改變成為一個有「有情性」的生物（sentient being）。這個叫 Animal Welfare Legislation Amendment Bill 的法例六個月後便生效了，狗和貓的權利從此不一樣。以前以為養貓狗純屬興之所致，現在各州如果跟隨立法，大家就必須依法好好照顧牠們，尊重牠們生存的權利，保障牠們基本的生活質素。你以為荒謬嗎？保障動物權益的人士覺得法例合情合理。既然人有權利，寵物的主人為什麼不能保障貓狗獲得適當的照顧？

法例生效後，在首都領地的範圍內，例如坎培拉市，動物將會得到保障，簡單的如活動和運動的自由。舉例來說，寵物主人把狗栓在椅子關在籠子裡整天，或者有一至兩小時不能自由的走動，主人就會受到懲罰，最高為四千澳元。如果不給狗喝水和食物，或提供不潔淨的環境，狗隻皮膚染病沒有給牠治理、患了虱子等等，最高刑罰為監禁一年。你問會如何執行？這個倒不用擔心，很多澳洲人都見義勇為，不少人見到不合理的事都會挺身而出。前些時一個下班的海軍士兵在火車上對車廂中的欺凌行為加以干涉，給人揮拳相向，打腫了鼻子，事後在訪問中表示並不後悔，真是好漢。

當然主人不能對動物施暴、棄養或放置牠們在烈日暴曬的車廂內。一個關上窗的車廂在一般陽光暴曬下，會由攝氏二十度上升到六十度。這樣高的溫度，相信狗不會活下來。澳洲不少母親，匆匆跑進商場購物。也有父親把車泊在街上，走入辦公室工作，忘記了在後座的安全椅上嬰兒。幸好給好心人發現，召來消防員破窗把嬰兒救出，避免了悲劇的發生。

寵物的主人和貓狗的關係，在法例生效下有了新的定義。寵物變成家庭的一份子，好像未成年的子女一樣，獲得適當的照顧。七號電視台逢週五晚間的節目 Better Home and Garden 中的獸醫 Doctor Harry 不時帶領觀眾走到寵物主人家中，聽他們的訴求，希望能夠改變寵物的怪異行為。你會驚訝發現，動物與 Doctor Harry 接觸，竟然純如羔羊，問題終於得到解決。獸醫與動物接近，有一套專業的方法。動物顯然知道他前來，不是挑釁，果然相處融洽。

根據統計，每五個澳洲家庭有兩個飼養狗隻。繁殖的狗隻中，頭三位分別是 Labrador Retriever，Staffordshire Bull Tierrier 和 French Bulldog。不少的報導指出，某些非法繁殖場的環境非常惡劣。與其鼓勵這些不合格的繁殖場繼續經營，不如向 RSPCA（Royal Society for the Cruelty to Animals）領養。這些合法的途徑令寵物受到適當的保護。澳洲的居住環境尚算寬敞，動物活動的空間也頗足夠。一個朋友歡天喜地的結果領養了一隻 Poodle 回家。至於另一個朋友，領養了一隻 Labrador，多年後狗年紀大了，毛髮脫落，四處飛揚弄得好不煩厭。為免麻煩，只好把牠放到地下室一角活動。狗看見有訪客前來，不停

跳躍，興奮不已，因為我一走，地下室又剩下牠孤單一個。

　　有人說，保護法例生效了，首都領地就變成了動物的天堂。是耶非耶？科學家已經告訴我們，氣候變遷下，這一代生物的大規模滅絕的速度比以前更快，動物紛紛消失了，但政客卻拒絕接受這個事實。瑞典藉的女孩 Getra Thunberg 在聯合國的氣候行動峰會發言，直斥世界各國的領袖，竊取了年輕一代的夢想和童年，因為他們沒有採取任何積極的行為阻止環境變壞。不過許多人不但沒有好好反省 Thunberg 這番說話，反而挑剔她社交媒體的照片中出現的膠樽紙杯等等無聊的小節上。澳洲的前外長 Amanda Vanstone 更在報章上指 Thunberg 的發言和行為是一場鬧劇。

　　一個十六歲的女孩背負如此沉重的包袱，其實是所有成年人的羞恥。她本應好好讀書，不必走上前線。行公義本來就是一個負責任的領袖的當然責任。可惜我們的領袖們沒有這樣做，也沒有提供好環境培育年輕的一代，真的是無恥之極。

（二〇二〇年一月二十四日）

瘟疫

　　初到悉尼，有個朋友對我說，澳洲有兩種文化，不可不知道：bush culture 和 beach culture。澳洲喜歡 bush walking 的人，山野間自有他們的國度，塵世外有仙境桃園，所以不時聽聞有人毫無準備，走入山中，結果迷路被困，要大批警察和志願者登山拯救。澳洲導演 Peter Weir 在一九七五年的電影《吊石坡的野餐》(*Picnic at Hanging Rock*) 敘述的就是一九〇〇年情人節當天，數個女學生和她們的老師在維多利亞州的吊石坡神祕失蹤的事件。情節是杜撰的，原來的是小說，也非真人真事。Peter Weir 把她們失蹤的經過拍得迷離撲朔，氣氛神祕，令人疑幻疑真。據說澳洲觀眾非常不滿意結尾，因為對失蹤者的下落毫無交代。但那個年代外星人熱潮，滿腦子 ET，記得看罷和杜杜談起，冷不提防他說電影暗示她們就是給外星人捉去了。聽來不無道理。難道每個故事真的非有圓滿的結局不可嗎？

　　至於 beach culture，東岸由新州南到昆州北，美好的海灘無處不在，難怪大家對海、沙灘和海岸都有一種迷戀，比愛山更甚。因此你自然明白，即使社交疏離 (social distancing) 禁令出場之前，總理禁止五百人以上的集會，呼籲大家必須遵守

提防肺炎傳播，大家聽到後倒鬆了一口氣，原來正常生活應該不受影響。邦迪海灘（Bondi Beach）是人山人海。電視畫面所見，沙灘上大家都如常活動，聚在一起更是屢見不鮮。結果聯邦政府下令州政府封閉沙灘。即使如此，仍有不少人越過欄桿，爬下沙灘在海中暢泳。警察到來，逼使他們返回岸上去。維州的 St Kilda 海灘也是如此熱鬧，結果也是出動了警方。沙灘封閉了，大家都坐到沙灘附近的草地上去野餐，依舊不改要有海為伴，真的是少一刻看海也不行。但卻少有聽到大家蜂湧到山上。看來 bush 和 beach 文化兩者之間，beach 可能比 bush 更重要，不少的澳洲作家的小說作品，都和 beach 有關。例如住在西澳州的作家 Tim Winton，寫過小說 *Breath*，背景就是滑浪這個澳洲普遍的水上運動。他的第一部小說，叫 *An Open Swimmer*，早已經和海分不開。

其實對抗肺炎疫症，澳洲的反應很慢。一月中香港人四處張羅口罩，我們曾經致電一些口罩的供應商，甚至在網上訂購，價錢都如常。直到一個週末，下決心要為家人訂購，於是在網上下了訂單，結果數天後公司來電，說口罩缺貨，只能給你訂購數量的四分之一，價錢也漲了數倍。餘額就只好退款了。結果公司都非常有信譽，退款很快出現在信用卡的戶口上。十多盒口罩也於個多星期後送到家門口。走到郵局寄快遞，剛好是農曆新年，部分郵局推出寄返香港和中國的包裹優惠，郵費便宜了大半，不然郵費比口罩更貴。至於寄往香港途中也多波折，謠言滿天飛。首先聽說不要用速遞公司，因為中途有可能給人轉送內地。其次口罩性質特殊，早被列為示威者

的抗爭武器，會被扣查。結果口罩送到家人手中的時候，已經是三星期後。

　　那時候心水清的記者向澳洲聯邦政府查詢抗疫的準備工作如何，口罩存量是否足夠？政府發言人表示一切在掌握之中。後來才知道，所謂掌握，只是數據，口罩的數量也是勉強足夠給醫護人員。像香港人一般每個人出街必戴上口罩，在這裡是不會見到的。首先一般澳洲人沒有大量購買口罩的習慣，現在想購買，你不會買到一盒五十個的口罩。走到藥房，只能一個一個的買。口罩的用家首先是醫護，因為要治療病人。澳洲只有一間十七個工作人員的口罩製造廠，位於維州的Shepparton，每年生產兩百萬個口罩，其餘全部由外地輸入。最近有媒體報導，早於個多月前，兩間中國資金的本地地產發展商，已經盡力搜購口罩存貨，聯同其他醫療物資，匆匆運返大陸。那時候我們的肺炎感染數字只是單位數。北半球的疫情與我們無關。多謝全球一體化，三月開始我們疫症開始爆發，與全球其他國家一樣，政府無力控制。

　　在口罩不足的情況下，社交疏離是唯一減少肺炎傳播的辦法。最初嚴禁五百人以上的大型集會，其後建議十人的聚會彼此相距兩米，後來已統一修訂為一點五米，今天更宣佈禁止兩人以上的聚會。現在什麼公眾活動都停止，包括教堂、圖書館和球場都關閉了。市民必須留在家中，除非必要，切勿外出。許多愛好運動的澳洲人，與別人零交往是不行的。建議的一點五米，大家只是裝模作樣。星期六所見，在超級市場購物，大家排隊付款，除非有購物車相隔，才會有一點五米的距離。

若是手持物品，空間所限，也只是跟貼在後，距離少於一米。建議的社交距離大家若不遵守，大部分的人都沒有戴上口罩的習慣，其實很難使人安心。疫症流行初期，許多人還在嘲笑別人戴口罩，現在戴着口罩的已不是異族。戴上口罩的，也有不少澳洲白人。至於在家居附近多是獨立屋和少量排屋，每個人之間的空間十分寬敞。大家見面，只需要着意相隔一些，點點頭、打個招呼如常。

　　類似二〇〇三年的 SARS 的新冠病毒肺炎，令今次感染死亡的人數驚人上升，我只可以用慘烈來形容。瘟疫的可怕，因為無法知道它如何傳播，只能盡量保護自己，免於受到感染。我的腦海裡還湧現那時候在港每天戴着口罩回到學校，又從學校回家的情景，尤其在升降機中獨自一人，聽到自己一下下的沉重的呼吸聲音。那時候大家叫這種瘟疫做「沙士」，跟一種汽水同名。據說其後汽水改名為「沙示」，避免令人聯想到這段不堪的歲月。後來偶爾看到粵語長片《電梯女郎》，記得電影中南紅對張英才說：「我請你飲沙士啦！」一句話猛然勾起這段慘痛的回憶。不過今次更不幸，因為短短數月，已經感染全球六十六萬人，死亡人數已經超過三萬。

　　說起來，最早接觸澳洲的文學作品，是內佛・舒特（Nevil Shute）寫的末日小說 *On the Beach*。那時候不明白 on the beach 的隱喻，以為是「在海灘上」的意思。不過舒特在扉頁上引用了艾略特的詩作 The Hollow Men 的最後兩行：

This is the way the world ends

Not with bang but a whimper

其實說的是世界就是這樣子結束。由是想到這場瘟疫的現況，不禁為之黯然。

（二○二○年三月三十日）

在家上班

　　在家上班（work from home）已經多天了。不用說，這次連續的在家上班，純粹因為新冠肺炎病毒肆虐。新州政府鼓勵居民如無必要，不能外出，以下情況例外：上班或上課，購買必需物品，看醫生和做適當運動。所謂上班的必要，包括不能夠在家完成一般的工作。在家上班的工作習慣，究竟對僱主和僱員的有何好處和壞處，足夠你寫一篇博士論文。「福布斯」網站上的最近一篇文章，說到在家上班這個工作模式，本來對大部分公司都不是首要，但現在反而成為了唯一的辦法。而且因為配合了社交疏離，有助減低了接近了百分之四十病毒的傳播，實是一舉兩得。當然許多職業還是不能夠在家上班的。大學裡的保安、清潔和園藝，甚至資訊科技的支援人員，都依舊分批駐守在校園。前兩天因為其中一部遙控多媒體的伺服器的電腦無故關閉了，回到校園檢查一下，找不到原因，打電話到支援部，還好有人工作，可以安排技術人員上來維修。有時候就是因為如此電腦的故障需要回到校園。在家無論如何努力，也不能遙遠喚醒這些電子精靈。

　　校園差不多完全關閉了，出入大樓都要用保安卡。早一段疫情還未嚴重的時候，校長承諾所有大樓開放，課室的門不上

鎖，圖書館也如常二十四小時運作。現在是另一回事，課程都已經變成差不多全部網上授課。到底還有什麼課是需要面對面的，實在想不通。講課是面對一大群學生，在一個五百人的演講廳進行，現在當然行不通了。至於導修，是十多至二十人一組，也不可能走在一起。結果講課和導修現今都全在網上舉行，管他網路到底有沒有問題。傳統的面對面授課模式，一下子便要快速的改變過來。科技的配合得比人的腦袋還要慢。以前未想過這些情況，忽然步伐便要快許多。你還在這裡猶豫不決，別人已經疾走在你的前面。以前大家還在討論網上教學，現在反而要動手製作了。大家出盡任何辦法挽留學生，還說其中不是錢作怪？

一間大學的校長曾經發表聲明，如果讓一個學期的海外學生流失，大學將會損失二億澳元，正常運作必受嚴重影響。海外學生，尤其是那些來自中國大陸的，是澳洲中學的部分和大學的極大部分收入來源。疫症擴散初期，聯邦政府曾經讓數千個海外的中學生先行回來，就是先打開一個缺口，讓大家接受如此的安排。其後要抵埗的大學生自我隔離十四日，也可以先在第三國家如此做，積極鼓勵學生回來。西悉尼大學首先提出援助每名海外學生一千五百澳元，阿德萊德大學接着也說要津貼每人二千澳元。墨爾本大學最大手筆，向滯留在中國大陸的每個學生派發七千五百澳元，補償他們在取消機票、住宿和其他因為澳洲政府實施入境管制帶來的開支。據估計，如果大部分或者六萬五千八百名海外學生不能如期開學的話，所有大學將會損失十二億澳元。部分大學曾經實施不同的方法鼓勵海外

學生繼續學業，例如延遲一週至三週開課。結果澳洲聯邦政府於三月二十日正式封關，不准海外人士入境。究竟有多少學生搶灘成功，要等待大學公佈的數字了。不過我工作大樓的停車場，自從去年聖誕假期前就停放了一部名貴跑車，保安人員久不久就在擋風玻璃上貼上罰款通知書，至今已有四個多月。海外學生回國，把大學停車場當做私人車庫，並非不常見。今次遇上封關，不知道車主何時才能回來。

　　大學對我們的在家工作出了指引，包括了所謂的空間、電腦運作和作息的規定。朋友任職另一部門，三星期前某天下午叫我一同把桌面電腦、一個外置屏幕和一個紙箱文章搬回家中，從此在家工作了。我的同事也把她的桌面電腦搬走，在家中繼續做錄影的剪輯工作。以前覺得不可能的工作，因為要遵守社交疏離的規定，忽然之間一切變得合理又可行。大學的高層指示，只要得到你的上司批准，在家工作就可以開始了。其實這場瘟疫之前，在家工作已經是許多公司或州政府其中一種工作環境。在家工作之後，僱員減少了花在交通的時間，間接減輕了交通的負荷，辦公室也可節省空間，也減少水電的消耗。僱員也因此可以有彈性處理家庭和工作的關係。不過在家工作顯然把工作的環境變得公私不分，僱員也多耗用家中的水電。電腦的功能和網路的問題也會影響對外間的聯繫。有些僱主也擔心難於監察僱員的工作表現，因而頻繁開會和報告，不但沒有幫助，反而拖慢大家的工作效率。當然，也每視乎你的上司如何看待在家工作。有些人很開通，有些人很謹慎，更有些人很小心眼。澳洲人一般的工作態度都是很輕鬆，管束太大

反而令人感到太大的壓力，很不好受。

即使在家工作令生產力增加，也不能一整天呆在家中。澳洲的家庭空間不算小，但日久在家，反而變得自我封閉，結果又產生另外一些問題來。出外做運動當然有助減輕隔離在家的悶氣，帶狗散步也是可行。我住的社區較少商鋪，如此疫情下，當然水靜鵝飛，加上在早上，也是間中看到一人或伴侶兩人漫步。來到附近一個以華人和韓國人為主的社區，早上在行人專區舉辦的太極班不見了，只有咖啡店開門營業。亞洲臉孔的人都紛紛戴上口罩，只有澳洲白人依然維持坦露五官的本色和勇氣。其實他們沒有做錯，因為昨天聯邦政府的副首席醫療官叫大家不需要戴口罩。不過事實上口罩現在並不缺貨，但許多出售的是贗品，而且沒有防護病毒的效用，正式的醫療口罩還是留給醫護人員吧。消防局門前的告示版寫着：We're here for you. Stay home for us。意思當然很清晰了。不過拐了彎，看見不遠處有兩個亞洲臉孔戴口罩的中年一男一女迅速除下口罩，咳吐一聲向草叢放了一把飛劍，馬上又戴回口罩。這回看得目瞪口呆。肺炎病毒會消退，但病態的生活習慣和意識，又何時可以改變過來呢？

（二〇二〇年四月六日）

Social Distancing

　　直到四月十二日的今天，澳洲感染新冠狀肺炎病毒的患者有六千三百，死亡人數為五十九人。這是個復活節長週末，由復活節星期五開始到復活節星期一，共有四天，比一般長週末多了一天。正常情況之下，如果配合孩子的學校假期，上班一族可以請假享受連續一星期長或者更多的日子。按照大家假期往外跑的慣例，南部和北部的海岸應該人山人海了。可是疫情肆虐，州政府提出的假期模式是 Staycation，即是把一般的休假 vacation 改作留待在家 stay at home。這個新造的英文生字，正好呼籲大家應該遵守這個新的生活習慣，每人出一分力，阻止病毒繼續橫行無忌。

　　州政府抗疫的措施已經到了第三階段，每個人的活動範圍給再規限了，比上一階段更少。限制活動範圍和社交疏離（Social Distancing）已是唯一的措施。由最初的四立方米的距離，到彼此相距一點五米，到現在的兩個手臂長，都考慮過實際推行的困難。戴口罩可能是人口密集的大城市的必要措施，但普通人要買口罩，其實很不容易。就算不計大批口罩給人瘋狂搜購運出境外這個情況，澳洲人甚少想到要購買口罩。現在很多朋友說口罩已經有供應了。有人可以在兩元便利商店購買

到一盒口罩。也有商店為了使顧客安心光顧，購物兼送口罩。但如果口罩不是獨立包裝的話，有可能受到感染，也不可循環再用。至於市民除了在 Bunnings 這類連鎖的建築材料倉庫供應的正宗 3M 製造的 N95 口罩之外，還有許多不知來歷的產品。細心一看，除了清楚產地一項來自中國大陸，其他的資料都語焉不詳。可以阻擋塵粒的口罩，不等於可以過濾病毒啊。這些形形式式的口罩，有不同的包裝和說明，價格差異很大，貴的不等於優質，有些更便宜得離譜。這個時候，你擔心的不是病毒，而是驚訝為什麼在口罩缺貨中，還有人如此善心體貼劈價賣給你。

每逢星期一公佈的患者數字，總會稍為回落。官方的解釋是因為週末檢驗的數量，較平日為少，所以才有這個誤解。事實上，整體數字暫時只有不斷上升，但速度已經減慢。是否已經完全受到控制？其實未必。但依照公佈的數據圖表，疫症的新增數量正在下降，即是普遍認為已到了 flattening 的現象。大家說聯邦政府起初反應慢半拍，但到了三月十九日，澳洲首先宣佈由二十日午夜過後關上大門，只准許澳洲公民和永久居民回國，等於正式的封關。鄰國新西蘭亦緊隨。回國的人要強制隔離十四天。飛抵新州的國民，不再送往聖誕島或北領地，而是入住悉尼市中心的酒店，例如五星級的希爾頓（Hilton）和洲際（Intercontinental）大酒店。住在洲際大酒店的人，更可以看到美麗的悉尼海港大橋。但關在房間內十四天，每日的膳食可能並非完全合胃口，而且也沒有什麼行動自由，活動也僅限於房間內。即使面對良辰美景，也會乏味。其次也可能擔心自

己是否隱形患者。這種痛苦的滋味，並非我們可以想像。

澳洲的病發個案，都是由境外傳入。聯邦政府的網站上發佈，第一宗新冠狀肺炎病毒的患者是武漢人，一月十九日經廣州乘搭中國南方航空公司編號 CZ321 班機飛抵墨爾本，覺得不舒服，星期四戴了兩個口罩見家庭醫生。那時候大家尚蒙在鼓裡，所以醫生並不察覺他有任何異狀。翌日他又再往另一間診所見醫生。這次診所的醫療人員不敢掉以輕心，立即把他隔離，隨後驗出患上新冠狀肺炎。首位家庭醫生找不出病因，這個病人翌日還要堅持要見另外一個醫生。他或許早就知道，自己今次患上的，並不是普通肺炎那麼簡單。

其後澳洲證實的三個新南威爾士州個案，患者年齡介乎三十至六十歲，都是從外地飛過來。第一個五十多歲的人於一月二十日乘搭中國東方航空公司編號 MU749 班機從武漢飛到悉尼，第二個一月六日到悉尼，十五日出現病徵。他並沒有到過武漢，但接觸過一個病者。第三個到過武漢，一月十八日抵達悉尼。到了一月二十五日，他們三個人全部證實患上這種新型肺炎。從這天到三月中，肺炎慢慢傳播開來，其中關鍵的，令疫情雪上加霜的，是新州政府容許回到悉尼的郵輪「紅寶石公主」號泊岸。

三月八日這艘郵輪開往新西蘭，船長在致新州的港務局（Port Authority）的電郵中，說他們的船上沒有一個乘客和船員有新冠狀肺炎病徵。因此郵輪獲准於三月十九日回程後靠岸，全體二千七百名乘客在下午數小時內匆匆下船四散。事後得知，船上早已有一百五十八人出現不適，但只有兩名乘客獲得

轉送岸上治療。但衛生署沒有把它的情況與一個月前困在日本橫濱的鑽石公主號的肺炎大爆發連繫起來。如果不是這般後知後覺，讓乘客下船沒有跟其他海外返回悉尼的人做隔離，大概不會導致十一人死亡，六百人受到感染。現時紅寶石公主號停泊在悉尼以南的 Port Kembla 十天，讓它補給充畢，駛離澳洲水域。不過 Port Kembla 附近的居民反對，認為會傳播病菌。而船上一千零四十的船員已陸續出現病徵。最新的檢測結果顯示，受檢的九十七名船員中，四十六人已患上肺炎。看來紅寶石公主號跟它的姊妹船鑽石公主號一樣，隨時出現大爆發。州政府已經下令警方循刑事調查死者的死因。

　　社交疏離禁令一出，天下莫敢不從。犯者立刻獲得告票，當然各州有當地的具體措施，有些輕，有些重。新州禁止居民外出除了購買食物、上班、做運動和見醫生買藥等等。親友互相探訪當然不行；見情人是兩人聚會，有助心理健康，還是可以。但你有另外一個渡假屋，現在就不能前往。新州的藝術廳長唐・哈溫（Don Harwin）被發現悄悄地從他的市中心大廈住所走到中部海岸的小屋避疫，結果給州長召回。因為觸犯公共衛生條例，哈溫被罰款一千澳元，事後他引咎辭職，但卻發表聲明說沒有犯過。公眾眼睛雪亮。不過哈溫沒有賴死不走，起碼建立了一個好榜樣了。

（二〇二〇年四月十三日）

瘟疫下的自由

　　新冠肺炎疫情影響下，大家在悉尼出外的自由有限。遇到執法者，你的外出是否必需，將會是解釋清楚的重要關鍵。買食物充饑，買生活用品，都是外出的大理由。做運動也是理所當然。踏入秋天，早上不過低溫攝氏十多度，要離開暖暖的被窩，畢竟有太多的心理掙扎。所以黃昏時才看見大家紛紛走出家門，散散步，呼一口悶氣。按照手機運動程式日常訂下的每天走一萬步的標準，到了這段日子，才知道有多困難。住在獨立屋的人尚可以隨意在前後院和房子四周走幾趟，環繞着打幾轉。但住在大廈的人，可能要走出街上去。就像我鄰居那頭灰色的貓一樣，偶爾才在我的前後院草坪施施然走着，又施施然離開。走得這麼優悠，總不會對健康有什麼好處。難怪沒見牠好一陣子，身軀變得脹鼓鼓的，卻依舊對你愛理不理。你走前去，原來牠還很乖巧，霎時間就跳到不知道哪裡去了。

　　新州執行社交疏離令好像沒有維州那麼嚴格。執行初期，據報墨爾本有六個海外學生在其中一人的家中聚集一起吃東西，給人告發，每人收到一千六百澳元的告票。一個母親陪同女兒在街上練習駕駛，也當場收到告票。這個新聞傳開來，上了電視，大家才恍然大悟。在澳洲，有正式駕駛執照的成人

可以幫助他人練習駕駛，累積到了一定的總練習時間，才可以參加駕駛考試。可能考試臨近，兩人說練習駕駛是必須，但警方不同意，認為她們應在疫情舒緩的時候才上街。事後警方網開一面，收回了告票。但警方告訴公眾，練習駕駛依然是犯法。悉尼市中心近唐人街一間按摩店的老闆、員工和顧客各被罰款，因為在禁令下，不能開門營業。老闆和員工偷步，主要是因為老闆擔心減少收入，員工擔心失業。但聯邦政府不旋踵推出了 Jobkeeper 計劃，向僱主提供了每位員工每兩週資助一千五百澳元，以免員工失業，追溯至三月一日開始。疫情擴散初期，許多行業暫時停止營業，失業大軍紛紛湧到 Centrelink 排隊申請失業援助。Centrelink 是一個提供不同的福利援助的政府部門。從電視畫面所見，每區的 Centrelink 辦事處門外，排隊的人都遵守社交疏離的一點五米，結果人龍排得很長很長。大家親身到來，原來 Centrelink 網站大擠塞，根本無法登入。為什麼網站總是大家最需要它的時候才發生問題，當然政府無法自圓其說。

為失業者在疫情間提供現金補助這個主意，最初由英國政府提出，向每位提供百分之八十薪金的援助。澳洲總理莫理森最初並不採納。後來政府才姍姍來遲，公佈這項耗資一千三百億澳元的計劃。大家以為，每兩週資助一千五百澳元，對許多人不是比一般收入還好嗎？原來澳洲的最低工資為每週七百四十點八澳元，一千五百差不多不就是兩週最低工資。Jobkeeper 計劃中的合資格人士，必須是全職、兼職或連續做了起碼十二個月的臨時工。根據工會的估計，長期以來，

許多僱主都是聘用臨時工，根本不會超過十二個月。合約完了，員工就要拜拜。所以即使 Jobkeeper 號稱照顧失業人士，但不合資格的就業人士將會達到一百萬人。這些不合資格人士，包括非澳洲公民或永久簽證人士，不包括持簽證 444 的新西蘭人和臨時的移民工人，靠臨時工補貼生活的海外學生也不能受惠。

當然聯邦政府是自由國家兩黨聯盟，他們的施政往往由僱主角度出發。這次撥款也是由僱主申請。員工的聲音太微小，根本沒人理睬。疫情爆發，Coles 和 Woolworths 兩間超市起初不願意在儲存倉庫採取社交疏離的措施和提供消毒液給員工，後來恐怕消息外洩，引起公眾注意，才作妥協。至於抗議活動，政府也有相應措施，禁止工會把事情鬧大。據說工會曾經試圖發起車隊遊行，迫使政府改變初衷，容納不合資格的人士，但集會主辦人遭到檢控，也被罰款四萬三千澳元。

確診的數字持續下降，大家可能以為這個禁令很快會解除。但州政府為了防止傳播，禁令仍然繼續執行，所以市況繼續蕭條。除了從事速遞行業的人，我想不到有其他人比他們更忙碌。如果不出外，網上購物已經變成了我們的日常。大型連鎖超市的營業時間都比正常縮短，為的是應付顧客的網上訂單和處理送貨。但觸目所見，超市的貨架上，廁紙、麵粉、意大利麵條和洗手液等永遠缺貨。到底是去了網購的人那裡，還是供應依然有限？我們仍然如常每星期兩次到商場購買日常用品。社交疏離令下人流稀少，超市也有限制進入店內人數，所以我很不明白，為什麼廁紙架上依然空空如也。它們到底在哪裡？

至於速遞人員的奔跑速度比以前更快。這一刻聽到門鈴響，我打開門，他已經開動了引擎準備離開，真正做到無菌接觸。由於訂單太多，送貨時間拖延了，不知道速遞公司有否延長派遞時間和增加人手。但我見過有些名貴跑車和房車的車主加入速遞大軍，更有些工作至晚上八時九時。有些生意的確需要暫時休業，有些卻比以往更忙碌。

週末呆在家中，想要吃點心。想到超市購買，回家還要蒸煮一番，倒不如到附近一家點心專門店買現乘的、新鮮出爐的包點。店在一條小街，只有四五店鋪相連。附近盡是獨立屋，對面是小叢林。車未至，遠遠看見十多人在門前遵守一點米的距離排隊。下了車，只好排在尾後。點心店多番易手，但顧客熱情不減，星期六日更有油炸點心如叉燒酥、鹹水角和酥皮蛋撻出售。出來的顧客每人手執兩大袋食物，大家買得比以往更多。到我們入內，急凍點心已去了八九。炒米和甜酸齋都賣光了，只好叫了些油炸點心、乾炒牛河、炸兩和急凍水餃一包等等。心想大家的心理都一樣：好不容易來到，不如多買，免得時常來。你多買，我也多買，按理這間點心店的生意一定更勝以前。

我前面的兩個女人手執點心，邊走邊說：趁熱不如找個附近的地方吃吧？我很想告訴他們，其實現在坐在街上吃東西，警察會送上告票的。希望她們好運吧。

（二〇二〇年四月十九日）

生活如常

　　許多人都說，希望疫情快點完結，生活回復正常。問題是，疫情沒有想像中那麼快完結，生活嘛，也沒有可能回到正常。即使正常，也必會是新的正常。譬如說，以前大家都希望有機會嘗試 work from home。這個上班的模式早已經寫好在僱員的服務條件中了，但有些上司總是希望你永遠在他們的身邊，等候差遣。如果你不坐在辦公室的電腦前，就可能是開小差了。所以即使對僱員的身心有百般的好處，但你永遠沒有可能跟你的固執上司爭辨，讓你在家中工作，因為他們的思維還是停留在他們個人最熟悉的經歷上，沒有隨時代改變。疫情開始，社交疏離令下，仍然運作的公司和機構，大部分的僱員的人就自然開始在家中工作了。以前讓你不能 work from home 的理由，頃刻之間也不再存在。以前不可能在家上班，現在為什麼在疫症蔓延的時候又可以？只能說，沒有永遠，也沒有正常。

　　沒有人想過有一天 work from home 變成了工作的正常模式，回到辦公室才是異常。那天回到上班的大樓，四野無人，除下了口罩舒一口氣。走進另外一個房間，才發現同事竟也回來了，跟他匆匆打個招呼。他竟然在室內戴上醫療用的那種級

別的口罩。當部分澳洲人還是氣定神閒，抱着疫症與我無關的態度時，我的同事竟然如此認真防疫，真的出乎意料。

為了挽留學生，大學決定把商學院的全部課程改為網上授課。這所澳洲最古老的大學，以研究為主，一向被視為不會在科技上搞什麼創意的授課方法。前些日子一份學生對大專院校的滿意度調查研究中，新州兩所歷史悠久和國際學術地位排名較高的大學，滿意程度都位於榜末。網上課程更不是它們的主力所在。即使學生不很滿意，國際學生趨之若鶩，就讀人數依然位於榜首。不過話得說回頭，用學生的滿意度來量度一個課程的成功，值得商榷，其實還有其他的因素。即使完全運用多媒體，內容靈活，學生也未必滿意。有些講師把多媒體內容搞得不倫不類，自己變得疲於奔命，結果學生還是不滿意。想起某位影視天王說過：「今時今日咁嘅服務態度唔夠架」，可能是真理了。顧客付鈔，當然對服務和產品有要求，大學不能坐視不理。海外學生平均付出一年近五萬澳元的學費來就讀，自然成為眾多大學的 cash cow。沒有這些學生，大學的日常運作有困難。大學的增長，直接間接都是因為要應付這些增加了的學生。學生不滿意服務，進而退修或輟學，大學當然捐失了龐大的收入，沒有影響是不可能的。

本來以課堂講授為主的授課模式，現在變成全部網上授課。起初沒有人想到走這一步。大家由沒有網上教學的經驗，到現在全部網上授課，不正常變成了正常。不過大學冒險走這一步，起碼挽留了大部分學生。本科生迎新講座，演講廳坐滿了人。本科生是以本地學生為主，大家都對出席率都不很意

外。研究生課程迎新活動，卻見人山人海，海外學生出席者大不乏人。不過那時候是二月中，澳洲仍未意識到瘟疫來勢洶洶。到了封關，海外學生不可以進來，這時候，網上授課完全變成必須。留住已經註冊的學生，也保住了部分的收入。據不正式的統計，商學院本學期少了三千個海外學生，回到了二〇一六年的水平。另外一所大學在開學前，大膽決定停止海外學生本學期註冊，由第二個學期才直接就讀。看來他們本學期的虧損，應該比我們更大。

要準備教材和視像會議，許多不正常又變成正常。首先是視像會議不能沒有視像鏡頭。一般手提電腦已經配備了鏡頭，但是桌面電腦還是要額外添置連接。不能外出搜購，不如上網查看。原來視像鏡頭早已銷售一空，只餘下一些不知名而且鏡頭質素差劣的牌子。有些網站更趁機把價錢提高兩至三倍，甚至說要等候四至五星期才送貨。在家工作也引致桌椅銷量大增，有些公司更因此缺貨。大家多用了視像會議，才發現許多人出現在電腦畫面上的臉孔都朦朦朧朧，甚有抽象畫的味道。原來是大家用的視像鏡頭，不管電腦配備了的或額外添加的，質素都強差人意。其次家中的寬頻，原來是「貧」，不及格。聯邦政府建設的全國寬頻網絡，在大城市也許達標，但鄉郊地方，上網的速度原來仍然非常龜速，經常出現畫和音不配合的情況。城市和鄉郊的設施，原來還有那麼多的差距。

確診病例的數字逐漸下降。四月二十六日的今天，只是六千七百零十宗，死者八十三人。你看小酒館關了門，但酒的

銷路反而上升就知道了。大家飲得開心，也可在家解悶。大家都夢想社交疏離快要鬆綁。新州著名的邦迪海灘將會重新開放，因為澳洲人早已忍不住要跳進水裡去。即使踏進深秋，氣溫驟降，都阻止不了困在家中多天希望掙脫牢籠的靈魂和身體。政府也早知道我們是個着重社交的民族，受夠了。於是今天聯邦政府政府推出一個智能手機程式 COVIDSafe，希望大家裝上。這個程式改編自新加坡的設計，容許衛生局追蹤疫症如何擴散。程式使用藍芽裝置，互相確認和記錄手機使用者和另一個手機使用者近距離的接觸日期和時間，做一個數碼式的握手。假設其中一個人感染疫症，政府便可以利用手機上的資料迅速追蹤到擴散的範圍。據說傳送的資訊已經加密。為了消除私隱的疑慮，政府建議大家於疫症消失後刪除程式。只好做個好公民吧。

看來疫情反反覆覆，不會完全結束。加上澳洲踏入冬季，可能令瘟疫蔓延到冬盡春來，那時候已經是九月或是十月了。一向以來，大家總是用雪萊的 Ode to the West Wind 的尾句：If Winter comes, can Spring be far behind? 來鼓勵自己。老調可以重彈，生活卻回不了舊時。那天網上看了許冠傑的一小時的演唱會，千萬不要有什麼期望。說起來，我真的竟然見過歌神。有一天我黃昏駕車回家，在路上隔鄰有人揮手示意我拉下車窗，定神一看原來是歌神，駕着一輛非常舊款的豐田大皇冠。他問我如何到屯門去。正好我也走那個方向，於是叫他跟着我。到了分道揚鑣的時候，我伸出手向他道別。他也在車廂中揮手致意。

不過歲月的確無情，原來不經意地，一個小演唱會宣告了一個光輝時代的沒落。

　　　　　　　　　　（二〇二〇年四月二十七日）

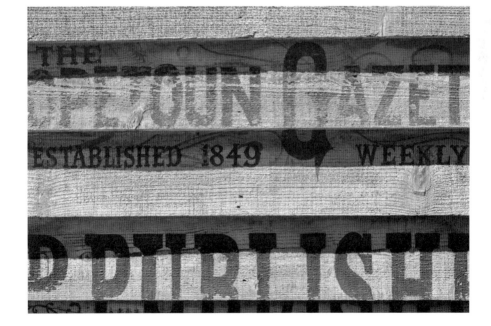

總理的自傳

　　澳洲的總理下台後，不約而同，紛紛寫自傳。數一數，工黨的吉拉德（Julia Gillard）是澳洲第一個女總理，寫了厚達五百多頁的《我的故事》（*My Story*），劈頭第一句就寫到二〇一〇年六月二十日，當上總理的那一天。她說：「一切來得太快：只睡了兩小時，下午便要在澳洲總督前宣誓就職。」Quentin Bryce 也是首位女性擔任總督，代表英皇主持就職儀式。在男性當政的歷史中，忽然來了兩位女性身居要職，吉拉德自然沾沾自喜，因為她造就澳洲歷史上的幾個第一。吉拉德由二〇〇六年起擔任陸克文（Kevin Rudd）的副手，聯手擊敗自由黨的總理何華德（John Howard）。但蜜月期一過，吉拉德於陸克文民望低迷之時，挑戰他黨魁地位，不經民選過程，順利登上第二十七總理。說得動聽是挑戰，直接地說是背後插上致命一刀。自傳的開首提及的奪權，顧名思義是精心策劃，說得毫不隱瞞，得戚之情洋溢於言表。挑戰黨魁是合法的機制，工黨政府內部這樣做，選出了新的總理。後來自由黨政府也效法，現任總理莫理森就是這樣登上權力遊戲的寶座。

　　看慣了政客的技倆，誰人上場基本上沒有什麼關係。不同的是吉拉德是個女性領袖。如果你對此感到一絲安慰，未免太

天真。那一年工黨陸克文勝出選舉，結束了十一年自由國家聯盟的執政，大眾本來寄以厚望。陸克文的選舉工程鋪天蓋地，主導民意。甚至遠至香港尖沙嘴的大廈外牆上也掛了他的競選口號及肖像，給人印象他已經是澳洲的總理。吉拉德作為副手，處心積慮，表面上恭恭敬敬，其實機關算盡。大家歡迎一個不平凡的女性當上總理，但對她為人特別欣賞及支持大可不必。她用這個方法奪權，埋下了許多人的積怨和仇恨，所以要處處提防別人的反擊。吉拉德當了三年零三日的風光日子，其間政局波濤洶湧，後來出訪印度時在路上仆街倒地，一如戴卓爾夫人在人民大會堂的石階前失足一樣，已是失勢前的必然凶兆。陸克文其後挑戰她再登總理，卻在大選時敗給平庸的托尼·艾博特（Tony Abbot）。所以即使才華洋溢又如何？不能當飯吃吧。工黨的慘敗，是敗在自己人的不斷權力鬥爭中。

　　吉拉德的自傳出版於二〇一四年，即是下台後的一年。她說陸克文太過吹捧自己，沒有遠見，選舉工程環繞的都是他的形象和打民意牌。吉垃德何嘗不是陶醉於自我，她開始的優勢源自作為一位女性身上，但也因為她太自覺太刻意作為一個女性，要與男性為主導的社會區別開來，反而令她陷於困境。吉拉德可能贏得了女選民的歡心，她的自傳也可能特別令女讀者覺得有親切感。但字裡行間，無一不顯示她作為第一位澳洲女總理的狂傲，反而令人覺得太刻意，缺乏了自省。當然吉拉德如果懂得自己的弱點，就不會重蹈陸克文下台的命運。所以看自傳，不要太相信書中所言的真偽。退下火線寫一點自己，無非趁大家還記得的時候，花十元八塊，窺探一下政局的祕辛。

老實說，再過一段時間，政壇人物煙消雲散，了無痕跡，從大家的記憶中消退之時，本來要二十多澳元的著作，可能變成二手書店的五元一本的擺設。

給吉拉德拉下馬的陸克文，最後又把吉拉德拉下馬。但他的自傳《我的總理年代》（*The PM Years*）卻到了二〇一八年才出版，比吉拉德的遲了四年。陸克文是中國通，做過外交官。這本六百多頁的書的文字當然順暢得多，少了吉拉德的傲氣，多了一份自省。第一章的題目「The Coup That Killed Australian Politics」其實就是反擊吉拉德的一劍。當日吉拉德得到黨內數個「faceless men」之助，把他拉下來，造成了黨內和國家的分裂。我們當初以為這個 faceless men 是指一個人，尤其是指當了黨魁的索頓（Bill Shorten）。索頓兩度領導工黨競選失敗，不得已辭職。像索頓這樣的領導人物，都是戀棧權位之輩。競選失敗了一次不果，又讓他帶領工黨失敗第二次，輸給現任總理莫理森。這次失敗完全是意料之外。事前民意調查一面倒傾向工黨得勝，卻陰溝裡翻船。陸克文倒是有點自知之明的領袖，但他念念不忘吉拉德插他的一刀。他說 coup，恰如一個政變，而且發生在午夜。吉拉德的挑戰，是對陸克文個人的挑戰，不是質疑他的政策。明白這一點，陸克文無法反擊，於是交出權力，讓吉拉德成為工黨黨魁，也順理成章成為總理。不過這一刀，展開了澳洲政壇的新一章。工黨黨內如此換班子，到了自由民族兩黨聯盟執政，又豈能例外。

最近推出自傳的是上任總理譚保（Malcolm Turnbull）。正如陸克文所言，澳洲的政壇爭鬥由他給吉拉德插了一刀開

始。譚保是給同袍莫理森拉下馬的。本來挑戰者是達頓（Peter Dutton），但最後黨內卻一致支持莫理森。順帶一提，達頓是最早一批染上新冠狀肺炎病毒的澳洲人，幸好最後康復。譚保由二〇一五至二〇一八年執政。這個屬於較開明的自由黨人，和工黨前任新州州長和聯邦政府外長卡爾（Bob Carr）相識於二十多歲時，最後卻加入了自由黨。譚保的自傳 *A Better Picture* 本來出版得無聲無息，但書的數碼版本卻由現任總理的辦公室流通出來，結果比書店的印刷版本更早出現在坊間。加上傳媒的訪問和他針對個別黨人的評價，當然令人議論紛紛。不過如果要看政壇黑幕，對不起，這本書不是揭露什麼不見得光的事情。唯一收穫是知道這些所謂回憶錄，正如譚保早年處理一單英國軍情五處特工回憶錄的官司中提及，所有揭祕的內容早已得到有關方面的認可，否則豈能容易出版。所以譚保回憶錄的內容，未有驚人內幕，暫時還未登上暢銷書排行榜。

譚保在英國深造時曾經為《星期日泰晤士報》撰稿。但奇怪本書行文只能算是流暢。流水帳的記載，沒有佳篇，佳句也不多。譚保出身富裕，相交滿天下，如果要寫人物，本來可以寫得趣味盎然。但政治人物都是老狐狸，尾巴也深藏不露。過於坦白，恐怕會招致殺身之禍。譚保固然明白箇中道理。看來看去，像霧又像花。政治人物的所謂自傳，都只是雞肋而已。

（二〇二〇年四月二十七日）

經濟復甦

　　全球新冠肺炎感染人數超過四百萬，澳洲佔了六千九百二十九人，死者九十七。從數字看，的確比其他許多北半球的國家少。三月二十八日那天是最高峰，感染人數為四百五十七。從這天開始，數字回落。澳洲給人的感覺是凡事總比北半球慢半拍，但願這次是個例外，疫情比別人快些完結，大家開開心心過日子。新州在這次疫情為全國之首，患者三千零五十一人，死者為四十四，差不多達到全國一半。新州八百萬人口，差不多是全國的三分之一，無怪乎數字也比其他州或領地高。最幸運的是北領地，感染者二十九，零死亡，的確可喜可賀。不過北領地（Northern Territory）只有全國人口的十分一，人口密度也較低。大城市只有達爾文（Darwin）一個。有一次在達爾文轉機，才發現機場比一般國內線的機場還少。機場小，就是因為乘客稀疏、使用量低的緣故。但澳洲境內的奇異風光，包括巨大的岩石烏魯魯（Uluru）和卡卡度國家公園（Kakadu National Park），都在北領地。北領地的平均溫度較高，不知道是否有效減低疫症傳播。但已經好久沒有發現新症，證明拒絕遊客入境是個好辦法。

　　澳洲疫情緩和。封關了數星期，加上實施社交疏離令，真

的是百業蕭條。唯一興旺的是速遞。要保持適當距離，大家都倡議零接觸。Dominic Pizza 的廣告先在媒體出現，大力宣傳他們預備好了的零接觸方案，送到府上的薄餅只需要二十五澳元。Westpac 銀行也在電視大賣廣告，教你如何用在網上登入處理帳戶的交易。但賣得合時與否，也有爭議。這個時間大家都在家工作，銀行上班的職員寥寥可數。如果網上平台出問題，根本無人可以解答。一個星期前想澄清一些電話帳單上的問題，本來網上的聊天室是最快的平台，以前稍等一會，便會有人回應。現在疫情影響，銀行節省開支，聊天室的職員可能早已給炒魷魚。所以你打入數據查詢，只有一個網絡機械人（cybot），回應你一些非常標準的答案，或者建議你查看某些連結，結果大家就在那裡團團轉，給弄得頭昏腦脹。在此非常時期，銀行也減少許多他們認為不必要的服務。Westpac 銀行的廣告可能是特別公開強調，顧客將會獲得一般水準以下的服務。如果不想自尋煩惱，就乖乖的學曉建立網上銀行戶口，登入處理個人的金錢交易。你必須明白，銀行已經沒有了櫃面服務員。不管你要處理的金額大或小，在網上的世界只要一按，再確認，就在虛無飄渺之間完成了。

　　不必要的銀行分行，都紛紛閉門，據說是減少無謂的開支。也許那面對面的接觸，其實真的不需要。如果不是疫情影響，大家不會直接面對如此的景象。減少了面對面，天真的我以為網上的服務可能會大幅改善，但還是等啊等，等閒要等起碼四十五分鐘到一小時。說老實話，可能等，比你親自驅車外出找間分行當面查詢還要快。即使見到面，不必奇怪你還是要

等一個約見，可能要到卜星期。因為社交疏離令下，大家都躲在家中嘛。結果還是自己在網上跟隨聊天室的指示，找到竅門。我也遇過有些頗細心的職員，給你一些答覆，也認真在網上一步一步給你需要的指示。在這個電子世界，愈來愈覺得不要以為一切會回到像舊時。也不必奇怪有一天站在你面前的，有眼耳口鼻的，會是一個真實活生生的人。

聯邦政府知道疫情減退，數字說明一切，大家不大可能依舊遵守嚴格的社交疏離。加上要振興經濟，再如此下去，許多行業將會雪上加霜。除了速遞興旺，寵物用品和食品也有許多人購買。受重創是零售和餐飲業。現在餐廳和咖啡館可以容許十個食客在內，運動場、遊樂場和健身中心也重開。婚禮可以容許十位賓客。至於葬體，室內可容許二十人，室外可容許三十人。戶外大家聚首，不可超過十人一起。如果探訪親友，包括小孩最多五人。鄰居史密夫先生太太有多個孫兒，要多分幾批到來才可以了。不過這週末適逢母親節，大家希望州政府能放寬禁令就可能失望了。聯邦政府決定了的政策，州政府有彈性處理，其實也是合理的做法。北領地早已進入了第一階段復原期。當其他州政府正猶豫之間，可能它已經比別人更快復原。新州的新症減少，表示疫情受控，但就是害怕大家已經勝利沖昏頭腦，短期又再爆發。所以新州的衛生廳廳長 Bradley Hazzard 千叮萬囑，叫大家在母親節當天，不要親吻媽媽。

親吻是極之普遍的禮儀。大節當前，大家是否聽話，的確成疑。聯邦政府宣佈疫情舒緩後，大家已經像長了翼的鳥，到處飛翔。馬路上車子逐漸多了起來，差點就像平日上下班一樣

繁忙。到了商場，原來大家早已經蜂湧而至。商店紛紛開門，到底新一階段的社交疏離如何執行，無人理會。以前有人在超市門口當值，點點人數，現在消失了。以前有專人拭抹購物車，現在也不見了。消毒清潔手液還在，大家隨意使用。超市內肩摩踵接，一轉身，隨時碰上身後的人。一經鬆綁，大家都雀躍不已。

要經濟好轉，沒有遊客和海外學生是不行的。兩者是澳洲的主要收入來源。通關之後，是否有十四天的隔離是關鍵。據說我們有二十五萬的海外學生要回來。如果我們今年的第二學期沒有他們的偉大經濟貢獻，許多人，包括教職員，靠學生住宿和花費的行業，將繼續受到嚴重打擊。舉例說，課程導師的工資是依時薪支付。少了接觸學生，他們少了收入。大學的食堂咖啡館的員工，沒有學生買飲品食物，也一樣零收入。原來轉到全面網上教學只能養活部分人。

那天回去工作，順便到咖啡館買點東西作午餐。店內只有兩個侍應，但足以應付輪候的顧客。大家小心翼翼排隊。店內的桌子和座椅都給封條圍着，不能留下吃東西。校園內人流疏落，頗近死寂，天氣漸寒，但店外陽光燦爛。滿足地拿着食物走進陽光裡，感受一下一個很久沒有過的微熱的深秋下午。悉尼的尋常日子，本來就應該如此，如此簡單美好。

（二〇二〇年五月十日）

歡迎海外學生

　　澳洲究竟有多少個來自海外的學生？網上的搜索結果是二〇一九年有七十二萬人，比上一年增加了百分之十一。澳洲人口不過是二千多萬，可知對我們的經濟有多重要。七十二萬之中，佔了超過四成是來讀大學，十多萬讀英語，其次是職業教育，餘下小部分是中學和非文憑的課程。學生的聚腳地點，應該是熱門的大城市例如悉尼、墨爾本和布理斯班，所以難怪一般的住宿和交通的需求沒有減少過。今年肺炎疫情影響封閉了大門，部分海外學生進不了來。但上年度學期結束後，許多海外學生根本沒有回到自己的國家，而是逗留在這裡，直至新學期開始。聯邦政府給予海外學生的簽證，基本上涵蓋了整個學位課程的就讀時間，讓他們自由出入境。海外學生更可以在兩星期內工作四十小時。以最低工資稅前每小時十五點九六澳元計算，他們可以用這些微薄的收入應付一般生活所需，例如交通、住宿和三餐。聽聞有些僱主用現金支薪，學生得到較低的工資，不用交稅，但又沒有了公積金供款。學生這個年紀，很少想到公積金的問題。到了六十歲後，才夠資格領取公積金。一件太遙遠的事情，好像與目前的日子甚至關係也沒有。

　　星期五社交疏離令鬆綁了，店鋪尤其是食肆開門營業。

從電視畫面所見，隔離久了，待在家中長時間悶得發慌之後，大家都顧不得什麼距離了，紛紛湧到餐廳，坐在戶外暖暖的陽光下慶祝。許多餐廳和食肆，其實是海外學生當臨時工的地方。鬆綁了，可能可以復工，海外學生才有工作機會。聯邦政府推出的保障受疫情影響收入的 Jobkeeper 計劃，許多臨時工是不合條件申請的。所以有些澳洲人可能每週做數小時，但在 Jobkeeper 計劃下，不論多少，都會得到每週七百五十澳元，多出以前的收入許多，這正是不患寡而患不均。政府以為大灑金錢可以挽救失業的工人，但澳洲人生性優悠自在，有些人知道政府如此慷慨，公司有了財政支持不會倒閉，就不願意上班了。

不要奇怪許多海外學生在這段時間沒有收入，苦況不外人道。日常開支例如房租、交通怎麼辦？甚至找食物充飢也成問題。Twitter 的一段帖子引述澳洲廣播公司的新聞，說悉尼市中心的一間泰國餐廳 Jumbo Thai，為泰國遠道來的留學生送上免費的飯盒。店主人 Jack Anuwat 說他起初每天派二十個，後來增加到三十、四十到現在七十個，都是一份無比善良的心腸。帖子下面的回應都說這樣做非常難得。有人說 Jack 不是趁此出風頭，更建議有人推薦他得到政府的獎章鼓勵。想不到悉尼這個表面富裕的社會，一樣有人為了一個免費飯盒，在店外排隊等候。我曾經在團購網站購過 Jumbo Thai 八澳元的午餐券，可以換得足夠份量的一個午餐和飲品。在市中心和悉尼科技大學的附近，可以用八澳元吃到午餐，價錢其實非常合理。

很多人奇怪：海外學生不是有足夠的金錢儲備才能到來的嗎？不過我二〇〇三年初來悉尼時，住在國際學生宿舍一年，

就略知道生活一二。例如從悉尼大學的 Chippendale 區到唐人街甚至悉尼海港大橋的環形碼頭（Circular Quay），大家都靠雙腳走路。唐人街和大學相距一點七公里，步行二十一分鐘，尚算可以吧。至於到環形碼頭要五公里，要差不多一小時。這樣做，無非是省下乘搭交通工具的車資。乘搭公共工具，海外學生沒有本地學生的優惠，價錢貴近一倍。宿舍包了三餐，大家都可以吃個飽。至於所謂大學飯堂，不是想像中那麼大眾化，聽說裡面的食肆租金不便宜。學校假期學生都不回來了，但依舊納租開門營業。如果想有學生優惠，必須付費申請一張優惠卡，有百分之十至十五的折扣，平均十澳元左右有交易。現在如果要再節儉一點，可以走到附近的 Newtown 區。不少泰式餐廳提供一碟雞肉炒菜飯，不過是七點五澳元。大學的教職員也喜歡到那裡，貪其方便又便宜。

海外學生之中，來自中國大陸的學生最多，其次是印度、巴西和馬來西亞等等。總之亞洲臉孔充斥着校園每一個角落，單憑外表，根本不能說出他們到底來自哪個國家。有時候只好靠他們的對話知道他們說的普通話或國語。再憑手機上的簡體字估計他們來自中國大陸。不過教職員當然知道學生的背景，有些研究生課程，中國大陸學生人數佔了百分之九十以上。海外學生都是大學的主要收入來源。他們不能入境，當然影響課程如何講授，也影響收入。新南威爾士州大學今年年初決定不收海外學生，要他們報讀第二學期。跟悉尼大學一樣，第二學期的授課全部網上進行。不過新南威爾士州大學一年有三個學期，悉尼大學則是傳統兩學期模式。第一學期改了全部網上教

學，留住了大部分學生，悉尼大學更在 Facebook 公佈了延遲第二學期的開課日期，於十二月才完結。學生的反應很有趣。有人大表不滿，有人覺得沒有所謂，叫好的人可能是說反話。反對的聲音都是說，我付出一樣的學費，但沒有了面對面的接觸，很不公平啊！為什麼不減收學費。也有人說為什麼要延遲開課。延遲的理由相信很簡單：為了等待政府開關，容許學生回來。據說大學少了四億澳元的收入，血流成河，止血策略正是要如此。

我的弟弟到美國讀大學本科，只儲蓄了一年費用就出發。當年到美國領事館簽證，要一個同鄉的世伯幫忙，用他的銀行戶口證明弟弟得到他的支持，有能力在彼邦生活。那年代在香港讀大學不易，到外國去還是個好方法。那時候和這年代，吃苦洗大餅吃馬鈴薯的日子，不會不相同。許多在悉尼的海外學生，少數當然炫富得非常，不時看見駕駛三四十萬的超級跑車代步，但有些卻低調得很。以前甚至有學生家長親自向教授送上黃金奔馬一座，希望多多關照一下。今天可能不會如此瘋狂吧。不過校方很清楚，學位是個投資。海外學生千山萬水到來，不能夠令他們空手而回的。

（二〇二〇年五月十八日）

真相

　　這個星期陰霾籠罩，晚間冷得很。五月底確是秋之將盡，過後嚴冬將來。雨連綿下了數天，間中更刮起強風來，真的是一片愁苦慘慘戚戚。早上趁晨光露出少許跑了附近一轉，還不算冷得張口要呼出熱氣來。四周還是靜悄悄。最初經過人造草球場時看見數人在做運動，再回來時竟然人多了，再自佔了球場的一邊鍛練起來，看得出大家都很認真。生活好像恢復一切如常。好消息的是再不只是說疫情緩和，而是關閉在家那麼久，終於聽到六月一日開始，許多地方都逐漸解封了。美容院、修甲店、動物園、水族館和爬蟲公園也在其中。距離家居不遠的一個樹熊動物園，相信也會在那天重新開門營業，給你看看可愛的小動物。去年底新州的山林大火，葬身火海的樹熊據說近八千四百隻，佔了全州的數目三分之一。南澳袋鼠島的情況更糟，可能有二萬五千隻死亡。

　　不過更慘的是樹熊或野生動物的生態環境已經遭到嚴重破壞，要修復也不是一時片刻的事情。當然痛失家園的居民也一樣可憐。大火過後，呼籲大家前往災區旅行及在當地消費，本來是理所當然。但新冠肺炎疫情爆發，令大家不能遠行，無法親自前往解囊襄助。不要以為澳洲處理撥款的速度會有所不

同，不少居民現時還未收到賑災援助，重建無期，只得睡在家園土地上的帳篷內。行政主導的措施，只會令災民雪上加霜。

解封以後，遠遊成理，大家自然會趁機到處去，但有些鄉郊地方的居民仍有餘悸。例如藍山的鎮長 Mark Greenhill 表示他對於六月一日重新開放藍山旅遊景點，忐忑不安，擔心湧來的旅客會引發第二次疫症爆發。有些商鋪由三月二十三日停業至今，只靠 Jobkeeper 計劃維持生計，自然想遊客盡快重臨，對 Mark 頗有微言。藍山靠的是旅遊，沒有遊客，市面冷清清。不過遊客也不一定帶旺區內的生意。有一回投宿其中一間 B&B，跟旅舍主人閒談之下，才知道一車又一車的遊客到來，好像很熱鬧。原來他們在別處消費過後，才在此處駐腳。只是逛逛看看，沒有作多少消費，所以並不是我們想像中那麼樂於花錢。藍山距離悉尼市中心短短兩小時車程，將來新機場就在藍山腳下，要登山更容易。但我卻喜歡從北面駕車入山，那裡經過舊鎮 Richmond 和 Mount Tomah 植物公園，車輛較少，中途又可停在幾個水果園附設的咖啡館喝咖啡。歲月悠悠，到了我這個年紀，已經沒有匆匆上路的心情。

目前全國境內，因應疫情，只有新州和隔鄰維州與新州內的首都地區是自由暢通，其他各州或領地都封閉邊境。例如昆士蘭州就自我隔離，新州居民以往驅車直達黃金海岸的夢想，暫時仍未實現。昆州實施如此嚴格的措施，惹來新州部分人不滿，兩州州長更公開對罵起來。不過北上昆州仍是一家人週末或短假期的首選，因為那邊有數個主題樂園，一家大小自由尋樂。至於昆州的居民，也一樣喜歡到新州的海岸及獵人谷的

酒莊試酒。兩州之間現在仍然封閉，當然商戶很憤怒。官方高調抗疫，其實是虛張聲勢。昆州隔鄰的北領地，不是一樣封了關嗎？其實民間許多人心水清得很，認為如果從健康着想，要多封關一段時間，很無奈，但不想冒險。新冠肺炎仍是一個謎一般的疫症。起源如何？擴散如何？美國《紐約時報》在五月二十四日星期日頭版刊登了因肺炎死亡的人的名字，教人矚目驚心。報章上幾句話說得好：逝者不是名單上的名字，他們就是我們。

方方的在微博上的《武漢日記》剛出版了英文版：*Wuhan Diary: Dispatches from a Quarantined City*，由 Michael Berry 翻譯。英文版的前言叫 The Virus Is the Common Enemy of Humankind，配合主旋律，試譯為「病毒是人類的共同敵人」。裡面有日記六十篇。武漢關閉七十六天後，於四月八日重開大門。那一天也正是發佈日記英文版開售的日子。這篇前言正是一個局內人寫的感受，告訴你寫日記的動機和經過，也透露了一月二十日開始在武漢發生的種種光怪陸離的現象，謊言和真相。回想起來，農曆新年前我們把悉尼購得的口罩寄回香港，誰料三月底疫症已經傳播到了南半球的悉尼。前言提到的四處張羅口罩的情況，簡直如在眼前。現在我們在悉尼買到的口罩，大部分都不是醫療口罩。出售口罩的店門前貼着告示：有口罩賣；下面小字寫着：只作普通用途。告訴我，究竟是怎麼的「普通」，究竟戴了有什麼作用？如此混水摸魚，實在無恥之極。

方方寫得很含蓄，所以題目「病毒是人類的共同敵人」是曲筆抑或是直筆，由你判斷。她說病毒散播得如此迅速，因

為人類無知和自負，結果不單止中國得了教訓，全球也得了教訓，代價驚人。只有全球合作才可克服疫症，不過談何容易？我最後還是買了電子版支持她。因為她最後說到，售書的收益將捐給守護武漢的人。希望有天不幸的武漢能夠復元過來。

俄國劇作家契訶夫（Anton Chekhov）說過一句話：如果你要人變好，要讓他知道自己是什麼的人就會變好。我譯得累贅，英文譯文是這樣：Man will become better when you show man what he is like。這句子有個「人」的定義在裡頭，簡單的說，就是異於禽獸的意思。一場瘟疫，暴露許多和禽獸差不多的人出來，張牙舞爪在肆虐。我沒有契訶夫如此樂觀。執政者道德淪亡，高高在上，便為所欲為，殘民自肥。方方的日記，寫下瘟疫蔓延中的日常生活，不過是一個普通人看見的事實而已。

（二○二○年五月二十五日）

冬天終於來了

　　澳洲秋冬多雨，嚴格來說不是旅遊的好季節。悉尼近日天氣時好時壞，陰晴不定。記憶中夏日熱浪迫人，冬日寒風凜冽，不過難得四季分明，不能抱怨。冬天來了，叫人懷念夏日。但大家豈能忘記去年十一月開始焚燒的山林大火。席捲不單止是新南威爾士州，而是全國。從網上的互動圖表一看，原來西澳州和昆州的北岸也發生大火。只因為新州和維州交界那場超級大火實在驚人，媒體報導集中在這裡，反而忽略了其他的地方。全國受災範圍五百萬公頃，房屋二千間焚毀，災後重建漫漫長路。那時的儲水庫的存水低過警戒線，悉尼尚在制水影響之下。豈料下了幾場豪雨後，水庫水位迅速上升，至今維持在百分之八十一。結果制水措施在不知不覺間回到一級，生活差不多一切如常了。

　　澳洲全國面積七百六十萬平方公里，百分之八十六的人都住在城市，平均一平方公里只住了三個人，所以許多地方當然人跡罕至，旅客也沒有。大家心中想看的東西都不同。有人看自然風景，有人要逛博物館，有人歎美食，有人喜歡小鎮閒情，有人選擇深山看紅葉。不過秋已盡，紅葉難尋，也不一定要遠赴首都坎培拉才看到。坎培拉的國會大樓，深紅的葉子是

最理想的秋天風景。不過近在咫尺的鄰居，他們門前的一株大楓樹，也有黃葉片片捲起漫天飛舞。至於我們後院的楓樹，今年看見一些紅葉夾在黃葉其中，果然也有不一般的美麗。只是一地的枯葉，可能要花些時間才可能打掃乾淨。以為掃淨了，枯葉又再落下。經常採取「時時勤拂拭」的態度的我，果然煩惱不斷。但我的鄰居是「本來無一物」的信徒，等待葉子落盡了才一併打掃，真的有道理。這段日子，每當大風刮起，枯葉自然吹散，不必刻意打掃。前數天看到，區議會有垃圾車沿途收集垃圾，把枯葉當做 garden waste，把這棵樹下的枯葉掃走不少。這棵樹高，黃枯葉又特別多，很多人經過，都會停下來拍照。所要看深秋的美景，不一定走到老遠。朝陽和夕照下，樹葉的顏色特別鮮艷，給你看個飽。去年在藍山一帶，參觀過數個私人莊園，秋日藍天伴着黃葉紅葉，就是最美麗的顏色。不知道山林大火過後，藍山會否及時復原過來？即使想看，原來也不行。瘟疫影響之下，州政府不許大家走得那麼遠。

　　六月一日正式踏入冬天，但全國的大城市的氣溫都不一樣：大概悉尼十八度，墨爾本十七度。北端的達爾文高溫三十度，那像冬天呢？在悉尼生活，說冷吧其實一點不冷，只要不瑟縮在房間內，趁陽光普照出外，一樣可以瀟灑走在路上。只是黃昏逐漸來得更早，四時左右天開始暗下來，五時多就全黑了。氣溫只是一個數字，如果肯享受戶外美好的一天，自然不覺得有多寒冷。這天也是瘟疫肆虐後普遍解封的開始，大家又可以重新自由走動。數天前朋友來電，談及這期間限制外出的範圍，才覺得困得太久了，終於開心等到這一天。由這天起，

新州的居民可以自由在州內遊玩，雪山的滑雪勝地也將會在六月二十二日開放。不過限聚令沒有取消，只是因應社交疏離，接待的遊客需要減半。即是說，如果大家開開心心湧到郊外的熱門好去處，不一定能夠如願以償。每個地方都有人流的限制。

怎樣限制人流？戶外的地方，例如國家公園，應該不會限制多少人可以進入。但園裡的餐廳，跟城裡的餐廳一樣，原則上由十人放寬到容許五十人同時進食。但法例也規定，大家要坐着，並且遵守四平方公尺互相的距離。老實說，如果嚴格遵從，條件非常苛刻。一間小店，恐怕沒有多少人能在裡面進餐。所以不少的店，關上門，門外張貼告示，叫顧客直接打電話叫外賣。今天經過一間在馬路旁的馬來西亞餐廳，就張貼了告示，上面寫着訂餐超過四十澳元還可以送上門。早陣子它剛新開張營業，裡面空間小，大家貪試新菜式，客人在店外排長龍。我們曾經推門進去，看到人頭湧湧，坐得肩碰肩，哪會舒服？結果走到另一家吃午餐。這小店當然坐不到五十人，如果保持四平方公尺的社交距離，恐怕能坐五至六人。所以它們改做外賣，反而可以繼續生計。意大利薄餅 Domino 也間或推出三個大薄餅加小點售二十四澳元的優惠，實在難以抗拒。不過一個薄餅有熱量三百加路里以上。吃下一個薄餅，要做起碼四十分鐘的運動才能消脂。如果不吃外賣，吃得健康，就要自己動手煮。難怪每個家庭的水電消耗，都要比平常多。

這個其實是回復正常生活的過渡期。澳洲走運，至今這場瘟疫死者一百零三人，數個州都是持續多天零感染。大家都沒有了什麼戒心。我跑到附近的運動場，不少野餐區的椅子上都

坐滿了大大小小，開懷大笑，彼此零距離，就知道什麼叫生活如常。大家快樂地從家中走出來，慶祝重生。上班時的火車乘客一如以往再度擠擁在一起，所以聯邦政府的醫務長才公開表示，不介意大家在公眾地方佩戴口罩。你要明白，現在部分人已經把防護忘記得一乾二淨，隨時有再爆發的可能，所以是一石二鳥的辦法。非繁忙時段，根本沒有很多人乘搭火車。每個車廂內只有四至五個乘客，車廂座位上又有貼紙鼓勵乘客分隔。坐了短短兩個火車站之間，已經看見四個工作人員手持消毒清潔劑不停來回拭抹扶手和車門。印象中悉尼火車的衛生情況只是勉強。現在要潔淨不知名的肺炎病毒，消除大家的恐慌，反而認真起來，是不是特別令人感動？

悉尼的市中心，暫時仍然是人流稀疏，舉目所見，少了差不多六成的人上班，你還以為是個悠遊的週末呢。那些往日擠滿人的店已經重新營業，可是只見店員，沒有顧客。我走入俗稱 QVB 的維多利亞女王大樓，乘搭火車。有些露天咖啡館還沒有開門，座位都蓋上布篷。這座建於一八九八年的歷史建築物是悉尼的地標，經歷幾許風雨，相信還是第一次見證世間的凋零，經濟如此的蕭條。

（二〇二〇年五月三十一日）

Black Lives Matter

　　星期六下午的悉尼市中心，跟全國其他的大城市墨爾本和布理斯本一樣，舉行了 Black Lives Matter 的示威。悉尼的遊行人數有二萬人，墨爾本有三萬人，人數當然無法和遠在美國的情況相比。星期五新州州長曾經禁止悉尼的公眾集會，理由是主辦單位不能保證社交疏離令下兩人之間一點五公尺的距離。警方向最高法院申請禁令，將集會變成非法。主辦單位隨即上訴，在距離集會的數小時前，終於得到許可舉行。老實說，一切如箭在弦，許多人早已集結在市中心的 Townhall 附近，手持標語，戴上口罩，隨時出發，即使發出禁令，依舊無畏無懼。墨爾本的集會沒有那麼好運，主辦單位每人罰款一千六百五十二澳元。其實悉尼的週末，示威遊行並非不常見。大學的工會不時因為薪酬和待遇，得到學生支持，在週日發起罷工和遊行。至於學生反對聯邦政府削減大學撥款，也舉行過示威。有些趁聯邦政府的部長來訪，在會場抗議。有次目睹幾個學生手持標語，走進了商學院大樓，在院長的辦公室前徘徊好久，院長不在，擾嚷一番之後學生們就走了。校方緊張起來，保安組隨後派了一個警衛在院長辦公室前巡邏。賊過興兵，當然什麼事情也沒有發生。這個保安難得享受了一個悠閒

的下午。翌日一切如常。我們後知後覺，笑說：為什麼學生們的消息總是那麼靈通？

悉尼的二萬示威人數，其實也不算少。即使是工會的示威，現在已經是低調得可以，鼓動不起什麼波瀾。工會的會員不斷減少。澳洲最大的工會是 Australian Workers' Union，簡稱 AWU，二〇一八年的會員人數是七萬多人，相信直到目前都沒有顯著增加。一九七六年全國的工會的會員總人數有二百五十萬，到了二〇一六年卻下降至一百五十萬。原因在哪裡？年輕工人沒有興趣加入工會。許多機構都聘請臨時員工。這些只是半年至一年合約的工人，對加入工會更加毫無興趣。根據統計，職業分類中，以警察、教育工作者和護士的工會參加者的比例較高。至於大學的工會，有代表教學員工的工會，也有代表行政職務的工會，代表僱員向資方爭取權益和薪酬。像最近聯邦政府因新冠肺炎疫情影響下推出的 Jobkeeper 計劃，校方不斷鼓勵員工參加，但工會仔細研究過後，結果發現可能導致退休公積金受到損害。朋友是會員，不時把工會的決議傳來分享，於是大家又可以一致找到一些應變的辦法。譬如爭取加薪，工會就呼籲罷工向校方表達訴求。校方一方面不贊成，但又不能禁止，只好叫大家以學生的利益為重。校方出了電郵，叫支持罷課的教職員向上司申請，以便安排其他人代替。罷課當天，工會的代表守着校門，叫同事不要進大學。有不少院方的高層也在其中，還有些事先請了假，乾脆不回來。講師也預早安排補課。這樣的做法，其實對校方和學生都有好處。大家都有機會表達自己的意見，據說我們每年些微的薪金

調整，正是這樣子努力爭取回來的。

　　有人說 Black Lives Matter 的示威集會，和我們有什麼關係？澳洲種族中最受到歧視的，不是黑人，不是新移民例如亞裔人士，也不是遊客，更不是海外學生，而是我們的土著原居民。我們叫這族群做 Indigenous。Indigenous 的意思，泛指在英國或歐洲人殖民之前在澳洲大陸和附近島嶼生活的居民後代，包括了澳洲土著（Aboriginal）和托雷斯海峽島民（Torres Strait Islanders）。土著是指澳洲大陸、塔斯馬尼亞州和其他附近島嶼的原居民。托雷斯海峽位於昆士蘭州北端和新幾內亞之間，該海峽群島的島民，也是澳洲的原居民。這些原居民的人數，約佔了澳洲總人口的百分之三左右，屬於少數。但族群多，語言也多至二百五十種，許多也已經失傳。許多土著皮膚黝黑，這個 black 的顏色，勾起原居民許多痛苦的回憶。今年五月二十五日美國黑人 George Floyd 被殺引發示威，蔓延到澳洲，其實觸及了對澳洲原居民的關注。以白人為主的澳洲社會，長久對原居民種種不公平的待遇，自然引發新仇舊恨。

　　原來大家發現，從一九九一年聯邦政府成立土著和解理事會（Council for Aboriginal Reconciliation）開始至今，至少有四百三十二名原居民，在警方的羈押期間死亡，但無人需要負責及受到檢控。數據亦顯示原居民被判刑的數字，亦高於常人十五倍。維州和新州政府想借用社交疏離令，禁止示威者上街表達他們的怒火，其實相當愚蠢。示威者也知道，新冠肺炎蔓延至今，本土感染人數大為下降，社交活動已經逐漸恢復。這個長週末食肆容許五十人在內，沒有觀眾的欖球球賽也重新舉

行。用擔心社交接觸傳染病毒，理由很牽強，而且許多參加者也自覺戴上口罩。他們把這場席捲全球的示威改為關心原居民的福祉，是得到廣泛支持的重要因素。

為這把怒火升溫的是近日廣泛報導的警暴。不久之前兩名警察拘捕一名十六歲土著少年的過程，被錄影下來。少年出言不遜，其中一名警察趨前拘捕之時，用腳掃向少年雙腿，導致他向前跌倒，臉部撞向地面受傷。錄影出街後，暴力畫面不用解釋，固然令警方蒙羞。幸好新州警察局長向大家保證會了解事件及重新檢討執法的手法，而不是企圖說謊。少年沒有武器，在眾目睽睽之下，即使受到挑釁，警察也應該保持克制。不過如果不是有人攝錄下了過程，公之於世，事件發展也許不一樣。所以一個不受監察的執法者，其實可以變成瘋狂濫殺濫捕，為所欲為。有些朋友還只相信某些媒體片面的陳述，而不張開眼睛去多面看，可悲之處，莫過於此。

悉尼大學的所在地，原來屬於 Cadigal 族人。十八世紀的歐洲人登陸悉尼，建立殖民地，也帶來天花，結果 Cadigal 族人染病，死了近半。大學舉辦活動的時候發表演說，一定提及我們是借用了 Cadigal 族人的土地，以表示尊重之意。你也許覺得太刻意。但百多年後的今天，族人還是不過數百人。如果一切可以重來，他們一定不願意看見掠奪的河山，變得如此模樣。

（二〇二〇年六月八日）

解禁以來

　　今年的冬天跟往年不一樣：多雨而潮濕，氣象局說這是個 wet winter。踏入六月，後院高大的楓樹差不多落盡葉子了，終於不用為打掃而煩惱。樹枝上還有少許的枯葉，即使下着大雨，也依然掛在樹枝上，沒有落下的意思，可能要等到刮大風才可把這些剩餘的枯葉吹個清光，那時候將是冬末。有幾天悉尼還給厚厚的大霧籠罩。霧中的風景，並不比晴朗的一日差。走過別人的前院，就看見大得驚人不知名的草菰長出地面。世上有過萬種草菰，聽說長得愈美麗的愈毒。但這些卻長得非常醜陋，當然你不會愚蠢地走去把它們拔出來吃吧。有人說過澳洲土壤肥沃，只要把種子埋在泥土裡，不需理會，什麼也會長得又肥又大。有次我們見超市的老薑要四十澳元一公斤那麼貴，於是便嘗試自己栽種，結果什麼也沒有長出來。朋友的後院種了那麼多蔬果，但我們還是從最初的綠草一遍，到如今的綠草蔓生。功夫不夠，也沒有花精神鑽研，就會浪費了這塊後園草地。

　　六月是大學考試的季節，到了月底，之後就是一個月的寒假。休息過後，八月初第二學期便開始了。新冠肺炎疫情影響之下，第一學期上課改為全部網上進行，導修也是如此，校園

自從學期初以來沒有熱鬧過。現在疫情放緩後，大家紛紛走了出來，咖啡館也遇到一些熟悉的臉孔。昨天想要買點運動用品，於是走到悉尼西部的購物商場，只見人潮擁擠。大家獃在家中久了，好不容易到了週末，竟然出現了交通阻塞來。這些大型購物商場，公共交通工具不便，只能驅車前往。沒有車，根本不可能一下子買到許多的東西。到過兩個商場，總是在交通燈前多等十多二十分鐘。進了商場，才發現情況跟疫情前沒有多大分別。美食廣場的進食區，部分的座位給封了膠條，不給人坐着吃東西，才令人意識到社交疏離令還在生效。不過戴口罩的人少了許多，排隊時大家又沒有主動分阻開來。其實新州的食肆五十人的禁令要七月一日才生效。疫情影響了許多行業的生計，食肆是重災區。大家每天聽着解禁的措施，聽得多了，自然麻木起來。我本來想留下吃午餐，但看見商場內其中一間餐廳只是封了部分座椅，內裡人數超過五十。大家如此鬆懈，自然不敢久留。買了東西，匆匆走回家居附近的商場。

到了這個購物中心，駛入停車場，意外地發現這個時間的車輛比疫情前少，反而放心起來。走到美食廣場，封閉的座位比剛才那一間還要多，差不多超過一半以上，人流就少了。商場收起了座椅，只有桌子，站着吃當然有一定難度。跟一間售飯麵粉的美食店東主談起，才知道現在除了外賣，也可以堂食。他比我更了解禁令要到七月一日才解除，到時候生意才會好轉。這是其中一間生意較好的美食店。疫情嚴重之時，他們營業到晚上，還見有人排隊購買外賣。即使如此，疫情中生意也是大為減少，跟正常的日子不能相提並論。到我購買午餐的

時候，環顧四周，座位有限，只好買個外賣飯盒好了。

期望日子很快回到以前是不可能的事。說到什麼行業受到最嚴重的打擊，暫時也是言之尚早。其中包括欖球員。他們不能出賽，薪金減了過半。這批在球場上的英雄，除了球技以外，竟然差不多無以維生。不過售賣影視音響器材的 JB HiFi 和文儀用品的 Officeworks 兩店，貨品銷量上升，創造了逆市的奇蹟。這當然並不奇怪。大家在家工作，要額外預備不少用品。例如參加網上會議，視像鏡頭自然是其中一個必需品。在搶購之下，本地市場缺貨，來貨供應中斷，只能靠偶然的水貨，結果炒價把正常價錢推高到超過一半以上。到現在，最流行的品牌 Logitech 的錄像鏡頭，還是缺貨。桌面電腦上的低像素內置鏡頭，適合這個年紀的我。想到可以達到柔焦美顏的效果，不可以不接受吧。

當然海外學生能夠提早歸來，也許可以挽救瀕臨絕境的大學財政現況。一項由維多利亞大學做的研究發現，如果我們持續封關，不讓他們回來，我們的經濟損失，將會達到三百億到六百億澳元之巨。試想想，這些海外學生，付學費之外，也付出龐大的生活費，所以飲食、住屋和交通等等都受影響。大學附近的公寓單位少了租客，下跌了三成。父母本來計劃買物業給留學子女作居住之用，因為回來不了，也可能打消了念頭。據說來自中國大陸的學生總人數約有二百萬人。最近中國大陸官方說近日隨着疫情爆發，針對亞裔人的歧視事件增加，向打算出國的學生提出警告。聯邦政府立即提出反駁。翻查數據，澳洲人權委員會從二月開始，投訴確實增加了，當中百

分之三十和疫情有關，四月上升至百分之三十七，但五月已經下降到百分之十八。昆州到了四月中旬收到二十二宗投訴，首都坎培拉一宗也沒有。新州的二百四十一宗之中只有六十二宗和種族歧視有關，數字竟然和官方報導的有頗大的距離。網上也有一個所謂民間統計，紀錄了由四月二日開始至今，共有三百八十六宗對亞裔人士受歧視個案。

這些歧視個案，經媒體廣泛報導的，包括在墨爾本一家人的車庫門上被寫上標語、兩個墨爾本大學的學生在市中心被羞辱和一個戴着口罩的香港學生在塔州荷伯特被人揮拳。很多人都說，還有許多歧視個案沒有公開，也沒有適當處理。澳洲的種族歧視問題，跟其他的多元民族的社會一樣，不會比它們更差。不過今次由國家層面帶頭發出警告，在此刻敏感的政治環境下，好像帶有不一般的訊息。

如何讓海外學生回來，到底是分批、分國家還是視乎各州疫情？仍是未知數。我認識的澳洲人，並沒有視中國學生為異類。為了盡量幫助眾多的中國學生融入校園，我們特別花了許多時間將大學的學生資料和訊息譯為中文，卻沒有理會其他語言和民族，於是又變成了公平與否的問題。教育在商品化下，教的是技術，而不會涉及道德倫理。看來最教人不安又需要教育的，難道不是那種長久的狹隘的視野和心胸嗎？

（二〇二〇年六月十五日）

Cash Cow

　　星期六的新州和首都領地的 Lotto 彩票，頭獎由二十七人分享兩千萬的彩金，每人分得七十四萬多。中了頭獎的二十七個人，發夢也沒有想過以為獨得的兩千萬彩金會縮水變成七十四萬。此時此刻的黑暗時代，無端得到七十四萬，簡直是對生命打了強心針。我也是其中一個投注者，但不是幸運兒，甚至第六獎的十二點二澳元也分不到。這個第六獎，得獎者需要買中一個號碼加兩個特別號碼就可以了，中獎者有七十六萬多人。但我買的四條彩票，只分別中了三個號碼，相差甚遠。相信要提早退休，還是要靠下一次的好運了。說來我是與大運氣無緣的人。記憶中我也中過三兩次小獎，每次得到了十多澳元，再買彩票，最後又落空了。所以千萬別對這種運氣認真起來。我見過許多人在櫃枱前慢慢填寫投注表格，也有人豪氣買百多澳元電腦填寫的彩票。對我而言，還是依舊間中投資數澳元，買一個遙遠的希望而已。

　　七號電視台週日晨早節目 Sunrise 有一個 Cash Cow 的遊戲，獎金一萬澳元。參加辦法非常簡單，打個電話登記或者用手機短訊傳上個人資料，再加上每天的特別暗號就可以了。主持人會抽出一位參加者，打電話去，在三下鈴聲響起之內接

聽，就是中獎。這天的一萬元送不出去，就加在明天的獎金上，直至有人得獎為止，之後又由一萬元開始。不少次獎金累積到十萬以上，差不多是一個超級大獎了。這個遊戲宣傳大使是一隻人扮演的乳牛，發出牛的叫聲。遊戲名為 Cash Cow，當然是帶給你一大筆現金。不過電訊商收取參加者的每個短訊五十五澳仙的費用，才是真正的大贏家。據說許多遊戲節目的獎金如此豐富，根本是羊毛出自羊身上。財富源源不絕，主辦單位不用付出分毫，完全在預算之內。Lotto 獎金的來源也是如此，一個財富的收集和轉移，令許多人有非常合理的期望，又不會有太大的失望。

澳洲高等教育的 cash cow，不用說就是海外學生。本地和海外學生的比例，短短由二〇一四年的百分之六十九對三十一，變成二〇一八年的百分之五十四對四十六。澳洲廣播公司在二〇一九年的電視節目 Four Corners 又把這個 cash cow 的爭論重新啟動。新冠肺炎疫情爆發，澳洲封關，大批海外學生不能回來上課，有些乾脆取消了註冊，結果大學的學生人數回復到二〇一六年。其實 cash cow 並非新的概念，而且帶有貶意。七十年代開始，亞洲學生來到澳洲讀書，大部分是希望完成學業後留下在澳洲，並且成為公民，不返回自己的國家。二〇〇三年我來到悉尼，第一份短期工是在大學的商學院協助做個簡單研究，了解海外學生的留學目的和畢業後去向，發現大部分學生就會選擇繼續留在澳洲。結果當然不令人驚訝，也證明許多人原本的猜測是對的。

到了近十年，海外學生逐漸成為我們大學的重要收入來

源。教育變成澳洲第三大的輸出產業。聯邦政府削減二十億的大學撥款，反而令大學自尋生路，收讀海外學生令盈利達到三百五十億之巨。大學為了應付增加的學生，也相應擴大了對教學的投資，例如增加科目、加建教學大樓，和增聘教職人員。悉尼大學的古舊維多利亞式的建築物四周，已經蓋建不少玻璃外牆的大樓。新南威爾士州大樓也擴建多層學生宿舍。行走市中心的輕便鐵路，第一期便把路線開辦到大學的附近，方便學生乘坐列車上課。如果計算其他海外學生的生活費用，每年帶來其他的經濟效益，當然非常龐大。悉尼的物業，住了不少海外學生。不少的父母為了讓子女安心就讀，買下樓房兼作投資，等子女畢業後回國時出售。悉尼的樓市熾熱，也許和海外學生有密切關係。

瘟疫蔓延，回國過暑假的學生回不來了。其中來自中國大陸的大學學生人數，約有十五萬人，其他國家也不少。至於目前仍然回來不了，下學期也許要網上上課的學生，具體數字仍不清楚。如果只是網上授課，會否仍然選擇澳洲，也是個謎。長此下去，未來三年，估計損失一百至一百九十萬億收入。現在聯邦政府推出挽救方案，首先讓首都領地坎培拉的三百多個海外學生回來。坎培拉有兩所大學，包括澳洲國立大學和坎培拉人學。政府安排專機，接將要完成學位的學生先行回來，在酒店隔離十四天後，才於八月開始下學期上課。

原來坎培拉已經十三天沒有新增個案，最近也曾經使用包機接三百五十名印度及尼泊爾的海外學生回來。辦法是學生支付旅費，先飛抵新加坡集合起來，再飛回坎培拉。大學負責

支付在隔離期間住宿酒店的費用。網上教學有方便之處，但不少學生表示，面對面交流對他們有更大好處。在酷熱天氣居住的學生更期望回到寒冷的坎培拉，享受不一般的七月八月。說起來，澳洲最寒冷的城市，非首都坎培拉莫屬。它位於新州內陸，氣溫比悉尼還低兩至三度。澳洲國立大學也是國際上排名最高的澳洲大學，只是在一般人眼中較為陌生。這個方案如果成功，其他各州可能相繼採用。

南澳州已經有二十五天沒有感染個案，可能是下一個想接學生回來讀書的地方。他們打算接回八百人。至於悉尼所在的新州和墨爾本所在的維州，事情恐怕不好辦。維州增加了感染人數十九人，急急要把解封計劃煞停。新州也有海外回來的感染新個案。這兩個州海外學生人數最多，如果學生趕不及回來，也不願意註冊接受網上授課，大學可能損失慘重。不少大學計劃削減科目，已經有不少同事收到通知，下學期不會得到續約。

以為經濟會迅速 V 型反彈的人，可能過於理想。這裡幸好疫情緩和，但全球其他地方仍然持續，北京又好像死灰復燃。大學早已是一盤生意。大家相繼開辦海外學生喜歡的和容易得到移民機會的學位，令大學不斷擴張。經過一場大瘟疫，視海外學生為 cash cow 這個神話，可能終有一日破滅。這個困局，絕非想像中那麼容易解決的吧。

（二〇二〇年六月二十二日）

Crying Kangaroo

　　澳洲國徽上的兩隻動物，左邊是袋鼠，右邊是鴯鶓（Emu）。除了在動物園外很少碰見過鴯鶓。根據維基百科，鴯鶓身高一點五到兩公尺，是除了鴕鳥以外陸上最大的鳥類。雖然有一對細小的翅膀，但牠不會飛，不過疾走起來跨步三公尺，時速可以高達八十公里，比美行駛中的汽車。歐洲人移居澳洲前有三種鴯鶓，敵不過人類的活動，現在僅存一種。如果要看野外的鴯鶓，大悉尼範圍當然不可能，可能要走遠，走到新州的內陸去。這麼大的鳥，要生存，不會與人同行，只會逐水草而居。給嗜食野味的民族看到，更會遭到殺身之禍。以前認識一個香港來的人，跟我說個經歷。這裡的鳥都是笨笨的，不怕人，走近覓食，一點也沒有戒心。於是有一次夫妻兩人一下就抓住一隻肥大的鴿子返家作特別的美食。誰料把牠的肚子剖開，才發覺滿是蟲，嚇得馬上掉了，真是笑中有淚的故事。當然作肉食的禽類，都是飼養的。雞隻是這樣，鴯鶓也是這樣。這裡沒有濕貨市場，除了屠場附設的銷售櫃台外，所有在超市的肉食都給包裝得妥妥貼貼。

　　雞是普遍的美食。雞胸少脂肪，總覺得肉質粗，吃過充滿調味的肯德基炸雞，以為只有雞腿才好吃。但其實外出吃的都

是雞胸肉為主。雞肉炒飯裡面都是雞胸肉，經過走油處理，雞肉又滑又嫩口，根本不知道那是雞胸肉。至於買一隻燒雞吃，才吃出那種肉質的分別來。超市十澳元的和不是超市二十澳元的燒雞哪一隻較味美，我可是不知道。超市下午有減價的燒雞出售，只售七澳元，雖然只是恢復以往的價錢。但不用煮，拆肉來吃兩至三餐，未嘗不可。

國徽英語叫 coat of arms。中世紀的騎士用來辨別身份，現在有用來識別一個團體的意思。澳洲現在的國徽由英王喬治五世於一九一二年授予，充分反映了這個國家的特色。細心看國徽上袋鼠和鴯鶓之間，有一個大盾牌，盾牌中有代表六個州的小標記。上方由左至右是新州、維州和昆州，下方由左至右是南澳州、西澳州和塔州。袋鼠也是不少州的紋章主角，新州左邊動物是獅子，右邊是袋鼠，西澳州和北領地兩州可能袋鼠橫行無忌，所以徽章上左右都是袋鼠，西澳州徽章中央是一隻黑天鵝，北領地徽章有一隻鷹在上方。首都領地的動物是左邊黑天鵝右邊白天鵝。最特別的可能是塔州，左右兩邊是已經滅絕的袋狼（Thylacine）。袋狼身上有類於虎的斑紋，所以又叫塔斯馬尼亞虎（Tasmanian Tiger）。袋狼生存在塔州數百萬年，滅絕的原因有多個，其中包括土著的活動和遭受野狗的侵襲。最後一隻人工飼養的袋狼於一九三六年死亡後，再沒有人看見過袋狼。但塔州的西南是一個受保護的國家公園，據說那是個全州唯一沒見過袋狼的地方。可能袋狼反而幸運地匿藏在這裡，不受世俗滋擾？

袋鼠是野外常見的動物。牠對人類的開發有較高的適

應力，所以可以與人類並存，並不怕人。袋鼠在土著中叫
ganguro，據說是土語「不知道」的意思。但後來有語言學家發
現 ganguro 和土語「不知道」gangurrur 的意思根本不同，是一
個特別的稱呼。英語 kangaroo 自然來自這個音。袋鼠一般有
兩種，大的叫 kangaroo，小的叫 wallaby。澳洲的國家欖球隊
就直接叫自己做袋鼠隊 wallabies。大袋鼠和小袋鼠的分別主要
在身高和體重。大袋鼠最高有兩公尺，小袋鼠最高只有一公
尺。所以看到大袋鼠站起來舉起雙拳，自然充滿威脅性。許久
前聽說過有人訓練袋鼠參加拳賽，就是教牠用短小的前肢作攻
擊。不過事實上袋鼠前肢的攻擊力遠不及牠的後腿。動物感到
受威脅，作出自衛很正常，所以袋鼠出沒之處，警示牌上必定
叫你保持鎮定，慢慢離開，而不是衝前趕開牠們。你可以對付
一隻小袋鼠，但漫山遍野的袋鼠走近，你又如何躲避？

　　夏天曾經在新州雪山附近小鎮 Jindabyne 的營地小屋住宿
過。傍晚小屋的草地上，袋鼠聯群出沒覓食吃草。不知如何有數
隻袋鼠互相攻擊起來。從身型看，多是小袋鼠。不過攻擊起來有
板有眼。原來前肢只是考驗對方實力，有如功夫的格鬥，一點也
不馬虎。沒多久，接着就纏住對方的雙手，後肢向前踢才是力氣
所在，對方也不示弱。如此拳來腳往打鬥十多分鐘，不知道鹿死
誰手。到後來雙方倦了才靜下來。旁邊的袋鼠只顧吃草，懶理正
在格鬥雙方如何慘烈，證明不吃眼前虧是最佳的處世哲學。

　　袋鼠互鬥常見，不是新聞。除非親眼見證，不明白為何如
此激烈。但人與袋鼠格鬥，則可能會惹上官非。有一回新聞報
導說一隻大袋鼠抓着一隻狗不放，狗主人趨前向大袋鼠飽以

老拳。袋鼠瞬間受襲，呆在當場，放開了狗。狗主人和狗得以安全離開。澳洲有法例保護殘害動物，無故拳打袋鼠當然在受禁之列。但今次狗主人被抓上庭，似乎有足夠理由解釋為何犯法。狗和袋鼠，同是動物，也有不同的待遇。

陸上的袋鼠之名，給澳洲航空公司（Qantas）借用，變成了翱翔的袋鼠（Flying Kangaroo）。澳航今年成立一百年，它原來是 Queensland and Northern Territory Aerial Service 的簡稱，也是全球三間歷史最悠久的航空公司之一，僅次於荷蘭皇家航空和哥倫比亞航空。澳航自從一九五一年來，未曾發生涉及人命死亡的事故，所以屢次獲得安全紀錄最佳的航空公司獎。近年外遊，多數選擇乘搭航空公司。原因之一是它的機艙服務員最有經驗。其他航空公司的機艙小哥和娃娃，常常看到他們在準備餐飲的一角大快朵頤，教一眾乘客情何以堪。澳航則不同，幸運地你可能遇上半百的服務員。有一次乘坐飛機回港，遇上兩個人先後感到身體不適。機艙服務員照顧他們有條不紊，從容不迫，令病者情況改善，其他乘客也沒有感到不便。

娛樂節目不是澳航的強項，但不會令你太失望，當然仍不能與國泰相比。今次新冠肺炎影響下，澳航停飛所有國外航班，裁員六千人，一萬五千人暫停上班，可能還未止血。消息宣佈翌日，悉尼的《每日郵報》的頭條諧稱澳航變了 Crying Kangaroo。一葉知秋，未來經濟確是令人擔心。

（二〇二〇年六月二十八日）

冬日陽光

　　等啊等，南半球的冬至已經過去了，即是說白天日照最短的時候完結，太陽從北回歸線回落，直到十二月的夏至，又成為一個循環。日照最短又碰上陰雨天，太陽不見面，黃昏和黑夜沒有界線，瞬間就回到了寒夜，只有燃燒乾木取暖的餘香裊裊不散。日照最短的冬日，比日照最多的夏日，相差四小時三十一分鐘。一天的陽光只有九小時五十四分鐘，不到下午五點鐘，太陽就下山了，大地漆黑一片。記得以前聽一個朋友說過，為了節省開支，此地街燈只得疏疏落落，所以他向區議會投訴照明不足，得到受理，才於他的屋前種了一株街燈。不過燈光受樹木掩蓋，其實只是勉強作個照明而已。長約一百公尺的街道只有兩支街燈，每間獨立屋又落下了窗簾，照不到行人道上。而且一條小街的兩旁，行人道也只落在其中的一邊，樹葉濃密，又有寒風輕吹，冬天就是那麼冷。多年來，幸好悉尼市冷得不曾下雪。選擇住在這裡，就是喜歡冷，但又不至於下雪的一個冬天。

　　今年冬天前院草地不曾結霜，看來並非想像那麼冷，站在陽光下更感覺到冬天的暖，不是爐火那一種乾燥難受。剛來悉尼，為了禦寒而煩惱，曾經考慮了幾個方案，都不及走在陽光

下那麼有效。何況冬天的紫外線指數只是一度，表示非常安全，免除患上皮膚癌的恐懼，有多好。屋內要保溫，以前的屋主在廳的一角裝了一個壁爐，但已經封閉不使用了，只是屋頂的通氣喉管仍未拆除。其次也可用接上氣體的暖爐，可是要裝上接駁器，嫌麻煩，不考慮。最後還是抬出隨我們從香港帶過來的小型風琴式的充油式電暖爐。用了一陣子，嫌它太小，功效不夠。後來朋友送來一個較大的充油式電暖爐，又覺得太笨重。至於有些朋友安裝了空調，覺得自然最舒服，所有禦寒的方案，最終給衣服取代了。今年冬天，竟然也未曾穿上一件羊毛的背心，褲子也是平常薄薄的，只是披上外套，就這樣外出去了，自己也覺得奇怪。

印象中最冷的時候，反而是小時候的冬天晚間，父母和我們一起圍着小炭爐取暖。炭爐先由我們用小木枝生火，然後放上木炭，大家搬來木凳圍坐。可是我只有這個特別的冬天經驗，不能不說自己的記憶力退化了。記憶中初中時曾經在聖誕假期和同學回校燒烤，那天原來只有攝氏七度，入冬來最冷，難怪滋味特別好受。冬季悉尼的晚間，低溫攝氏七度也不是不常見。只是日間氣溫回升到約十七十八度，寒意早給陽光驅散了。如果只是獃坐屋內，當然不能不感到寒冷。《悉尼晨鋒報》近日的一篇報導，說起悉尼冬季凍死的人，比瑞典還多。印象中，北歐四國中的瑞典，冬季白雪皚皚，一定比悉尼更冷。

須知道，寒帶地方的房子，有禦寒的準備。例如看過雪山上的房子，窗子比較小。這篇報導建議冬天房子裡面的溫度，最好維持在攝氏十八度。可是許多住在悉尼的人的房子設計，

沒有作這個準備。有些家庭，也因為節省開支，不開啟暖爐。所以房子的座向，也有風水的道理在內。選擇向北向西的單位，可能在冬日也有充足而溫暖的陽光照耀。有些房子設有 sunroom。這些房間，其實是房子延伸的一部分，四邊和天花都是玻璃，那麼陽光便可以隨意照進來，不用爐火，不用穿厚衣。身上暖暖的，自然舒服。你看見不少人把椅子搬到向着陽光的屋前坐着，就是享受那種不經意的暖和。等到陽光燦爛，手執一杯茶，在半睡半醒之間，讓世事的滄桑消失於藍天白雲外。

從來沒有人想過寒冷的家有什麼問題。上班族日間回到公司，現在辦公室有智能空調，只要你在空間走動走動，自然不會感到寒冷。晚間回家，開了暖爐或空調，也是生活平常。但現在許多人多了時間在家工作，日間的家又變成了辦公室，卻沒有正式辦公室那種環境，例如燈光、桌子和椅子的配合。到留在家中的工作時間多了，才發現付出倍增的燃料費用，和原來的預算有所分別。當然我們可以在報稅的時候把燃料費用計算在內，從而達到扣稅的目的，但如果收入較為勉強，或者是租客，額外的支出就成了負擔。報導中訪問一對伴侶，兩人在家工作久了，結果耗電量可能比去年同期增加了一倍。

這份二〇一五年的調查報告顯示澳洲每年有約二千六百人凍死。悉尼的死者數量比墨爾本、布里斯理和瑞典的斯德哥爾摩還要高。悉尼新蓋的房子可能裝有空調，解決了冬天寒冷的天氣。其實只要穿着適當的衣服，也一樣達到保暖的效果。大家注意的反而是如何渡過悠長夏天的酷熱。一年起碼有七天悉

尼的晚間氣溫徘徊在攝氏三十五度或以上。不過因酷熱天氣影響致死的約平均每年中只有六百人，遠低於凍死之數。有紀錄以來，最多人熱死的是一九一○到一九一九這十年期間。大家都認為天氣熱不是問題。即使陽光如何猛烈，大家依舊愛在露天咖啡館進餐，甚至懶洋洋地躺在草地上。

生活在悉尼十多年，逐漸明白，要融入這個地方的生活方式，並非一朝一夕。叫你突然離開熟悉的家遠涉重洋開展新生活，你也許會問是否值得。澳洲人生性隨便，其實很易相處，唯一叫人難受的還是偶爾的白人優越感，一如女性在這裡永遠不能打破傳統男尊女卑的 Glass Ceiling。你可以看到國會內非白人、原居民的議員還是少數。在眾議院，執政自由黨的女性議員也只佔百分之二十三。但澳洲的人口增長主要靠移民，愈來愈多的非白人到來將會改變社會的結構。我住的街上，白人和非白人現在約是七三之比，可能很快是六四之比。誰是新移民家庭，很容易辨別。只要路過，房子傳來練習樂器的聲音，十之八九是亞洲家庭的 Tiger Mum 在鞭策下一代。白人的家庭，靜寂一片，只偶然傳出後院孩子的嬉笑聲。

別以為美好的日子常在。用暴力摧殘一個地方，原來那麼輕易，卻看得教人心痛。唯有以平常心看待，才知道冬日的陽光，有如溫暖的手，撫平了內心的創傷。

（二○二○年七月五日）

瘟疫第二波

澳洲三個人口最多聚居的州，都是位於東岸。新南威爾士州人口八百二十萬，維多利亞州六百六十萬，昆士蘭州五百一十萬。由北到南，昆州在北，維州在南，我住的新州位於兩者之間。維州面積最小，只及昆州的五分之二左右，但人口密度最高。新州和維州的總和已經是全國人口的一半，所以兩州的交通繁忙是可以想像得到。從悉尼駕車直驅墨爾本，半途不停下來休息，全長約八百七十八公里的路程，根據谷歌地圖，車速限制下，只要八小時三十八分鐘便完成了。《水滸傳》中的神行太保戴宗日行八百里，算一算即是現今的四百公里，走兩天也到了墨爾本。如果有如此的非凡人物，體力和速度比美汽車，當然是開玩笑。記得網上訂購的一些攝錄器材，倉庫位於維州，問及送貨的時間，也是兩日。相信是速遞公司的安排得宜，如果今天早上訂購，明天下午就送到你手中。比海外訂購更快捷，又不用清關繳納百分之十的稅款。所以近年來，幫辦公室購買器材，如果在新州找不到，就用這個方法。

新冠肺炎疫情初起，替我們在錄音室安裝麥克風的一個技師說過，如果武漢封城，許多器材供應將會受到影響，因為它是其中一個主要供應地區。我們半信半疑，但他在 Parramatta

市經營了多年的音響店，大學是他的經常顧客，自然有他的道理。沒多久，疫情擴大，大學進入了休眠狀態，除了必要的部門外，其餘人大部分在家工作，我們再沒有找他證實是否真確。但我們向另外一間商舖訂購的一件電腦小配件，卻沒法依時交貨。製造商是美國公司，生產地在中國大陸，要先送到美國再運來澳洲。結果由一月中付款訂購，到七月也沒有辦法知道確實的送貨日期，拖延了一個月又一個月。即使在網上搜尋其他供應商，不是說售清了，就是說延期交貨。這個延期，實在不知道何年何日。今時今日的境況，付了錢，也保證不了你會優先獲得供應。

新州固網電話的地區號碼字頭是 02，維州是 03。如果你的手機收到固網電話的號碼起首是 03，即是說來自維州，正是許多公司的客戶部的所在。例如徠卡相機的澳洲分部也在維州。悉尼市中心維多利亞女王大樓的徠卡專門店會把你的相機直接送回維州修理，運輸費用全免。家中用的固網是澳洲電信（Telstra），以前不時有它們的傳銷人員打來問問有沒有興趣續約，或者升級至更好的服務計劃。但這些電話已經無疾而終了，偶爾來了慈善機構的募捐電話，也接過一個普通話錄音說有一件文件等候你領取，請你致電回覆。這些莫名其妙的電話背後都是有些不正當的企圖。我們的電話號碼都公開在電話簿上。即使只是列出姓氏，名字為簡寫，也容易給人知道你來自何方。香港人姓氏的特別拼音，和普通話的拼音當然有區別，一樣引來騙徒大包圍。這段日子少了來自 03 字頭的電話，也是說可能他們都已經沒有工作了。瘟疫爆發後，影響了許多公

司的正常營運，收入大減，服務當然收縮。在不經意之間，許多非必要的工作已經給取消了。

維州和新州的關係如此密切，所以瘟疫發生以來，兩州邊界從未封閉。但昆州三月二十六日已經開始封關，直到七月十日才解封。許多人都嘲笑昆州過分緊張，新州州長更曾經和昆州州長針鋒相對過，表示封閉邊界引起許多不便。也有國會議員趁亂拉選票，以經濟理由，暗示要訴諸法院，尋求強迫解封。但昆州州長不理眾人反對，認為州內的共識是保持封閉，直至瘟情減弱為止。事實證明，昆州甘冒責難，反而能夠成功對抗瘟疫。過去十多天來，昆州已經十多天沒有新增個案。但維州從四月的全國高峰回落，最近竟然又再度在社區爆發。現在維州進入昆州，罰款四千元；進入新州，罰款一萬一千元。

新州和維州的交界是奧爾伯里（Albury）市。奧爾伯里不是寂寂無名之地，是繼 Wagga Wagga 之後第二大新州的內陸城市，四萬多人居住。澳洲最大的河流默里河（Murray River）流經分隔兩地，不少公路、橋樑和渡船連結兩州。默里河從新州的高山向西流，橫跨維州，在南澳州的阿德萊德市流入印度洋，總長達三千七百五十公里。兩州封鎖邊界，奧爾伯里首當其衝，成為主要關卡，橫越必須有特許證。原來奧爾伯里的對岸是維州的沃東加（Wodonga）市，雙城的居民加起來有九萬人。居民以往每日只不花十五分鐘就可以到工作的地方，現在等候過境要一至兩小時。經營生意的人當然感到非常不便，維州的病人到奧爾伯里的大醫院就醫也遇上長長的車龍。大家都突然覺得生活變得很荒謬。不過自從五天前瘟疫再度在維州爆

發，感染人數每日數以百計以來，沒有人知道為何情況變壞得如此迅速。最新的消息更說有五名維州醫護人員受到感染。專家都曾經預言瘟疫的第二波爆發，現在已經成真。

我們家附近的商舖，口罩的供應回復正常，潔手消毒液的價錢也回落，即是說新州的情況稍為樂觀。但原來飛沫傳播病毒更為嚴重，所以維州政府呼籲居民戴上口罩外出。買不到一次即棄的口罩就自己動手造，甚至推出短片教大家。至於網上的社交媒體，趁機也推出多次使用的口罩應市。其中一個品牌介紹自己是澳洲本土製造，消毒方法很簡單，只要在洗衣液中洗淨晾乾，然後在微波爐中加熱兩分鐘便可完全殺菌。貼文下更有許多人留言表示很有效。但用作消毒後的微波爐，你還敢用它作煮食嗎？

有人說生活的荒謬無處不在。我們處於一個全球化 2.0 的年代。明明是互相聯繫，原來是瘟疫把我們每個個體連結在一起。別人想靠近你，卻要彼此保持一點五公尺的距離。其中一個人是帶菌者，另外一個可能變成受害人。不過病菌的致命程度也不一樣，有人感染了就此倒下不起，有人幸運康復過來。上帝安排命運，真的彼此不同。明白了這個道理，就恍然發現，生活不但有荒謬，有悲情，也有平安的快樂。

（二〇二〇年七月十三日）

駕車的煩惱

　　澳洲的財政年度由每年七月開始。為了在財政年度末劃上完美的句號，各行各業定必在六月各出其謀，增加銷路。家庭電器用品店、服裝和電子產品都會減價，甚至汽車也毫不例外。不過今年瘟疫影響下，許多人失去工作，三餐不繼，減價已經無法令人興奮。汽車銷售當然也沒有好日子過。今年部分品牌推出先出車，明年一月才開始供款的計劃，可見災情嚴重。我們駕駛的德國品牌汽車於六年前購買，行駛了七萬多公里，仍然是一部性能極好的代步工具。偶爾經紀會打電話來，問問有沒有興趣換一部新款的汽車。但今年來電多了，看來是銷情不佳的緣故。其後甚至關心起每年定時的維修服務起來，提議不妨考慮預早安排一下。我一向只交由慣常的維修中心處理。因為一般檢查要起碼大半天，把車交到維修中心，乘搭公共交通上班，然後提早一點下班取車，頗為方便。提早預約的其中一個好處，就是維修中心可以提供一架代用車，給你在檢查期間免費使用。我會放一天假休息，貪心的享受這個特別的服務，趁機試試其他汽車型號的操作。不過我的一個朋友就謝絕駕駛除自己的私家車以外的其他車輛，就是因為恐怕不太熟悉操作，會發生意外。後來細看一下免費代步車的使用條款，

才了解到魔鬼的細節在其中。假使你不幸發生意外，汽車損毀，你也要負上責任，賠償損失。

說起來，意外當然就是出乎你的意料，駕車在路上的時候多了，碰上意外的機會也會增加。當年認識一個懂得從姓名推斷命理的朋友，大家聚舊，總叫他贈幾句。有一次請他為我的名字算命，他笑着回答，你現在是一校之首，命運如何，你還不懂嗎？經他一說，果然有幾分哲理在其中。命運如此，何必再自尋煩惱。這個朋友移民新西蘭，不時回港，跟大家分享在異鄉生活的日常，包括肉食蔬果新鮮、美味而價廉，令人羨慕。生活如此美滿，不知道是否早在他的計算之中。來澳以後，駕駛出過兩次小意外。第一次在 Parramatta 市中心商場的多層停車場找泊車位，左顧右盼之餘，撞上旁邊的石柱，損毀了右邊的沙板。當時呆在當場，驚魂甫定，幸好還能開動車子回家。打電話給保險公司，他們安排附近的一間汽車修理公司幫忙。我把車子駛過去，技術人員開始動手修理。兩三天以後，取回車子，一點也看不出有碰損過。我只付出墊底費，其他由保險公司負責。那時候不用立即付出的費用，在其後數年的保費增加中償還了。即是說保險公司的服務並非特別好，而是它們巧妙地把你的財政壓力攤分開來，令你能夠充分應付。

數星期後的一個晚上，車子在一處由小路出大路的地方等候開行，給後面的一輛車子撞上來。這次碰上車尾，尾門打不開來。自己的臉受力撞在 A 柱上，腫了少許，當場沒有察覺。下車跟後面的車子司機理論。有點氣，但對方竟然承認是他的魯莽。我們把車子停在路邊，交換了個人和車子資料，就各自

開車走了。我半信半疑對方是否肯負責任。後來打電話給保險公司，將所有經過告知。接聽的服務員也說不用擔心，我們有了對方的資料，一切好辦。事情就是這樣簡單。我們根據保險公司的安排修理車子，這次真的不需要付分毫。只不過有數天不能使用車子，日常購物當然不方便。事後想起，這個司機還是講理的人。他的車子絲毫無損，本來可以一走了之。事發的地點是悉尼西區，晚上罪案的熱點之一。不幸遇上惡人，可能給人飽以老拳。不過總括來說，這裡發生交通意外並非不常見。發生了沒有傷人，雙方只要把車子停在安全的地方，私下冷靜處理就可以了，很少看到大家動怒得臉紅耳赤，也不需要出動警察。初到澳洲時看見大家如此冷靜很奇怪。後來自己遇上了，親自見證過處理的方法，才知道一切在於制度。

以前看過一部澳洲電影，名字不記得了，只是記得一大堆舊車在你追我逐，印象中以為澳洲人駕的都是殘舊的車子。不過電影始終不是現實。許多澳洲人的財富增加了，買大房子，也買漂亮的車。近年在大城市的汽車，都不會殘舊破爛。舊車變成中古車，更有保留的價值。有空間的人，自然肯收藏舊車子。有一次我還看到一輛香港的舊巴士在悉尼的馬路上走，可能是個巴士狂迷把這些昔日的光輝，帶來保留在這個大地上。我上班經過的維多利亞大道，其中有個房子前面停放了六七輛古舊的福士甲蟲車，看來開不動了。我經過多年，還是老樣子，也不知道房子裡面有沒有人。這些甲蟲車勾起我年輕時看過的電影《鬼馬神仙車》。福士甲蟲早已經不是馬路上的常客。悉尼路上最普遍的牌子，還是豐田。豐田的 Hilux 型號，更是

每年銷量第一的多用途「農夫車」。

現在路上走的，肉眼可見，多是新車。南韓製造的私家車也躍升成為十大最受歡迎的品牌。它提供了七年的保養期，給顧客們極大的信心。其他的汽車品牌，也陸續要開始提供起碼五年的保養。老實說，住在近郊，公共交通工具不便，車子是必需。我的不少同事住在藍山，每天清早駕車經 M4 高速公路回悉尼上班，只需一小時多。這段六十五公里的路，上下班來回每年差不多兩萬公里。加上用作日常購物，每部車子行走里數高就很正常了。

住得偏遠，當然不得已。根據最新資料，住在 Double Bay 的人在二〇一七至一八年財政年度的平均收入為二十四萬多澳元，比最低收入的一區高十倍。Double Bay 是豪宅區，距離商業中心區四公里，人口不夠五千人。有人叫 Double Bay 做 Double Pay，因為這裡的東西比其他地方貴雙倍價錢。但悉尼美麗的地方多的是。那天和朋友到訪鄰近塔朗加動物園的 Bradleys Head，發現只要看到海港大橋，都是絕世好景。驅車到來，走近水邊，朝南看，對岸是 Double Bay；朝西望，就是獨特的悉尼海港大橋。看了叫人感到安慰：澳洲仍是個幸運的國家。

（二〇二〇年七月二十日）

半年

　　悉尼這個冬季多雨，便以為是恆常。但翻查一下紀錄，其實不確。下雨天都是平均每月十多天，只是六月降雨較多，便以為這是冬天的天氣。應該說，以雨量計，上半年比下半年多。七月是隆冬，雨量最少，然後一直到年底，怪不得去年席卷新州和維州的山林大火發生於十二月。山林大火受災者還未復元，轉瞬間，又再來了一場瘟疫，半年就這般過去了。澳洲廣播公司更提醒大家，今年一月二十五日，澳洲錄得第一宗新冠肺炎病毒，患者是一名中國公民於一月十五日乘坐飛機從廣州飛到墨爾本。接着新州也錄得三宗病例。如今看見雨天，一片愁雲慘霧，早上如同黃昏，天氣陰冷，上街也不能，真的是徹底封閉在家。

　　這兩場災難改寫了歷史，也改變了許多人的命運。山林大火其實近在咫尺，最近的大災區藍山國家公園，距離我們的家不過一小時多的車程。火舌直捲過來我們號稱叢林郡的社區並非不可能，只要風勢加強，由內陸吹向沿海，相信悉尼西部盆地的房屋無一倖免。山林大火過去，到訪藍山一帶，看見遍地燒焦了的樹林，公路兩旁的高大樹木都燒掉了，僅存熏黑了的樹枝。找到一間路邊開門營業的咖啡店，坐下來喝一口茶，舒

一口氣，才知道乾淨的空氣多寶貴。電視上的畫面所見，焚燒山林之時，白晝如黑夜，火光照得大地血紅一片，令人心悸。新州南部的一個郊遊熱點，大家尚處之泰然，戲稱可以到海中躲避。果然大火捲到海邊，政府出動軍隊把倉惶的遊客從海上接載到安全的地方。跟大自然的力量開個玩笑，不免代價太大。澳洲廣播公司最近一個叫 The Source of a Mega Fire 的報導中，說這場世紀大火原來由閃電擊中一株大樹蔓延開來，的確令人難以置信。

到大火撲滅過後，災民準備歡迎遊客重來。不過瘟疫爆發，大家反而卻步了，不敢遠道前往。現在形勢更加嚴峻。本來想到劫後重生，但最壞的時刻好像還未到來。每天看到維州不斷上升的病者數目，就知道這個瘟疫來了又去，去了又來。維州每天測試數萬人，找到了幾百宗。新州和維州之間名義上封了關，但許多物流並未停止。這個令維州和新州瘟疫重新爆發的零號病人來自在維州的酒店隔離。說時遲那時快，兩州變成難兄難弟。七月二十六日維州證實新增了十名死者，雖然大部分不幸者是六十歲以上，但其中一人四十餘歲。說明了這個瘟疫肆虐，不分年紀。年老者抵抗力弱，自然是不幸中之更不幸。

居家工作這麼久，本來大學已經公佈了一系列復工的措施，由七月二十七日開始局部回到辦公室。局部是怎樣的呢？即是說一星期五天的工作，可以看看，可否先行三天回來，然後逐漸增加一天至兩天，直到回復正常。但瘟疫還未結束，這三天回到辦公室工作，可能是對自己生命安全的挑戰。對於每

大駕車上班的我，途中沒有接觸其他人，從家中回到大學停車場，絕對不擔心感染。至於要乘坐公共交通工具的同事，處境並不一樣。即使戴上口罩，究竟有沒有辦法做到絕對完全，實在很難說。很多澳洲人仍然歧視口罩，或是覺得戴口罩的人有問題。那是非常個人的想法，沒辦法改變別人。前天到超市購物，收銀員咳了數下，笑說要考慮休息休息。我卻覺得她應該依照衛生建議，留在家中，不必上班，直到病好為止。以往大家對健康十分着緊，稍一不舒服，就自我隔離。這個收銀員反而繼續上班，可能是擔心會隨時失去工作。

新州州長刻意提及，如無必要，或者覺得不安全，可以在家工作。即是說，瘟疫雖然再蔓延開來，我們不會採取以前嚴厲的措施，但必須要「執生」，視乎輕重。於是乎，大家都依舊先謀定而後動。回到辦公室的措施，不一定硬性推行。回來上班的安排，其實應該和防疫的準備扯上關係。這幾天看到許多辦事處的大門外，都新安裝了消毒洗手液的容器，可是裡面空空如也，準是等待星期一才一併把它們裝上去。現在是學校假期，理論上回來的人不多。每部電梯裡的地面貼上了兩個站立的標貼，表示你我二人各站一角，保持社交疏離的一點五米距離。不過有時候看見超過兩個人擠進電梯的細小空間。但大學防疫告示沒有表示這是個高危的做法。看來要防止瘟疫擴散，大家還是要周詳考慮，也要實際可行。

半年來，上班的模式改變了，但至少表示你還有工作。聯邦政府估計失業率會上升至百分之十，財政赤字更是第二次世界大戰以來最差。當然只要瘟疫感染的數字持續，沒有人知道何時會消失，經濟就不會有起色。至於澳洲的大學，最擔

心的是海外學生能否回來上課，因為他們的學費是重要的收入來源。據說海外學生依然很想到來，不過最後一刻是否繳交學費，可能要看政府仍否封閉，是否還需要在酒店隔離十四天。但這兩週的隔離，並非沒有商量餘地。巨星妮歌潔曼和丈夫子女最近乘坐私人飛機回到悉尼，不需入住酒店隔離，而是逕往南部高原的私人大宅，說是因為工作特別忙碌，不能耽誤片刻。果然階級有別，人間有情。

疫情何時消失，沒有先知，專家也說實在太多的變數。有人提議要採取滅絕的處理，有人卻只需要減少本地傳播。但悉尼這個大城市，解封以後，海外的人到來，說不定也會帶來病毒。相信有疫苗注射後，情況才會改善。在家工作以來，大家發現許多新的問題，例如困坐家中，健康反而不如前。有人瘦了，有人缺乏運動過胖。有人少了與人直接面對面溝通，發現自己心理困擾，產生抑鬱。不過最大的受害者反而是長者。許多感染的病人是住在院舍的年邁老人。人生走到最後的歲月，本來可以安靜的辭世。遇上一場竟然如此惡劣的瘟疫，甚至不容許老年人從容的與親友道別。

終於了解何謂白駒過隙。兜兜轉轉，人世間所有的恩怨終會隨風而逝。不如趁天朗氣清之際，舉頭看看白雲的白，藍天的藍，過滿意的一天。

（二〇二〇年七月二十七日）

到如今

　　瘟疫蔓延開來，發現澳洲之大，竟然無處可去。這樣的生活，不知道何時完結。昆士蘭州已經由星期六凌晨開始，正式切斷和新南威爾士州的交通聯繫。那麼理論上昆州、新州和維多利亞州之間，已經各自封了關，居民不能自由往來。乘飛機抵達新州悉尼的乘客，也定要接受為期兩週的自費酒店隔離。費用是成人每人三千澳元，每名額外家庭成人成員一千澳元，孩子每人五百，兒童三歲以下免費。如果過了十四天仍然需要隔離，政府會承擔費用，一般付款期是三十日。有經濟困難，給予十四天寬限期，政府也會有三個月還款計劃。這個費用，是全包，包住宿也包三餐，只是不能外出走動。能否享用酒店的設施，例如健身室和泳池，網上沒有說清楚。但防止疫情擴散，恐怕要避免共享吧。根據新聞報導，用作隔離的悉尼市中心的酒店，大概有三十多間。不少還是四星級和五星級的大酒店。最初回來接受隔離的人，投訴酒店像監獄，膳食不合胃口。更有些沒有醫療的協助，例如提供需要的藥物。四個月前開始的酒店隔離匆匆上場，勉強應付了事。到如今已經有一定的經驗，兩者有很大的差別。悉尼的醫療人員配合警察和軍隊，在機場把入境乘客護送上旅遊巴士，然後逕往酒店。這個

非自願的隔離，沒有人敢說不。事實上證明，從檢測的結果知道，染上肺炎的澳洲人，有些就來自海外。沒有隔離，就會容易擴散。

　　把海外回來的人隔離在酒店，不是渡假。這十四天如何痛苦渡過，說不定已經有人以不同的方法在社交媒體平台上分享出來了。證明了身體沒有病徵返家，當然歡天喜地。這一波的疫症爆發，據說源頭都是墨爾本的一間用作隔離的酒店。五月底，市中心的 Stamford Plaza 酒店有三十五名私人保安被一名同僚傳染，散播開來，由維州傳到新州再輾轉傳到昆州，到現在一發不可收拾。新州悉尼做得較好的是由警察護送，不是由私人保安負責。事後發現，不少墨爾本隔離酒店的保安既沒有受過瘟疫隔離的專業訓練，也沒有遵從指引做好消毒工作。大家對病毒認識太少，也太輕率了。疫情如此嚴峻，按理社交疏離已經是必要，社交禮儀如擁抱碰臉都應該稍為避免。可惜他們都依舊視為理所當然，大家借個火點煙，上下班共享汽車等等。酒店隔離本來應該最安全，結果變成最危險。這些傳統管理上的問題，例如決策太草率、員工工資低、工作欠缺保障等，本來應該避免，但制度出錯，重蹈覆轍，結果招來更多人命的損失。

　　香港人經歷過二〇〇三年的沙士，早已對「官」沒有信心。今次新冠肺炎肆虐，以香港人口密度如此高的城市，感染數字至今只是四千多宗，死亡人數四十七，原因就是幾乎人人戴上口罩。新州至今已有三千八百多宗，死者五十人。但最初在澳洲戴上口罩的人，被人歧視和羞辱，甚至遭到恐嚇。當時大家

不以為然，現在證明多麼可笑。兩大超市集團之一 Woolworths 的員工，差不多已經全部戴上口罩，也勸喻進內的市民戴上，保障自己的健康。而且超市門前的酒精消毒液已經是必需品，大家主動使用，並不尷尬。大家進入超市前塗抹在手上，也變成了一種好習慣。新州的感染人數沒有維州那麼嚴重，看來政府為了鼓勵經濟復蘇，已經不打算採取像維州的極端措施。人人能夠小心，病毒也不容易散播開來。看情況，我們無法滅絕新冠肺炎病毒。病毒必定與我們同行，成為了生活中必須提防的事物。

戴上口罩，當然感到不方便。說話不清楚，熱氣不斷跟着我說話時升上我的眼鏡上，看東西像霧又像花，真的不舒服。但戴着口罩在商場和人流多的地方走走，原來的確有其他的好處，我起碼放心，也相信沒有那麼容易受到其他流行性病毒感染。這半年來，沒有患上一般的傷風感冒，也沒有吃藥，其他人也可能像我幸運。所以有理由相信我的家庭醫生的生意非常慘淡。大家沒有什麼需要，也絕不會走到診所去了。平常家庭醫生的收入已經比不上專科醫生，可能現在也更差。幸好我們可以打電話給醫生看病，醫生可以當作是診症。大家長時間逗留在家裡，避免與人接觸，家中的一角變成了工作的地方，把工作帶回家裡。但普遍澳洲人不是獃在家裡的人，運動更是生活的重要部分。雖然在家工作是許多上班族的工作合約條件之一，但不少人還是寧願走出來，尤其趁着陽光美好的日子走出來，見見人，或者帶狗散步。

八月是冬季的最後一個月，本來日子應該是繼續寒冷。但

今年多雨，有時日間暖暖，草地長出了嫩草來。不少人不想見到雜草遍地，動起手來。所以又聽到剪草機的開動聲音，真是個不尋常的冬天。有時候上午來個陽光燦爛，下午迅即變得雷雨大作。走着走着，竟然看到在空曠的地方，也有人戴上了口罩趕路。因為瘟疫致死的人，已經不只是長者，其中有些三十多歲的人。可怕的是現時還沒有剋制的藥物。究竟治療的過程如何？為什麼有人病況輕微，有些人卻痛苦萬分？病愈之後，有什麼後遺症？這種種問題的答案，都要賠上許多人的性命才解答得到。

當然不少澳洲人仍然當瘟疫是兒戲，所以新州幾個社區才會再度擴散。數個源頭都離不開小酒館、餐廳和教堂。即是說，多人聚集的地方，就是最危險的地方。一間位於悉尼西北部的學校因為有兩個學生受到感染，需要停課兩週。但也有些源頭不明，沒辦法追蹤來自何方。這個瘟疫短短半年令全球近二千萬人染病，七十二萬多人逝世，澳洲本土也有二百九十五人死亡，真的是人間慘劇，也暴露原來許多社會的防疫和醫療問題。當然倖存者也要面對將來的現實，生活如何走下去。到如今，這場瘟疫像是一場世界大戰：人類對抗病毒。諷刺的是，最後即使能夠勝利，也付出一個非常慘痛的代價。

（二〇二〇年八月九日）

病毒測試

　　新冠肺炎病毒肆虐下的這段日子，大家可以正常上班。但相信很少人，除了我的上司和我之外，每天會回到辦公室來。前天的每週例行全體會議上，才發現從三月以來，未曾和有些人面對面見過，有些還是新加入的同事。在視像會議上，大家還好像興致勃勃，期待新學期的到來。有一個男同事，住在新州的中部海岸，與海為鄰，小酒館倒成為他的工作地方。每天在臉書不是見他和朋友碰杯，就是他的酒樽照片。如果他回來上班，一定碰上悉尼地區的繁忙時段，不可能不遇上人潮洶湧，很擔心是否在封閉的車廂內，能否避開瘟疫的傳染。他的鬍子長滿臉，頭髮蓬鬆，已經一段日子沒有到理髮店。唯一是看不到他的身軀，可能已經胖了一個碼。

　　對於我，頭髮長是很頭痛的事情，尤其每天起床要打理這三千煩惱更是問題，所以剪短就是我的唯一要求。至於短的標準我無法確定，理髮師更有他們的標準。我的短不等於他們的短。唯一的共同語言是剪刀的號數。只要說一號，他們就知道你要的是短。至於其他的號數與長短，我並不很清楚。很多人會指定一個髮型師，但我從不，也不需要。只是理髮店就光顧這一間，誰有空，就替我剪。剪得多了，店裡許多髮型師都

替我剪過髮，也知道每個人都有少許不同的剪法。有人用電剪刀，有些喜歡用手動的剪刀，有人會把我的頭按着，有人只叫你把頭輕輕移動。當然很多人都愛和髮型師聊天。但我知道口沫橫飛的危險，所以只偶爾搭嘴。他們見我不多說話，就會集中剪髮了。你應該明白一心不能二用的原理，也總不能不斷的說話。現在瘟疫蔓延下，髮型師都戴上了口罩，你反而覺得安心，可以多說一句半句。你可以想到髮型師也跟你和我一樣，有時候心情好，喜歡多說一點；有時候不想說得太多。

這間理髮店生意好的時候，即使預早約定了髮型師，也不一定準時侍候你。我見過椅子坐滿了，還有人在店外等候。這通常是星期六或星期日，大家都是不用上班的日子。但近日卻是平日的顧客較多。原因是大家都多了在家工作，平常的日子出來方便多了，週末就安排真正的休息。但這天下午到來，只見到三個髮型師，顧客加上我只有兩個。我笑問老闆哪裡去了。他們說他現在只有星期二和四回來工作。即是說，顧客也沒有比之前多。這也難怪，瘟疫持續，大家生活大受影響。原本以為很快解封，現在州與州之間也斷絕往來，只有貨運仍然流通。可能許多人已經失去工作，不用在家上班了。一個明顯的例子是跟我安排每年做例行檢查私家車的職員，四月初主動替我安排一切，甚至在檢查前的一天，還短訊給我記得準時到來。檢查過後，我寫了電郵，藉此多謝她的服務，而且還希望她幫忙另外一個朋友的車子做同樣的安排。可是久久未有回覆。再寫電郵跟進，也是如此。唯一解釋她已經不再負責這個工作，甚至已經給辭退了。我們的家靠近火車站，週一至週

五，許多人把車泊在街上，然後徒步走到火車站乘火車往市中心上班。最繁忙的時候，車子一部貼着另外一部，隔離少許的空間也沒有。現在只見兩三輛車子停泊，可見情況實在淒涼。

理髮店冷清，很多商店也不開門。為了追蹤感染的源頭，顧客要留下姓名和電話供衛生署跟進。若不是這樣做，店東可能受到票控。聯邦政府的 COVIDSafe 這個智能手機程式，可能已經發揮了一定的作用吧。大家明白可以對抗疫情，只好乖乖的填上資料。後來想起，如果有染病者接觸過筆桿，跟着用的人不是會感染，然後傳播開去嗎？

霎時間，想到自己好像也感到不舒服：有少許流鼻水，也有少許喉嚨不舒服。忽然擔心起來，剛才在商場購買日用品的時候，會不會不幸地和帶病毒者接觸過？記得州長千叮萬囑：即使有任何小小的病徵，不必猶豫，馬上走到任何一間新冠肺炎病毒測試中心求助。我上網查詢，這時間許多中心都關了門，唯獨附近的一間公立醫院晚上八時關門。我打了電話過去，接聽的是醫院的急證室登記處。我說明來意，接聽的小姐說要馬上來，七時半後就不受理了。

這間醫院很陳舊，州政府永遠不為它翻新一下。有次跌倒，傷了手和腳，看樣子是皮外傷，來到急症室讓護士看過，叫我稍安勿躁等候治理，結果等了兩小時還是在等，最後逕自回家翌日找我的家庭醫生治理。它的好處是靠近我們家，駕車過去不過十分鐘。今次駕車前去，荒謬的是等候交通燈轉綠燈比車行還要久。到了醫院，進了停車場，有個 COVID-19 的指示牌，但漆黑中，不知道如何走。再打電話，獲悉原來要把車

子停在急救車入口那端。進了去，發現了停車場，空無一車。於是撥電告訴登記處我已到達。登記護士索取我的資料，也發現我數年前來過那一次。我心想，常常進醫院不是太吉利是嗎？然後叫我留在車上等候，有人會致電給我。

於是我打開車窗，安心的等候。下了一點微雨，風吹入來，好像有點冷。其實只怪自己午間沒有好好添衣。等了二十分鐘，靜悄悄，電話沒有來。心想是否忘記了。再接通電話，護士說應該下一個到你了。不過停車場沒有其他車輛，那麼我的上一個是誰呢？果然一會兒電話來了，這次問得很詳細，包括有沒有病徵，到過什麼地方等等。有個護士從大樓走出來，給我一些資料和登記號碼，說可以做網上登記讓測試結果短訊給我。然後她問我，想留在車上做測試還是在醫院內。眼見停車場燈光微弱，於是隨她入內。

測試過程是先取喉嚨的唾液，然後再伸入左右鼻孔取鼻液。其實深入鼻孔的滋味最不好受。完了就把測試棒放進試管封存。不料數秒後護士說測試棒忽然不見了。原來她要把一端折斷，才可以放進試管。第一次的測試棒不知何故掉在地上。

可憐的我在激動的淚光中接受了第二次取樣。

這小小苦楚要等一至兩天才有結果。暫時我必須在家隔離，不能外出上班了。

（二〇二〇年八月十六日）

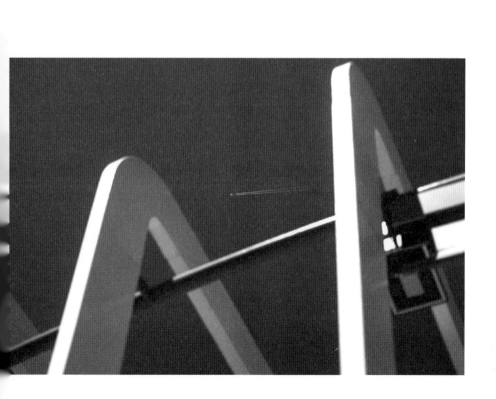

最後的一場大雪

　　今年澳洲境內最大的一場風雪，大概要快結束了。這場一些氣象專家形容為 Antarctic blob 的風雪，可知非比尋常的冷。八月尾是冬盡，大悉尼地區，日間溫度上升到攝氏十八十九度。在陽光下走，身上只覺得輕微的灼熱。只有在陰影下，才曉得冬天還是悄悄的跟着你，怕你遠離，又怕你忘記。冬天的日子過得出奇的快。今年更是沒有半點刺骨的寒冷。往年早上六時駕車經過附近的一條街道，低溫下錄得二度，今年卻只得六度，可見一點也不比去年冷。大家應該不要忘記，氣候暖化已經是恆常。今年夏天熱得失常，冬天的溫度當然不會太低了。

　　我的新冠肺炎測試結果上週終於來了，是陰性，虛驚一場。這個冬天不是冷，而是悲傷。北半球這個夏天也是一樣的令人悲傷。全球八十萬多人在這半年間失去了性命，現在每天平均也有六千多人死亡，只能說是人間大慘劇。測試過後，只能夠說是接受測試的一刻我沒有感染肺炎。原來有個帶着病毒的人，什麼病徵也沒有，十四天在此地隔離過後，走到昆州也沒有病發。飛到日本，才證實的確染上肺炎。說來這個病毒潛伏期之長，在患者身上無聲無息，真的令人震驚。相信只有有效的疫苗出現，大規模給社區的居民注射，才令人稍為安心。

據悉澳洲聯邦政府已經洽妥來自英國的疫苗，明年將在本地生產，到時候大家就會有足夠的供應。難怪各州州長面對解封的質詢，都說道是起碼今年十二月。大家想到那時候是二〇二〇年之將盡。這一年就在如此經過，如此荒誕，如此悲傷。

所以決定趁着冬季最後一場大風雪從南極席捲澳洲維州和新州之際，看看白色的大地。新州和維州邊界之間的雪山國家公園（Snowy Mountains），是滑雪首選。但我的興趣只是簡簡單單的賞雪，滑雪根本和我的打算有差異，在那裡能夠賞雪也不知道。況且即使由悉尼駕車直接前往雪山的話，全程四百九十公里，沒有六小時是不行的。那麼必定要留宿一晚才可以輕鬆走一回。風雪星期五到達新州，三兩天便煙消雲散。一個短短的週末，老遠跑到雪山，勞碌奔波，趕及星期一上班，實在有點庸人自擾。想到風雪北上吹過南部高原再到藍山，不如改到藍山吧。奧伯倫（Oberon）是其中一個必會下雪的藍山小鎮。由悉尼市中心到奧伯倫差不多三小時，這個距離比到雪山短，也較實際。如果奧伯倫下雪，其他鄰近的小鎮也有機會。由悉尼市郊的我家出發，距離少了四分之一。即是說，最多兩小時便到奧伯倫。結果星期五晚上收看氣象報告，奧伯倫會在凌晨下一場厚雪。星期六的早上，可能是在藍山賞雪的最好時光。陽光普照下，雪很快融化，所以要提早摸黑出門。

星期六早上四時多我們起行，沿大西部高速公路（Great Western Highway）直闖藍山。以往到藍山的大鎮卡通巴（Katoomba），這條道路定是首選。大西部高速公路在悉尼西的平原某些路段，車速可達一百一十公里，因此容易掌握時

間。只是印象中，它是主要通道，車輛多，上山的一段車行得十分緩慢。經過藍山的許多小鎮，車輛需要減速到六十公里。加上近年到藍山北部的 Mount Tomah 和 Mount Wilson 多，便以為走大西部高速公路較慢，其實是錯覺。今次從家到卡通巴，只走了一個小時多。原來夜間在高速公路上，車輛不但數量少，而且很斯文，沒有瘋狂超速，也沒有追車。

入山的溫度開始降低，經過大鎮卡通巴，也不過四度，開始懷疑這場風雪有沒有來過。但車廂即使隔絕了大部分外面的聲音，卻隔不了路噪，和輕輕滲入的寒氣。即是說，外面真的很冷。駛着駛着，才發現和公路並行的火車路上，原來已經鋪滿白雪，再往兩旁的樹梢看，更是鋪上白雪。霎時間，我們的車子已經進入了下過雪的小鎮布萊克希思（Blackheath）範圍。既然如此，我們把車子駛入一個公路旁的休憩處。一看不得了，中央的小亭和四周鋪滿了雪。一輛停泊過夜的客貨車更是給雪圍着。跟着我們進來的一對年輕伙子下車後興奮得大叫。另一端，一男一女帶着他們的狗走在雪地上。狗也興奮得跑來跑去，更不時跑到我們跟前，要主人喝住牠。原來牠是第一次看到雪，看得出比人更雀躍。

轉頭看，天色漸亮，東方出現紅霞，於是駕車逕往布萊克希思著名的 Govetts Leap 眺望台。誰知天色差不多全亮了，正在拍攝日出的攝影愛好者正在收拾東西，趕到另一個地方取景。看來下一次要專程來拍攝日出，一定要更早前來。其實高山上的日出比在海邊看的不盡相同。山上雲海，一層一層，比海邊更特別。年輕時在阿里山看過一次日出。那時候跟着幾個朋友

隨大眾上山，在黑黑的頭髮之間看到那個雲中冒出的太陽。在旁的大樓裡坐滿了人，隔着玻璃看着同一方向，才發覺那高高在上的地方應該更清楚看到日出，卻和我們這些人呼吸到的清晨氣息不一樣。只說明每個人有自己的選擇，也不必羨慕。

看日出不成，便駛往布萊克希思鎮上。只見沿途的車子和樹頂都蓋滿雪，地上積雪已融化，或許是夜間的風雪不算大，還不是一個完全的白色世界。正在想是否要往奧伯倫，卻覺得再往前走，也可能因為風雪關係，道路已經封閉，中途隨時要折返，所以不如走向火車站那邊看看。布萊克希思的火車站小，月台在車軌中央，一條架空行人天橋方便乘客從鐵路兩旁走上月台。雖然這是小鎮，短短十多分鐘已有往山和往悉尼的火車停駐。站在天橋上，看着乘客上車下車，其實就是一幅小鎮的風景。

正在拍照的時候，忽然空中飄來一點點白色，落在衣袖上，一看原來是雪。風夾着雪無聲的落下，又無息的消失，美麗得如此短暫。空氣突然變得更寒冷，握着智能手機拍攝的手冷得發抖。幸好用無反相機的鏡頭有穩定影像設計，可以彌補手的抖動。

雪持續落下，大地瞬間一片白茫茫。雖然冷，還捨不得走。從悉尼走來，不過是一小時多的路程，驟然遇上一場大風雪，為冬天劃上了一個完美的句號。

（二〇二〇年八月二十四日）

轉瞬間

　　新冠肺炎肆虐下最大受害族群，應該是那些年過六十五歲的人。澳洲新州和維州的大部分死者，都是在這個年紀。這些老人長期住在院舍，受到帶病毒的醫護人員傳染。直到今天全國約有一百二十間老人院受到感染，三百五十人死亡，佔了全部死亡人數的一半。一般來說，老人比年輕人體弱，死亡率高是意料中事。但大家重視的不是數字，而是寶貴的生命。很多人即使快要見上帝，還想在世上多留一會，與親友見最後的一面。皇家調查委員會傳召老年護理部長理查德·科爾貝克（Richard Colbeck）通過視像會議出庭。電視畫面所見，主席問及染病致死的數字，科爾貝克竟然啞口無言。問題應該事先張揚，作為負責老人服務的部長，答不出數字來，只好諉過下屬準備不足了。不過這個簡單的問題絕對不是要為難他。只能說自己沒有認真做好功課，當場出醜。總理莫理森為幕僚補鑊，說全國百分之九十七的老人院舍沒有肺炎爆發。言下之意，科爾貝克已經交了卷，滿意與否，自有定論。不過所謂數字，是騙人的藝術。一場瘟疫竟然令許多安享晚年的無辜老人提早結束了生命，只能問句蒼天。

　　國會上反對黨追問科爾貝克這個問題的表現。科爾貝克

隨即鞠躬離場，不想糾纏下去，實在傲慢得很。科爾貝克現年六十二歲，算是逐漸步入這個高危的族群。如果他有先見之明，應該好好為自己這年紀一群的將來好好打算一下，把老人的服務水準提升。但他是個上議院議員，退休後的酬金不菲，不用為生活張羅，所以因此不是個切身的問題。皇家調查委會的調查顯示，要改善院舍質素，需要每年額外六億二千萬元。這真的是個可觀的數目。我們的執政自由民族聯盟政府，是否肯花上鉅款在老人服務上，倒是個疑問。不少政客早認為，老人服務只會為社會福利和醫療系統帶來長遠而沉重的負擔。當瘟疫爆發，政府容許退休人士提早領取退休金，就是知道有不少人因為瘟疫影響收入，擔心可能無法正常生活下去。還有有不少長者仍然要照顧下一代，變相是某程度上繼續工作。真正的所謂退休，即是完全了無負擔和財政健全，可能變成遙遠而不可企及的夢想了。

我們住的小街上的鄰居，由以前他們年輕時的喧鬧，到現在的寧靜，也許便是部分澳洲長者一生的寫照。我們房子的上一手業主，在他們六十多歲的時候出售了房子給我們，然後搬到邦迪海灘附近和女兒共住，不用為房子內外煩惱。現在我們住了十多年，才明白住在一間獨立屋有它的好處，也有壞處。小規模以至大規模的維修，都不會少。入住不久，細心看看，發現屋頂上的瓷磚瓦片原來長滿了青苔。怪不得顏色都怪怪的，好像要長出雜草來。於是叫人來走上屋頂，用高壓水槍清洗一番，才恢復原來的光澤。這工程只花了半天，費用還算不太貴。接着看到門前的 Box Elder 樹不斷落葉，先是修剪一番，

後來知道它不是受保護的樹木，索性找人把它移除。砍樹花了大半天，還要把樹根磨碎，結果再要花半天。解決了樹，又要翻新房子四周屋頂的排水溝。新州的獨立屋規定四面必須裝上排水溝，把雨水由水管帶落地面。這樣又要找專家提供排水溝的設計及報價。最後決定找一個半封閉的系統，包括防止樹葉大量淤塞水管。這樣的一個系統，原來費用差不多是貴族級，怪不得附近的房子，都不是這般設計。但從裝妥至今，的確沒有擔心下大雨時，排水溝去水太慢和給葉子淤塞，造成雨水倒流入屋的情況。除此之外，還有小型的為欄桿和牆壁漆油翻新，都自己動手做，雖然不是專業，但不會比那些沒有牌照的工人差得很多。

鄰居們大多已是一把年紀，甚至退休了，所以也大多都是自己動手，不必假手於人。例如打理前後院的草坪，有些找專人修剪，有些卻自己幹。街上轉角的 Freddie，不時見他坐在草坪上清除雜草，連根拔起，的確很細心。鄰居史密夫先生施了手術，大病方癒，一個陌生人不時來為他前後院修剪草坪和籬笆。我們以為他從此享受一下。誰料近日見他自己動起手來，相信是他已經復原得九成以上，就不想枯坐整天。我修剪我的前後院要兩小時。他的前後院比我的大一倍，大概要半天了。不過他不會一次完成，而是慢慢修剪。到他修剪好後院時。前院的草又長高了。這樣也好，永遠有家務可以打發時間，也可以走走停停，不一定需要立即做妥。

聖誕節前，街上的鄰居都會安排每年一次的聚會，聊聊天，算是預祝聖誕，也是互相問好。去了數次，原來知道大家

都不是年輕一族，部分也已經退休了一段日子。坐在一起，說起的總是不在身邊的兒女和孫兒。兩老守着老房子，下一代往外闖，都是同樣的故事。以往安排聚會的 Jane 說會把房子出租，搬到新州南部和女兒共住。這些還能走走動動的長者，年紀沒有大得要住進老人院舍，只得依靠兒女，也許弄孫為樂。到了健康不再，才在最後的歲月搬進院舍。不過壽命不是由自己掌握，可能最後這段日子很短，也可能有數年的光景。所以沒有錢，根本不能入住。

不久 Jane 的房子來個裡外大翻身，經過數月，終於換上一幅最嶄新的面貌示眾。我們以為 Jane 跟大家開個玩笑。看樣子他們最終會出售房子，不再回來。後來門前草坪掛出出租的廣告牌，房子當然很快租出了。至於新租客是誰，可能要到今年十二月的聚會才知道了。不過近年聚會的搞手已經由 Margaret 和她的先生負責，看來 Jane 安排得相當妥當了。

新搬來的不會是年輕的人。房子價格不算便宜，經濟沒有什麼成就，可能真的負擔得辛苦。住上一段日子的，都是四五十歲或者更老的人。近年街上都沒有什麼房子轉售。曾經有段時間有幾間房子想一併賣給發展商興建數層高的單位，最後都不了了之。我看看你，你看看我，不相信轉瞬間，原來已經走過了大半生的光景。

（二〇二〇年八月三十日）

大衰退

　　財長喬希・弗萊登柏格（Josh Frydenberg）上週宣佈澳洲自上世紀三十年代以來正式踏入經濟衰退。消息並不令人意外。倒是覺得今年壞消息一個接着一個，對經濟的打擊一浪接一浪，真是令人黯然神傷。根據聯邦統計局公佈的數字，由一九五九年算起，經濟平均上升比下跌多，最好達百分之五。以往最壞是一九七四年，也只是下降了百分之二。弗萊登伯格今年三月預計經濟下跌百分之二十，其後五月修正為百分之十，事實上四月至六月份下跌了百分之七。相比英國的下跌百分之二十，和美國的百分之十，我們的情況尚要好一點。不過看清楚報告內容，大家原來已經收緊開支，購買東西的花費少了百分之十二點七。

　　那麼到底開支少在哪些地方？最嚴重的是交通運輸，減少了百分之八十五。其實本地公共交通工具的班次如常，只是因為大家認為在車廂內乘客擠迫，社交疏離的空間少，對安全有所顧慮。記得悉尼公共交通工具的從業員工會，曾經醞釀罷工，目的就是迫使州政府強制所有登車的乘客，必須配戴口罩。我也見過不少巴士司機戴着口罩。他們駕駛的巴士車門附近，張貼了支持強迫戴上口罩保障大眾健康的標語。不過好像

最後工業行動沒有引起多大的迴響。這也難怪，部分人在家工作太久，失去了日常面對面的溝通和接觸，原來已經出現抑鬱的心理症狀，所以大家逐步恢復上班。至於擔心會在交通工具上受到感染的話，只得準備口罩戴上。避免和其他人肩碰肩，可以選擇非繁忙的時間乘搭。不過現時悉尼火車計算的繁忙時段是早上六時至十時，下午三時至七時。非繁忙時段票價有百分之三十的優惠。換言之，要在官方鼓勵的非繁忙時間上下班，實在要非有創意不行：早上六時前登車，七時回到辦公室，然後在下午三時前登車回家。如果不是這樣安排的話，便要支付較高的車資。經過這番計算，才明白疫情影響公共交通工具的收入是如此龐大。許多人都利用這些方法節省費用，而且並不違法。

　　大學本學期開始，由講師自行決定，依舊安排網上上課，或採取面對面的講授，或者兩者並行。我記得從瘟疫爆發開始，學校的課室內並不需要遵守社交疏離一點五公尺的規定。現在在走廊和當眼地方的地上，就張貼了一張保持一點五公尺距離的大貼紙，提醒大家遵守。我看不清課室內如何擺放座椅。但回來上課的學生大概只有一半，許多講師都叫學生跟從外間食肆進食的指引，互相保持一定程度的社交距離，令大家都放心。至於擔心講師興之所至，口沫橫飛，學生就要坐得老遠。

　　大樓內的公眾地方，當眼之處已經掛上搓手消毒液，升降機也只限有員工證的教職員使用。至於口罩當然欠奉，售價不菲，質素也很參差。我曾經走遍附近的藥房，也買不到口罩。

藥房的職員說，口罩都送往醫院去給醫護人員使用了。至於超級市場出售的便用一次的口罩，包裝上細小的字樣標明不是用作醫療用途。天曉得它們有什麼防疫作用，而且也賣得很貴。有時我在想，出售這樣防疫不及格的貨品，店東是否知情。如果是知道的話，這樣又是不是一種瞞騙，是否欠缺商業道德？

到如今許多人在家工作久了，變成了常態，愈發不願意回到辦公室上班。你想一想，假使在家工作和在辦公室工作的效率都是不相伯仲的話，上班的意思就不一樣了。課室可以在雲端，上班也不一定在辦公室了。所以上班這件事，從瘟疫蔓延開始，已經有了新的常態。我們的一些部門主管，自從年初以來，只有通過視像會議和下屬見面。近日新州每日的感染人數，只不過十多宗，死亡人數更是零，主管自然一直想下屬回來上班。經過鼓勵不成，只能規定由九月開始，最少一天回來上班，十月回來兩天，直到十二月回復到正常五天。

我很明白在家工作的好處，但作為主管，監督下屬在家工作的表現，可能有一定的困難。數天前另一個部門的主管和我閒聊之際，說到她買了一盒口罩，方便同事在辦公室使用，不必擔心受到感染，但是同事仍然對回來上班支吾以對。習慣在家工作，方便之處當然不言而喻，其實並非擔心口罩有什麼問題。大學為了鼓勵同事安心上班，早已免費提供醫療口罩給員工領取，每星期可以取得十個。不過消息並不廣泛流傳，所以知道的員工不會很多。而且這些大學提供的口罩，就是醫護人員常用的那一種。即使沒有百分之百安全，也總比其他坊間的超市、雜貨店或平價店出售的可靠得多。

大家除了減少乘搭交通或駕車外，也少了在餐廳、咖啡店和酒店消費，是第二最嚴重減少開支的地方。新州第二波的瘟疫肆虐，和一些食肆食客聚集有關。所以我們本來一星期一次外出吃飯的理由也沒有了，為的是擔心不幸碰上其中一個超級帶病毒者。這數星期走到商場，也要重新戴上口罩。你看到許多澳洲人都把鼻和口埋藏在口罩下，就知道大家都覺醒了。以為疫情會很快完結的美夢，相信有一段日子還沒有來。喜歡駕車到處闖的人，也只能在新州境內找目的地了。

春天終於悄悄來到。經濟的惡果將會陸續浮現。現在即使有春風，也不容易令經濟復蘇了。政府預計經濟衰退來臨，即是向大家示警。經濟不景也和旅遊有關。澳洲封關是和全球的其他國家隔絕，沒有遊客到來。本來和新西蘭可以建立一個共存的旅遊泡沫圈（bubble），也因為新西蘭瘟疫出現第二波而不能進行。這個復蘇泡沫圈只能在澳洲境內，只能視乎每州的疫情消退而逐步實現。

疫情持續只會令人感到前景更灰暗。大家以前常掛在口邊的就是「百年一遇」。似乎百年一遇的都不是好消息。過去一年我們經歷過百年一遇的旱災，百年一遇的山林大火。人生並非需要驚濤駭浪才好。回首過去，才明白為什麼幸福總是那麼小，那麼不經意地，來過又遠去。

（二〇二〇年九月六日）

本土旅遊

　　澳洲最繁忙的機場，非悉尼莫屬，每天平均接待本土和海外的旅客十五萬，一年五千五百萬人次。以往旅客來澳洲，大部分都是以澳洲為終點，所以悉尼國際機場是通往其他州的樞紐。悉尼有國際機場 T1，國內線機場 T2 和 T3。澳洲最大的航空公司澳航，國內線班機就是專用 T3，子公司 Jetstar、維珍和其他小型航空公司使用 T2。我使用過兩個國內線機場，印象深刻。除了安檢是必需外，進入禁區通道和登機手續非常簡便，有如乘坐巴士般容易。但自從新冠肺炎爆發之後，維州、新州和昆州禁止旅客往來，悉尼機場變了空城。從海外乘機回來，不單要付出高昂的機票給包機，還要自費三千元酒店隔離十四天的費用。七月二十日開始，為了防止瘟疫蔓延，悉尼國際機場每天只准許三百五十人從海外進來。試想想，包機的機票已經很貴，又要輪候每天歸國的配額，有些已經多個月逗留在海外的人，實在不知道何時才能回家。

　　這個三百五十人的標準如何制訂？州政府的解釋是因為三百五十人是令酒店容易處理需要隔離的人數。政府的網站詳細說明這些隔離的政策如何執行。例如以悉尼為中轉站的旅客，逗留少於四十八小時，就不需要酒店隔離。你或是要抵達

接受治療，也不用隔離。不過即使措施如何詳盡，總是有些例外。澳洲禁止國民到海外旅遊，展開新工作也不可以，所以許多人頓時失去了到海外發展的機會。但澳洲前總理托尼·阿伯特（Tony Abbott）最近卻特別獲准到英國出任脫歐顧問，真的是莫名其妙。莫名其妙之一是：正當其他人要強迫留在澳洲，阿伯特卻享有特權離國。莫名其妙之二是阿伯特的政績平庸，保守是他的本色。如今出任要職，究竟他為英國脫歐帶來什麼新方向，真是萬眾期待。至於影星湯漢斯（Tom Hanks）最近回到昆州拍戲，他和團隊就特別獲准進入，不用輪候。

　　瘟疫到如今令澳洲的經濟雪上加霜。沒有旅客，許多行業都嚴重受創。悉尼市中心的購物區，沒有豪客入住，也沒有旅客揮金如土，當然令商鋪失色。豪客中，自然以中國大陸的旅客為主。想起工作地點附近的一所餐廳，店的名稱有日本風格，售的是日本式的餐和便當，但老闆是個說廣東話的女子，很喜歡和我們這一桌來自香港的顧客聊天。她說到以前在悉尼唐人街開餐館的經驗，現在半退休，朋友找她幫忙，所以才過來大學區附近的店鋪重操故業起來，還指着銀櫃枱那端幫忙記帳是個「土豪」的女兒，現在在大學讀書，在這店做幾天兼職。「土豪」的女兒竟然願意在餐廳工作，汲取不一般的經驗，當然令我們肅然起敬。不過聽到「土豪」這個稱呼，霎時間以為回到十多年前那些炫耀財富的人。眼前那個所謂「土豪」的女兒，半點豪的感覺也沒有，而且有點書卷味。果然印證了讀書能改變人。

　　民航服務停頓，沒有海外遊客，怎麼辦？這樣下去，沒有

遊客的經濟活動，名牌的店鋪只好相繼結業，食肆只有小貓三四隻，從事旅遊或相關行業的人也失去工作。有國會議員向聯邦政府建議，放寬入境旅客人數上限至四千人，包括新州二千四百五十人、昆州五百人、西澳州五百二十五人和南澳州五百人。但維州疫情仍然嚴峻，暫時只得維持封關。這四千人的名額，也包括滯留海外的二萬五千名澳洲公民。建議亦包括所有人集中隔離在北領地，以免增加各州本身的壓力。不過要北領地承受酒店隔離這風險，是否合適。不過聯邦政府第二批包機接滯留武漢的澳洲公民回來，也是在北領地。選擇北領地可能考慮到它們有相關的經驗。

沒有海外旅客，也沒有其他州的人到來旅遊，難道旅行活動就停止了嗎？每逢學校假期，我們也不是到處跑嗎？現在新州人不能到昆州的黃金海岸，或者到維州的大洋路看十二門徒石，難道不可以在新州本土找合適一家大小旅遊的地方嗎？新州的著名景點，例如藍山、南部海岸和中央海岸都是大家耳熟能詳的地方。新州總面積八十萬平方公里，州內漫遊也是不錯的選擇。週末作兩天的短途旅行消費，住宿一晚酒店，在路邊咖啡館吃一個早餐或在小酒館吃一個牛扒午餐，都可以幫助改善本土的商戶經濟狀況。

剛過去的週末，我們就駕車沿西行，直奔西南的大鎮考拉（Cowra）。考拉位於海拔三百一十公尺高的內陸，由悉尼市中心前往，路程三百多公里，全程四小時。一日往返，當然要早出晚歸。最直接的方法是取道往西的 M4 高速公路，沿 A35 公路西行上山，經過藍山卡通巴（Katoomba）鎮和利斯戈

（Lithgow）鎮，轉入 A41 公里到達以本土賽車活動聞名的大鎮巴瑟斯特（Bathurst），然後再駕車個多小時到達考拉。

考拉的歷史和日本分不開。第二次世界大戰時當地設置了日軍戰俘營。一九四四年八月五日，一千一百名戰俘逃走，不願逃走的人選擇自殺。在血腥追捕中，四名澳洲士兵和二百三十一名日本士兵死亡，一百零八人受傷。事發後的數個月，被抓回的戰俘仍陸續有人自殺。後來考拉建造了一座日本戰爭公墓讓死者安息。著名建築師中島健在附近建造了一個以江戶時期風格的庭園，一九七九年十月開放。這個日本庭園位於山坡上，雖然只有五公頃小，但設計得非常精緻優美，充分代表日本庭園的風貌。園內也有餐廳和展覽廳。入場費十五澳元，能夠在這裡一遊半天，真的是賞心樂事。至於考拉市內的大街，春天白色的櫻花盛開，看來不需要遠道往日本賞櫻了。

春天萬花競放，考拉附近的油菜花田黃色花朵是最特別的景色。經過巴瑟斯特鎮後，中途就會遇上車路兩旁金黃的油菜花漫山遍野。今年雨水充足，樹和草都長得青綠。油菜花田在藍天和綠草之間成為最美麗的風景。油菜花田絕不開放給人參觀，但你把車停在路邊，便能直接欣賞到這種天然耀眼的金黃色。

面對花海，這時候你會明白：漫山遍野的黃花，的確是人間最美麗的顏色。

（二〇二〇年九月十三日）

相約在日本

　　Facebook 上一個貼文某個學生告訴大家有個不愉快的經驗。新學期開始，導修第一課導師安排一個投入課堂的活動，好讓彼此容易溝通和合作。其中有一個提議叫海外學生改一個容易叫的名字。這個海外學生一肚子氣，認為改一個 Preferred Name 是歧視，是侮辱。好好地由父母起的名字，為了大家容易叫，就不能使用。本地的 John 和 Mary 太普通了，大聲喊出來，馬上有幾個人回應。根據資料，澳洲最流行的男性名字是 Liam，女的是 Emma。不過我工作的部門，倒沒有這兩個名字。Mike 有幾個，Elaine 也有兩個，都是管理層，提起他們的名字，有時不免要說我們的 Elaine 或者那個 Mike。即使不提及，根據內容，大家也可以馬上調整好到底說的是誰，一點不方便也沒有。至於 Preferred Name，純粹是方便。以前只容許姓和名，倒覺得不對勁。後來加入了 Preferred Name，卻成為了一個令人不快的理由，實在令人意外。

　　貼文總有回應。有人就說應該沒有人會強迫別人起一個 Preferred Name。即使名字不好記，也不用太緊張令人覺得不舒服。況且這是個令大家投入課程的環節，搞得輕鬆一點就可以了。假使令人產生錯覺，以為不這麼做導師就不滿意，就弄

巧反拙了。其他附和的人也覺得可能是個別事件。沒錯，有些人總是那麼笨，那麼刻意，不然就不會那麼多誤會。事實上，有些人的名字真的不容易讀。例如中國大陸學生的名字，我們永遠搞不清楚。尤其部分是一個字，所以同一個班上，就出現數個 Zhan 的名，Zhang 的姓。當然我們憑學生證號碼，分辨他們是誰，所以有了 Preferred Name 就更加好，而且是他們起的名，自己也喜歡。阿里巴巴的馬雲，英文名不是叫 Jack Ma 嗎？西方是先名後姓，但王家衛叫 Wong Kar Wai，不是叫 Kar Wai Wong；周潤發就叫 Chow Yun Fat，不叫 Yun Fat Chow。本來令人糊塗的姓名，但大家都習慣了，反而並存，而且沒有什麼混亂，的確是進步。而且為了尊重別人，不懂得唸出來，便請個懂得普通話的人教一下，多唸幾遍。畢業典禮上許多得到學位的學生名字都是公開朗讀出來，沒有什麼難事。

許多人以為一個人必定有姓有名，但也見過數個學生，只有名，沒有姓；也有些人一個名既是姓也是名。幸好電腦輸入可以有彈性調整，不然就不能讓學生登記入學。不過許多網上的表格，依然硬性規定必須填寫名和姓，否則不能完成登記。這些網站的負責人可能從來沒想到有些特殊的情況。世界變得太快，不知道是好是不好。所以新州政府在性別一欄中，可以選擇男、女或者 non-specific。當然這個更改，不是 Preferred Name 那麼輕鬆，必須有兩位醫生證明你通過手術，生理上改變了性別。

改姓改名，必須有一定的法律程序，然後才可以一步一步改變自己的身份。不過隨便改一個英文名的心態，並非奇怪。

許多香港人有個英文名，也絕非崇洋。記得我大學時唸日文，上課時用日文角色扮演某些生活環節，給自己改為太郎，同學叫次郎，都是開玩笑性質，反而沒有認認真真改一個日本的名字。證明那時候日本文化的影響，沒有英文的深遠。至於所讀的中學也沒有叫所謂英文中學，反正除了中文中史等主科課本是英文，老師用英文上課。所以中一時聽從同學建議隨意改了一個英文名。老師叫了幾遍，自己竟然不懂得回應，證明自己也不很接受，半年下來從此回復自己的姓名。

日文課是大一升大二暑假的三月速成班。不記得為什麼會報名，可能暑假太漫長，自己無所寄託，多讀一門外語對將來工作有好處。這個日文班每天上課，其實半點也不輕鬆。同學不多，有幾個是大一時一同修中國語文的。記憶中陳耀南教授也一同來上這個速成班，當然令大家覺得很意外。在互相介紹時，才知道陳教授即將到日本講學，先來學習一下基本的日文，如此認真的態度當然令人敬佩。

日文速成班是大學的語文中心開辦，有老師四人，包括教日本歌的 Chin さん、教會話的にきし先生、田川先生和山本先生。日本人尊稱老師為先生，但にきし先生是個胖胖的典型日本女人。田川和山本先生都來自大阪日本外國語大學，所以那時候他們都笑着說，你們聽的都是大阪口音，不是東京口音啊。其實如何分辨大阪和東京口音，並非容易。但這幾位老師的確是熱愛教學的人，不然就不能維持我們的興趣三個月。他們也帶我們到真正的日本料理，嘗試用餐，也介紹好聽的日本歌。那時候用的還是卡式錄音帶。上課時播放日本歌來，我們跟着歌詞一起唱。

大家的日文都學得快，差不多要把課本完成了。

　　速成班快結束，文學院的系主任李諤教授有一天來到課堂上，建議我們有興趣的同學修讀在大二大三新開設的日文一科，即使已經選擇了雙學系課程的也可以。於是我們許多人就如此繼續學習日文下去。田川先生和山本先生想家，暑假後就不再回來了。大二的課來了倉谷先生。倉谷是另一類型的老師，教學不甚認真，只顧趁教學之餘在香港玩樂，反而有興趣了解我們的日常生活多於教日文。結果大二結束，我們的日文原地踏步，什麼也沒有多學。可能有同學向語文中心投訴，大三那年換了一位新女老師 Jolly 先生。她由夏威夷的大學轉過來，教學有條理，要求也嚴格。我們終於完成了課程。畢業口試中，田川先生回來做考官。大家如常聊天起來，好像不是一般的考試。

　　今天我已經完全不懂日文，只靠漢字中揣摩一些模糊的意思。不常用外語，很快便會把它忘記。但我相信如果努力鍛練一下，還可以有機會收復少許失地。瘟疫過後，澳洲人容許出國，亞洲的地方最接近，除了香港，我還想旅遊日本。那裡有我年輕時愛上的異地文化，成為了一部分美好的過去。也許可以探望一下住在館林的日本友人丸山先生。他現在還在興建兩層高日式樓房，不想退休。上一次到日本，相約到日光見面。原來由館林到日光，以為在附近，原來要駕車兩小時，真是罪過。這一次，如果我駕車的話，就直接駛往他的家好了。

（二〇二〇年九月二十一日）

美麗新世界

多年前來到澳洲，想起首次本地旅行，捨近圖遠，竟然選擇往塔斯馬尼亞一遊。這個最南方的州，面積六萬八千平方公里，聽說有澳洲最美麗的風光。在首府荷伯特（Hobart）下機，跟出租汽車公司的職員談起塔州，才知道有些人並不以為有什麼特別，反而很不喜歡它氣溫太寒冷。塔州靠近南極圈，凜冽的極地寒風吹至，當然會比新州寒冷。但偶爾聽天氣預報，最寒冷的大城市，原來就在新州境內的首都領地坎培拉。這個位於內陸的城市，受到乾燥的大陸氣候影響，熱和冷都極端。荷伯特近海，冬天最冷低至攝氏五度。到了這時候，荷伯特市北高一千二百七十一公尺的威靈頓山，應該白雪靄靄了。

塔州暱稱 Tassie，受保護的園林包括國家公園和列為世界自然遺產的地帶位於西南，佔全島百分之四十二的面積。地圖上這大片土地可以徒步前往，普通車輛禁止進入。許多旅行團可以安排短線和長線旅遊全島，觀光四至十四天。如果在荷伯特開始起行，向東到 Bruny Island 和 Port Arthur，然後沿東岸到 Wineglass Bay，北上返回另一個城市 Launceston，往西走就會到搖籃山（Cradle Mountain），最後返回荷伯特完成了一個環

島的旅程。其他的州面積雖大，可看的風景沒有那麼多，只有塔州才可以讓你完全走一趟。我的論文指導老師 Dr Laws 聽說我們要到塔州，建議不妨考慮西部的小鎮斯特拉恩（Strahan）。

斯特拉恩的確是小鎮。二〇一六年的人口為六百五十八人，四年後的今天，居民相信不會增加多少吧。從塔州北部大鎮 Devonport 駕車前去，也要兩小時四十三分鐘。Devonport 有往來墨爾本的汽車輪船碼頭。獨家經營運載車輛和乘客的郵輪叫 Spirit of Tasmania，單程九小時三十分鐘。郵輪曾經經營過由悉尼到 Devonport 的航程，推廣價中車輛的運載費為一澳元，實在非常便宜，不過正在猶豫之際，航線不受歡迎，結果停辦，只有墨爾本的航線維持。現在自駕到塔州未嘗不可，但要先駛七至八百公里到墨爾本登船，沒有兩至三天不行，往返就要一星期，比乘搭飛機，當然很不方便。還有塔州的 A 級公路尚算平坦，但許多 B 級和 C 級的路滿是沙泥，駕駛自己的寶駒上路，心痛不已，最後寧願花點錢使用出租汽車好了。

那麼斯特拉恩的吸引力在哪裡？你可以在這個小漁村坐船沿 Gordon 河到塔州西部的 Franklin-Gordon Wild Rivers 國家公園，航程六小時。也可以乘坐叫 West Coast Wilderness Railway 蒸汽火車在國家公園穿越雨林。要在斯特拉恩旅遊，沒有一整天或是投宿一宵是沒有可能的事。記得兩次到訪，一次要趁天黑前趕路到四十一公里外的皇后鎮，另一次在滂沱大雨中來到，都沒有想過要停下來。只記得由 Devonport 一直駕車兼程趕來，疲憊不堪，沿途都沒有什麼好風景看。

這樣長的一段旅程，就寄望於終站的斯特拉恩。其中一次西部連續下了幾天暴雨，部分道路封閉，斯特拉恩也在雨中失去了它的光彩。

斯特拉恩的西端有一個地方叫 Macquarie Heads。最近新聞報導中，成為了一個熟悉的名字。Macquarie Heads 是進入斯特拉恩的必經水道。這個水道狹窄，水流洶湧，因此稱為鬼門關（Hell Gates）。奇怪的是湧入的海水是由風、大氣壓力和雨水引導，與潮汐無關。三天前，約四百七十條領航鯨（pilot whales）走進這個海灣，擱淺在沙灘上。正常情況下，潮水上升，鯨魚可以脫困，自然游向大海。不過究竟為什麼這麼多鯨魚集體擱淺，無人知曉，如何救援也令人大傷腦筋。每條鯨魚有四公尺長，差不多一噸重，把牠移走，要六至八人一起進行。救援人員到場協助救起部分鯨魚，運到深海處讓牠們重獲自由。但鯨魚太多，懂得救援的人也不足夠。有些人雖然熱心幫忙，但專家認為如果沒有救援經驗，可能有危險。鯨魚擱淺太久，很快便脫水瀕臨死亡。而且 Macquarie Heads 附近一帶只有水路到達，一般無法從陸上駕車來到，增加了拯救的困難。到如今差不多三百七十條死亡。

鯨魚是群體生存的動物。因此部分鯨魚擱淺，其他聞訊也會爭相前來。如果友伴選擇死亡，同伴也會效法。母鯨伴着幼鯨的屍體數天並非不常見。這次有些母鯨擱淺在沙灘上，幼鯨就在牠們身邊游來游去，不願離開。情況令人鼻酸。澳洲南部海域到南極圈之間，大概有二十萬條領航鯨。從一九九〇年到二〇〇八年間，塔州出現過三十宗鯨魚擱淺

的報告，一千五百六十八條鯨魚死亡。以往的救援行動的成功歸功於人數和時間，許多鯨魚得到救援，放回深海中。但這一次幸運不來。大家現在要為如何處理鯨魚的屍首而頭痛不已。

斯特拉恩因為鯨魚擱淺而聲名大噪。靠近學校假期，原本許多一家大小前來享受美好大自然。看到如此多鯨魚屍體，恐怕會令小朋友的心靈受創。以旅遊為生計的行業也擔心旅客不敢前來。新冠疫情影響下，塔州封了關，不對其他州開放。本來我們想到塔州旅遊，因為新州疫情，塔州拒絕新州人來，我們只好取消旅館的訂房。塔州的人不來，本地人又卻步，斯特拉恩的旅遊業可能遭受雙重打擊。

對大自然的愛護是澳洲人生活的一部分。即使你不是一個動物愛好者，面對這樣的場景，也會無言以對。去年山林大火，葬身火海的樹熊大概三萬隻，百分之二十四樹熊的棲息地被焚毀。現時全國約有三十二萬隻樹熊，但專家預言二〇五〇年樹熊將會滅絕。山林大火中，鳥會飛，袋鼠會逃，但樹熊跑得太慢，恐怕會呆在當場。火焰高漲，逃避到桉樹頂的樹熊難逃厄運，活活燒死。其次會滅絕的可能是袋熊（wombat）。袋熊也是笨笨的動物。牠們的棲息地在地下的洞穴，可能避過大火。但地上的食物燒光，牠們因此會餓死。但牠們的嗅覺靈敏，可以用食物吸引牠們出來救援。

說到底，人類的活動範圍擴大，動物的生存空間就會減少。砍伐樹木，破壞森林，植物倒下了，依附自然環境生存的動物也會受到影響。世界毀滅前，倖存者可能是人類。動物死

光了，我想到人類的孤寂。這美麗的新世界，只剩下了虛擬空間和機器人。你還會高興嗎？

（二〇二〇年九月二十八日）

親親大自然

　　數星期前一個冬末春至的晚上，入睡後聽到房間上的屋頂有動物走來走去，又像是用爪輕輕的在撥弄着什麼東西。雖然聲音那麼微弱，但幾乎確定是在那個位置。起來開了燈，突然又寂靜下來。等了片刻，這隻小動物似乎離開了。躺下不久，快要入夢鄉之際，不旋踵聲音又來了，還是在同一地方。我只好披衣執着電筒外出。四周漆黑一片，看不清楚屋頂上究竟有什麼。希望我走路的聲音和電筒一下一下的閃光，能夠把牠驅逐回叢林，不再擾我清夢。這些生長在我們家居一帶的樹上小動物叫負鼠（Possum）。牠們喜愛在夜間固定出沒，走過屋頂，也走過房子四周的圍欄。跟不少澳洲的動物一樣，負鼠絕不害怕走近我們。

　　第一次與負鼠的親密接觸，是後院躺在草地上死去的負鼠屍體。那次大病初癒，草地上傳來一陣腐肉味。從房子的窗子望出去，只見蒼蠅圍着草上的一團黑色東西飛舞。只好戴上口罩，拿着報紙和垃圾袋走前去。仔細一看，是一隻小負鼠，屍體開始腐爛了，頭部和身軀斷開來，不能肯定到底是給其他動物咬斷還是從高處墮下。總之死狀凄慘。蒼蠅團團轉，應該死去了數天。我先用報紙包着屍體，先把它放進垃圾袋收緊袋

口，然後再入另外一個垃圾袋中。把袋放在大型垃圾桶中等待收集，屍臭還是隱隱約約傳出來。記起那一次處理了一隻死老鼠，等了數天，打開蓋子，冷不提防看到不少蛆蟲在桶內爬。因此這次處理負鼠的屍體，便灑下了少量消毒水，除了辟味，還有殺菌的作用。

第二次與負鼠相見，是個酷熱的下午。接近攝氏四十度的高溫，空氣也帶着一團火。在車庫外的牆角，看見一負鼠靠着牆，動也不動，心想原來動物也有熱死這回事。於是帶着報紙和垃圾袋準備趨前收拾屍體。我以為這次發現得早，屍體還未開始腐爛，情況不算太壞。正在盤算如何着手的當兒，細心一看，負鼠的眼睛好像動了一下，再看清楚，牠的肚子也好像一收一放。那麼這隻負鼠其實還很活生生。天氣這麼熱，牠只不過在陰暗的一角喘氣罷了。果然再走近一步，負鼠以超敏捷的身手跳到樹叢，連再見的姿勢也不擺就不見了。

最近的一次再會負鼠，是在修剪與鄰居相隔的高高樹叢圍欄的時候。我的剪刀在揮動，一隻負鼠就我眼前的樹叢枝葉間慢慢走過，輕巧得什麼聲音也沒有，好像對我的存在不當一回事，對我的剪刀揮舞也當等閒。你以為自己揮着武器，什麼動物也會懼怕。但這隻負鼠顯然對周遭事物毫無興趣。也許在樹叢的深處，有牠喜愛的環境或者美味的食物。

負鼠的中文名，其實很奇怪。有些網站叫牠做袋貂。這個「負」字，說的是背負，也即是揹的意思。負鼠媽媽可以揹着許多小負鼠爬樹，多達十多隻，難怪變成了負擔了。負鼠是受到保護的動物，不可以隨便驅趕。晚上聽到屋頂上有東西在抓在

咬，可能牠對你的生活環境感興趣，想搬到你房子的屋頂，那麼便麻煩了。我們聽了幾個晚上，覺得出現的時間很有規律，於是找來滅蟲專家來查看。Alan 每年都為我們滅蟲，馬上便來了。他爬進房子天花板上的 manhole 查看，四周檢驗，結果沒有發現屋頂有洞，換言之，負鼠或其他的動物，都不可能爬進天花板上寄居，我們鬆了口氣。找不到負鼠，專家不收費就走了。

到了真正每年例行滅蟲的時候，又找來 Alan。跟他閒聊之際，才知道州政府曾經為了令國會大樓內的負鼠安居，先安排誘捕，再在附近的樹上為牠蓋搭新巢，這個三千大元的費用當然由我們納稅人支付。如果負鼠走來你的屋頂居住，你也要花一筆錢為牠搬遷新居。怪不得在叢林中散步，偶爾看到有些樹上掛了一個木箱，說不定就是負鼠的居所。年輕時母親常說自來貓會帶來好運，結果我們和一隻走來的花貓相處了數個月，牠還常在我的書叢中打滾。不知道現在她看到負鼠的惡作劇又如何。負鼠愛咬東西，牠們晚間在懸空的電線奔走追逐，也會咬斷電線。我們的電話線給咬過，以為會快折斷。擔心之餘，致電給電訊公司求救。他們說會派人日間來看。結果下班回來，電線上的齒痕還在，即是說沒有更換過。再致電查詢，那邊說電線沒有給咬斷，即是暫時沒有問題，等斷了再找我們吧。如此又過了多年，經過無數狂風暴雨，電線還沒掉下來。看來我們如此杞人憂天的心態，絕不是澳洲人的樂天的生活方式。

住房子的煩惱之一，都是擔心蟲蟻。甲由為患，關乎家居的清潔和個人衛生。但白蟻的確可怕。尤其有些區域，白蟻肆

虐，房子的保險費當然不菲。即使是所謂全磚屋，屋頂的橫樑和框架，可能仍是木造的。房子四周的圍欄，就算可能是經過防蟲處理的木條，也一樣遭到劫數。當然你可以為了省錢不用做檢查，但最後可能整幢樓房都會給白蟻侵蝕。所以我們總在春夏之交，來個蟲蟻檢查，施放殺蟲藥。這短短的個多小時、數百元的支出，免卻不少的煩惱。

我們的後院，早已換了澳洲的鋼圍欄，牌子叫Colorbond，是本地引以為傲的品牌，除了圍欄，還有不少的屋頂，已經不採用瓦片，改用鋼鐵。有些區議會不准許居民用鋼材作屋頂，因為要維持社區的風格。瓦片和天花板之間的空隙，就是負鼠和老鼠愛藏身的地方。放了毒藥，老鼠渴水，走出屋頂，就此根除鼠患。我的朋友的處理可能是放置一個捕鼠籠，誘捕牠，然後拿到野外放生。即使捉着一隻小小的螞蟻，也會放回自然。

有一回在大學的古舊大樓中的一個會議室開會。天花板的牆角伏着一隻常見的大蜘蛛叫 huntsman。牠有毒液，但很少咬人。一個美國來的同事一直瞪着牠驚恐萬分，只顧看牠有否跳下來，無心參加會議。主席見狀，跳上椅子，徒手把牠抓下來。同事見到牠在主席掌中更加惶恐，竟然不斷高聲狂呼起來。主席立即把牠擲出窗外，才結束這場鬧劇。合約完後，同事的職務就給取代。看來真的不可低估小昆蟲的殺傷力了。

（二〇二〇年十月五日）

今年春天

　　放了一個星期假，這五天加上兩個週末，一日公眾假期，變成連續八天，本來可以遠行。但新州疫情持續，零星的感染足以令其他州遲遲不開關，在州內遊玩就是最簡單的假期。這個公眾假期叫勞動節，也在中小學的兩週假期之內。學生和家長一起放假消閒，遠郊近郊人山人海少不了。同事趁假期開始，就和幾個朋友南下到傑爾維斯灣（Jarvis Bay）裡的蜜月灣（Honeymoon Bay）露營兩天。他們還要選擇早一天在星期五日間出發。因為根據經驗，許多住在悉尼的家庭，在星期五下課後便駕車直接趕過來，希望盡早佔得有限的營地。他展示網上的營地資料給我看。原來沿道路兩旁，有六十二個劃出的地區給人搭建帳篷。營地收費兩人每晚十五澳元，額外每位五澳元，十六歲以下小童免費。使用營地是先到先得，到了營地才在辦事處付款。傑爾維斯灣距離悉尼市中心二百二十九公里，車行差不多三小時。對於喜愛戶外活動的悉尼人，一點也不算遠。這裡有山徑遠足，也有美麗的海水給你暢泳。

　　悉尼東部的海岸線，七十個可以衝浪的沙灘由南到北，讓樂水的智者有足夠的選擇。記得以前在香港時有一個風水大師說過，擁有無敵海景也不可以一望無際啊，要有一個小島在水

中央，才可以把傾瀉而出的財富截住嘛。只有在悉尼灣的海景豪宅方能望見對岸，但市值要數十億，的確可望而不可及。想要海景又要價錢合理，便要搬離悉尼市。像蜜月灣的地方，就是為喜愛偶爾遠離塵俗的人而設。平日上下班住在悉尼交通方便的地區，週末假日便驅車外出，盡情享受陽光和海灘。這個簡單的生活，其實並非不可能。

疫情發展下去，到底何時能夠走出新州，已經再不是指日可待了。大家也不相信隨便可以離開澳洲大陸到其他國家去，除非你是達官貴人，或是有非常的理由。今天《悉尼晨鋒報》的頭條，便是提醒大家不要幻想明年可以自由自在到美洲或歐洲旅行。旅遊部長勸告大家，最近美國和歐洲的疫情如此反覆，大家要有心理準備不能前往。聯邦政府也只會打算和附近一些疫情漸退的國家啟動旅遊圈（bubble），容許居民往來旅遊。新西蘭控制疫症非常成功，所以由十月十六日開始，北領地和新州歡迎新西蘭人到來，而且寬鬆的不用接受十四日的隔離。不過新西蘭政府還是斬釘截鐵，並不禮尚往來。我們還不能飛到新西蘭旅遊，除非連續一個月沒有本地感染的個案。

你看，彼此對疫情的控制不同，確實令旅遊業不復舊時。暫時也看不到有什麼奇蹟令個案完全消失。除非我們蒙上眼睛，以為零星的感染沒有帶來新一波的社區爆發。數天前到附近的一個購物商場，看見大家生活恍似如常。售賣午餐的美食廣場擠滿人，那一點五公尺的社交疏離當然不存在。即使桌子貼上不准使用的標貼，但太多人了，大家都若無其事坐下。戴上口罩的人也是寥寥可數，和瘟疫前的情況並無什麼分別。對

商戶來說是好事吧。但如此輕鬆的心態，更容易令感染的機會增加起來。這數天的新增個案，帶菌者活躍的社區範圍，已經擴至火車上、藥房和超級市場。稍一不慎打個噴嚏，頓時懷疑自己是否染上花粉熱、流行性感冒或者新冠肺炎。

究竟本地感染的個案如何得來？撇除回國的帶菌者，為什麼本地還有感染？至於政府推出 COVIDSafe 這個手機程式，我不知道能否幫助對抗病毒，但起碼我知道每日更新的數字，例如增加的個案、總感染人數、復原人數和死亡人數。我的同事為了工作需要，已經檢測了數次。即使檢測過了，不保證永遠安全，所以無人提倡採用類似健康碼來防疫。潛伏的隱形的病人，實在令政府頭痛不已。只有出現疫苗，才令大家覺得安全。但似乎疫苗目前仍然遙遠不可及。

住在維州的朋友，相信還是最難受。因為今天仍有新增十二宗感染，本來計劃下週解除禁令，但州長宣佈繼續封城的措施。想外出的朋友，只好暫時在家中用餐，或者叫外賣好了。至於我們新州，即使人流無復當年，也不應該放鬆。跟我家附近商場的美食廣場售賣中式餸菜的老闆聊一聊，也知道和以往比較，生意還是相差甚遠。商場內的部分座位，也給布條封了起來，或者貼上不准使用的字句，保證大家有合理的一點五米距離。這個商場沒有戲院，卻有一間健身中心。不久之前政府發現一個肺炎帶菌者使用過，向公眾發出警告。看來在許多的社區中，沒有什麼所謂絕對安全的地方，只能做好三件事：保持社交疏離，經常洗手和戴上口罩。

在購物商場流連這習慣，應該不妨在瘟疫蔓延時戒除。一

家大小到郊遊去，未嘗不是一個更好的消遣妙法。我們叫熱，本地人普遍叫較暖；我們叫冷，本地人普遍叫較涼。春天剛開始，日間氣溫已經間中上升到攝氏二十多度到三十度，但早晚只是十多度。二十多度當然還不算是熱，的確只能算是暖，如果穿上薄薄的衣服，在樹蔭下還可以享受涼意。除了海灘欣賞綠水白浪，我們還可以登山，藍山和南部高原都是郊遊好地方。個多月前到考拉（Cowra）賞油菜花田，至今還在回味。原來考拉南下沿途到南部高原一帶，也是美絕的金黃油菜花田。趁着長週末和學校假期，大批人湧到貝里瑪（Berrima）鎮附近欣賞油菜花田，由早到晚，絡繹不絕。其中一個油菜花田農場的主人 Peter Brooks 除了發現每天至少有三十至四十輛車停在公路旁外，還有許多攝影愛好者跨越圍欄，走進他的田裡，直接踐踏在花上做出種種高難度的拍攝動作。結果許多菜地受到破壞。

貝里瑪鎮以鬱金香節著名，今年因為瘟情取消了，大家轉而觀賞油菜花田。那次在考拉附近拍攝油菜花，碰巧看見兩名亞洲人模樣的大叔和大嬸剛從一片油菜田走出來。大嬸提着薄薄的紗巾，面露滿足的神情。肆無忌憚破壞別人的莊園，原來為的只是一己私慾。這種心態，真的非常要不得。

（二〇二〇年十月十二日）

竊聽

　　哥普拉一九七四年的電影《竊聽大陰謀》(*The Conversation*)
正在此地的 SBS 電視台 On Demand 頻道上重溫。一如許多看
過的電影，如果在沒有互聯網世界翻查重新認識一下，根本忘
記了大部分故事的內容。我的記憶只停留在真赫曼飾演的竊聽
者，在最後時刻撕開一條又一條的木地板試圖找出竊聽器藏在
哪裡，一無所獲，頹然坐在地上。竊取祕密做的是不可告人的
行為，要知道竊聽器的收藏位置，當然要做過徹底搜查。電影
這樣敘述，信不信由你，但真相比電影更離奇。看過一本某政
治人物的回憶錄，也是說到獲邀到某地開會，安排入住某大酒
店。他把偵測器在房間搜尋一遍，結果不出所料，房間和洗手
間都安裝了竊聽器，只有站在馬路上說話才安全。於是大家就
移步到街上聊天去了。

　　這些偵測器，前些日子還在澳洲的亞瑪遜網站有售，糊糊
塗塗列入相機的類別。我搜尋是日相機優惠除了列出一些莫
名其妙的攝影小配件外，還有這個奇怪的偵測器，價錢不貴，
所以有理由懷疑它的實際功能。購買物品，例必要先看顧客品
評。許多人欲言又止，卻有一個用家說他偵測過許多地方，都
出現同樣的結果，認為它是毫無用處，可能是眾多用家之中最

中肯的評語。但我倒有興趣知道買過的人是誰，為什麼買，又如何得知這個產品是否靈光。這些「高科技」的產品，為什麼會流入了民間，讓大家有機會一試？網上購物的樂趣，就是這些似是而非的產品描述。細心一看，有些還是弄錯了資料，串錯了英文字。如此的水準，以假亂真，你就把他們的產品當作玩具，嬉戲一番好了。

　　現在如果竊取你的祕密，根本不限於聽，還有偷取你的影像，還有重要的個人資料。所以最大的資料庫還是我們的手機，裡面什麼東西都有：親友電話、相片，使用程式的紀錄和地理位置。以前有段日子我的手機不時接收到一段普通話的錄音，通知你有麻煩，要盡快回覆電話云云。可能對方以為凡是類似亞洲人姓名的，便懂得普通話，實在可笑。原來有些人聽到後，真的照辦煮碗，認真起來。故事的背後可能有種種奇怪的巧合。以前有個朋友收到一個來電，以為來自一個認識的朋友。這個求救電話說需要一筆緊急的金錢。朋友正當要存入一個銀行帳戶，才驚覺是否應該查證一下，才知道有人冒充。幸好及時發現，才免於給人欺騙。

　　近日收到的訊息已經改用本地澳洲口音的英語，說我的稅務出現了問題，叫我致電查詢。對於如此奇怪的電話，只能抱着存疑的態度，不能認真。澳洲稅局給我們的通知，也應該通過網上 MyGov 這個平台，斷不會貿然打個電話來。抱着懷疑的心態，凡事多往深處一想，總比匆忙回應好。我工作地方的資訊科技部門，也不時要求員工跟進最新的指示。這些惡意試圖偷取個人資料的來電，也在校方提醒同事之列。如果不時收

到類似的來電，更應該立刻匯報。我的手機是個人帳戶，本來不會帶入工作，但愈來愈多時間需要即時聯絡，使用了手機。同事之間要將你的電話通知他人，也會徵詢你的同意。這樣做，大家的私隱都有保障。有些手機會自動在陌生來電的姓名顯示前加上 Maybe，因為這個電話不在你的電話簿上。證明手機聰明得知道是誰。這個世界原來並沒有絕對私隱這回事，一切都在陽光下進行。

不過一日有二十四小時，白天後黑夜來臨，陽光不再。政客說好的一切在陽光下進行，純粹是演技，否則豈會有那麼多不可告人的祕密。近日新州州長的前度情人達里爾‧馬居利（Daryl Maguire）出席廉政公署的聽證會，公開了兩人之間的絕密關係，果然令人耳目一新。這位馬居利先生和州長貝莉珍妮安（Gladys Berejiklian）的五年戀情，應該和我們一些關係也沒有。馬居利本來是新州鄉郊 Wagga Wagga 選區的州議員，二〇一八年七月十三月他涉嫌向一項地產商索取報酬被迫下台。這次馬居利向廉署作供其間承認，自己在二〇一二至一八年間，運用公職為自己或拍檔牟利。所以新聞媒體紛紛以「可恥」（disgraceful）來形容這個人的品格。

馬居利和州長貝莉珍妮安的地下戀情曝光，馬上令人議論紛紛。州長首先澄清兩人已經分手。鏡頭前貝莉珍妮安不斷否認自己有份得知馬居利當年參與的不法勾當，對此全不知情。她只承認是錯誤相信對方，因此不幸牽涉其中。廉署呈堂的電話竊聽中，馬居利向貝莉珍妮安說及他的金錢交易，貝莉珍妮安只是簡單回答：「我不需要知道」。貝莉珍妮安處理疫情不俗，民望高

升，因此大眾毫不怪責她和馬居利間親蜜的個人關係。可是這段五年長的關係不是朝夕，馬居利的所作所為，作為關係密切的伴侶，豈會不聞不問。雖然戀情是兩個人之間的事情，但戀愛的語言不一定纏綿無限，喁喁細語，甜蜜如軟糖。聰明如貝莉珍妮安一定知道，作為一個政治人物，竊聽無可避免。電話中的回應，可能傳遞一個愛情密碼，說不定表示：「好極了」。

王爾德（Oscar Wilde）說得一針見血：every sinner has a future。人性的黑暗面，往往令人不寒而慄。今屆奧斯卡最佳電影《寄生上流》導演奉俊昊的二〇〇九年舊作《非常母親》（Mother）也在 SBS 電視台 On Demand 頻道播放。電影中守寡多年的母親和智商低的兒子相依為命。某日一個女學生陳屍在廢屋的天台上。警方很快捉拿了兒子控以謀殺。出於偉大的母愛，這個母親親自深入調查，誓死要找出真兇，為兒子洗脫罪名。母親最後得知真相，知道兒子是真正殺人犯，但為了滅口，把唯一的證人殺死。而警方又將罪名加諸在另一個智商低的人身上。電影結束，母親和兒子平安地生活下去。尋找真相的母親把真相活埋了，豈能不是諷刺？

可以說，竊取機密，早已不是新聞了。我們應該慶幸活在自由社會，新聞媒體做着監察，把社會的怪現狀暴露出來。所以有人說，如果不知道，如果沒有比較，做個無知的人，生活多幸福。也許他是對的。所謂煩惱，原來是因為由「追問」而來的。

（二〇二〇年十月十九日）

搬家

　　澳洲廣播公司的網站報導，一對悉尼夫婦買下塔州首府霍巴特（Hobart）的一間獨立屋，準備遷到那裡住。塔州正在準備對其他州開放邊關，但維州和新州疫情持續，所以飛往親自參觀物業根本不可能。兩人都是從地產網站上看過它的資料，考慮了一天便下決定購買。看樣子他們都五十開外，正如他們說，多年來看過無數房子，遇到這一間，難得條件全部符合。正如許多朋友知道你要購買獨立屋，都異口同聲說，看來你要打算看看約一百間的房子，才可以有個理想家園的概念啊。這一百間房子，在悉尼市的範圍周邊，還不算什麼一回事，一個星期六，總可以看到三至四間。但看也不看而下決定的本地人，實在少數。不過疫情下，沒有什麼是慣常。網上購物流行，車子可以購買，物業也不是什麼特別。

　　記得第一次可以在網上訂購的車子是 Mercedes Benz 的 Smart 小車。對它的外型有興趣，於是到陳列室找個經紀試車。經紀是本地人，反而沒有華人經紀那種咄咄迫人的心態。安排和我駕駛了三十分鐘，只是從容介紹車子的好處。這部只有兩座位的車，外型上真的小得沒話可說。但坐在駕駛座上，旁邊是經紀，一點侷促的感覺也沒有。除了玻璃窗子，車

頂也是坡墹，感覺和外邊那麼接近，空間廣闊。唯一缺點是馬力小，上斜路時引擎發出聲音投訴。試車完了，經紀說有興趣的話就給我電話，或到網上瀏覽資料好了。網上列明型號、顏色和價錢，作好選擇，按下遞交，代理自然會跟進處理。當時只覺得車子太小，但小車其實有許多好處，起碼不用佔據了整個車庫。現在要找小車，只能找到日本的豐田和南韓的 Kia。Smart 比它們更小，卻已經早退出了澳洲新車市場。想到澳洲的一些胖子坐進去，差不多佔了三分之二的車廂，可能坐得很痛苦了。可能就是過小，澳洲沒有它的生存空間。這段疫情持續期間，買車人少了，試車的人也不會太多。有些汽車品牌特別推出網上訂購，在電視上的廣告中說車行照常營業，訂好的車子會親自送到府上。為了爭取顧客滿意，果然是非常認真，招呼周到。

　　大城市如悉尼和墨爾本的物業市道，衰落都較顯著。悉尼沒有了遊客，也沒有海外學生到來，自然雪上加霜。聯邦政府的內閣剛開過會，決定每星期增加二百九十人入境。原來真的有杯水車薪這回事。回復到繁榮的光景，恐怕都不會是朝夕吧。現在大家熱烈討論的是「回到以前」，即所謂 back to normal。但也許正確的說是 Post-COVID。大家要知道，瘟疫後一切不可能回到以前了。大家以前面對面開會，在會議室排排坐，對着大屏幕做 PowerPoint 演講。現在大家在電腦螢幕上開視像會議，反而更清楚，更貼心，也不用浪費紙張打印傳閱文件。到底哪個是常態，哪個較令人歡喜？用視像開會的話，大家都可以在家，也可以在辦公室，甚至在咖啡店工作。

不過許多高層人士心目中的所謂正常，就是回到辦公室裡去面對面。

　　看來辦公室也許要重新定義了。對某些行業來說，會議不過是一個平台，面對面也好，網上也可以。疫情持續之下，大家不想回市中心的辦公室，遊客也沒有了，因此那裡的租金和房間的價格就沒有可能仍然維持在高位。根據一些報導，悉尼單位的價格下跌了百分之十，房屋下跌了百分之五。但有人懷疑這個百分比不是最新的數據，因為許多地產公司沒有更新，也不願意更新，因為他們不想數字影響了大家的印象。事實上，市中心的物業市道差，其他零售行業的經營也好不到哪裡。例如餐廳、快餐店和咖啡館，一定大受打擊。至於唐人街，這個靠遊客和同胞支撐的景點，也絕對不會有什麼好市道。回國禮品的商舖生意，也許受到更大的影響。

　　工作環境改變，絕對影響物業。市中心的物業價格高是事實。現在有些本來在市郊的人趁租金下跌搬回去，也有人因為可以在家工作搬到市郊。說明市場果然是流動的，沒有一面倒的情況。只是需求減少，價格下跌仍然持續。星期六樓市的拍賣成功率達到百分之七十四，仍然不俗。而整體的拍賣物業數字只有六百多，足以說明大家願意出售和購買的意欲都相對減少了，但比較五月時的二百多，已經收回不少失地。星期六一向是參觀樓盤和拍賣物業最繁忙的一天。想要了解一下樓市的現況，不要錯過拍賣會。有許多海外買家，都是通過電話進行拍賣，並沒有親身到來。所以悉尼人要買塔州物業，通過經紀安排，有何驚奇？聽說有些身處海外的買家，都是如此這般隔

山買牛。樓市曾經如此暢旺，應該歸功於海外的投資者。現在的物業推介網站，有每個物業的詳細資料：圖片、平面圖已經是必須，甚至附上一段短錄像，裡面有經紀講解，也有巡視大部分的地方，令人有一個較為詳細的印象。

在悉尼第一年我們住在大學國際學生宿舍，教學大樓都是一箭之遙。但校方打算拆卸它重建為高層宿舍。大學附近的公寓和房子依然是租金回報最好的地方。如果不開關讓海外學生回來，恐怕這些單位的投資者將要面臨嚴重的損失。大學區附近是交通方便，但也是品流複雜，不能長往久安的地方。現在大家逐漸習慣在家上班，如果管理層不反對，將會是一個新的工作模式。這個模式令大家不再每天花許多時間，從市郊回到市中心上班，減輕了交通的負荷，也會令人搬到租金和房子價格相對便宜的市郊。

市中心距離我家四十分鐘車程。如果一天能夠節省一小時三十分鐘的交通時間，當然極好。大家重視的 work life balance，道理在於平衡這一點上。這裡合約上列明的每週三十五小時工作，是一個公平的交易。搬家到市郊，把家中的一部分地劃出來做工作間，其實也是一個不錯的選擇。住在藍山享受鳥語花香，住在中央海岸與水為伴。人事紛擾，在靜下的一刻才發現，你最需要的，只是一個小小的空間在磚瓦下，讓你的思想有個騰飛的空間，享受不太悠長的假期。

（二〇二〇年十月二十五日）

後記

　　感謝偉男兄賜序。正如偉男兄說，彼此認識由臉書開始。偉男兄住在澳洲的墨爾本，我住在悉尼，本來相距八百多公里，但每天捧讀他的貼文，感覺有如毗鄰，生活的一點一滴充滿趣味，談到電影又令我獲益匪淺，如沐春風。

　　起了《陽光回憶》這個書名，全因為這些文字寫於二〇一四年到二〇二〇間，上半部是澳洲本土遊記，下半部多是面對瘟疫時帶來的的種種思考。回憶如此鮮明，有如陽光。

　　我近來游走於文字和影像之間：書寫見於博客 metasydney. com，錄像見於 YouTube 頻道「one dot less 少一點」。希望在這些平台上遇上大家。

　　最後多謝黎漢傑的鼓勵，使這本小書得以出版。

本創文學 64

陽光回憶

作　　者：迅　清
責任編輯：黎漢傑
內文校對：司徒仲賢、符鈺婉、黃晚鳳、黃穎晞
封面設計：Kaceyellow
法律顧問：陳煦堂 律師

出　　版：初文出版社有限公司
　　　　　電郵：manuscriptpublish@gmail.com

印　　刷：陽光印刷製本廠

發　　行：香港聯合書刊物流有限公司
　　　　　香港新界荃灣德士古道 220-248 號
　　　　　荃灣工業中心 16 樓
　　　　　電話 (852) 2150-2100 傳真 (852) 2407-3062

臺灣總經銷：貿騰發賣股份有限公司
　　　　　電話：886-2-82275988 傳真：886-2-82275989
　　　　　網址：www.namode.com

新加坡總經銷：新文潮出版社私人有限公司
　　　　　地址：71 Geylang Lorong 23, WPS618 (Level 6), Singapore 388386
　　　　　電話：(+65) 8896 1946 電郵：contact@trendlitstore.com

版　　次：2022 年 7 月初版
國際書號：978-988-76254-7-6
定　　價：港幣 102 元 新臺幣 310 元

Published and printed in Hong Kong

香港印刷及出版